유미의 바다

유미의 바다

초판 1쇄 인쇄 2025년 7월 23일
초판 1쇄 발행 2025년 7월 25일
저　자 채종인
발행인 박지연
발행처 도서출판 도화
등　록 2013년 11월 19일 제2013-000124호
주　소 서울시 송파구 중대로34길 9-3
전　화 02) 3012-1030
팩　스 02) 3012-1031
전자우편 dohwa1030@daum.net
인　쇄 유진보라
ISBN 979-11-92828-90-9 *03810
정가 15,000원

잘못 만들어진 책은 교환해 드립니다.
저자와 출판사의 허락 없이 책의 전부 또는 일부 내용을 사용할 수 없습니다.

도화道化, fool는
고정적인 질서에 대한 익살맞은 비판자,
고정화된 사고의 틀을 해체한다는 뜻입니다.

유미의 바다

채종인 소설집

도화

| 작가의 말 |

삶이 누구에게나 즐거운 것만은 아니다. 어쩌면 힘들고 괴로운 날이 더 많을지도 모르겠다. 심지어 누군가에게는 혹독한 고문으로 다가오기도 한다. 그래서 이를 견뎌내기 위한 하나의 방편으로 예술을 창작하거나 혹은 감상에 몰입하는 이들이 생겨났을지도 모른다. 나 또한 이런 이유로 해서 젊어서부터 예술 창작이라는 무거운 멍에를 자진해서 메고 살았다. 그러나 태생이 워낙 우둔하고 게으른 편이라 나이 이순耳順이 넘도록 이룩해 놓은 것이 보잘것없다.

굳이 변명을 하자면 구차하긴 하지만 이런 답을 내놓을 수도 있을 것 같다. '먹고사는 일이 결코 만만치가 않구나.' 이런 까닭인진 모르겠지만 이번 작품집이 내겐 11년 만에 내는 책이다. 장편소설 『아버지 이순신』을 지난 2014년에 냈으니 말이다. 각설하고, 이제부터라도 거북이걸음에서 치타의 질주로 변주를 해야겠다. 한눈팔지 않고 달리면서 평소 존경하는 소설가 '귀스타브 플로베르'가 가르쳐준 한 말씀도 잊지 않겠다.

'위대한 작가는 문체에 집착하지 않아도 된다. 그들은 문체에 대한 결점에도 불구하고 오히려 그것 때문에 더욱 빛난다. 이처럼 아주 위대한 작가들은 종종 서투른 글쓰기로 작품을 만들기도 한다. 그런데 돋보인다. 그러나 나처럼 하찮은 인간은 자신의 가치를 오로지 완벽한 작품을 만드는 데서 찾을 수밖에 없다. 결국 우리가 형식의 예술을 찾아야 하는 것은 그들의 작품 속에서가 아니라 나 같은 이류 작가들에게서이다.'

겸손하고 성실한 그의 창작 태도가 결국 「마담 보바리」 같은 명작을 낳았다. 나 또한 그처럼 다듬고 또 다듬는 장인정신으로 문체와 형식에 충실한 소설 장인으로 달려 나가겠다. 천재 작가나 위대한 작가가 되지 못할 바엔 한 땀 한 땀 뜨개질하듯 문장을 만들어 나가는 소설 장인이라도 되어야 하지 않겠는가.

여기에 또 한 사람의 스승이 있다. '알베르 카뮈'. 그가 나지막이 나에게 들려준 생명 같은 한마디.

'인간이 태어나서 죽을 때까지, 그 무한한 시간의 넓이 속에서는 어느 것 하나 정해진 것이 없어. 그래서 우리는 무엇이든지 바꿀 수 있지. 충분히, 많이, 오랫동안, 원하고 원한다면 우리는 무엇이든 이룰 수 있어. 믿음과 사랑을 가지고 행동한다면 무엇이든지….'

그렇다. 두 스승의 가르침을 되새기며 죽을 때까지 정진 또 정진만 있을 뿐이다.

2025년, 비 오고 바람 부는 어느 봄날 저녁에.

차례

작가의 말

유미의 바다 / 9
섬 / 43
왼손잡이 아내 / 73
공원에서 / 97
그 겨울, 불꽃 속으로 / 121
정임의 설 / 145
눈 속의 아기 부처 / 169
천안행 마지막 전동열차 / 189
포항함 756 / 215

해설_인내의 바다에서 건져 올린 푸른빛의 예술혼 / 241

1

하늘을 날면서 동화를 쓰곤 하지. 머릿속으로 말이야.

유미는 빛 좋은 가을 바다를 바라보며 아빠의 웃음을 떠올렸다. 낡은 어선의 선수에 속살을 내주면서도 코발트 빛 바다는 웃고 있었다. 그 무지렁이 같은 웃음 속으로 날치 몇 마리 비늘을 번쩍이며 뛰어올랐다.

언젠가는 탈고할 거야. 멋진 동화 한 편을.

가을 바다는 고요하고 잔잔했다. 사방을 둘러보아도 인적 하나 없는 바닷길을 걸으며 유미는 아빠의 웃음을 떠올리고 있었다. 어디서 날아왔을까. 한 무리의 고추잠자리 떼가 투명한 날개에 햇빛을 담뿍 묻혀서는 또 하나의 바다 같은 코발트 빛 하늘을 마음껏 날고 있었다. 아빠가 내려보낸 문장들인가, 하고 유미는 생각했다. 아빠는 죽어서 잠자리 날개를 펜 삼아 짙푸른 하늘에 글을 쓰는가, 동화를 쓰는가, 하고 유미는 생각했다.

순간 유미는 턱, 숨이 막혔다. 이따금 오가던 어선마저 보이지 않는 망망대해를 둘러보던 유미는 걸음을 멈추고 숨을 골랐다. 끝없이 이어지는 사막 한 가운데 서면 이런 기분일까. 거역할 수 없는 자연의 비정함을 느끼며 유미는 아빠의 죽음을 생각했다. 여기가 아빠의 무덤이야. 하늘을 날다가 물속에, 천 길 바닷속에 아빠는 묻혔어. 혼자 그렇게 되뇌고 나자, 자신도 모르게 눈물이 핑그르르 돌아 나왔다.

그래. 벌써 십 년이 지났는걸. 그런데 유미 넌 아직 눈물을 보이고 있구나. 문득 아빠의 목소리가 들려오는 듯했다.

아빠는 지금쯤 어디에 있을까. 바닷속일까, 하늘 속일까. 얼마 되지 않는 아빠의 살점은 바닷고기들을 조금이나마 배부르게 했을 것이고, 때 묻지 않은 영혼은 밤이슬을 타고 올라가 은하수 어디쯤 메어있을 것인가.

초가을 바다는 유미를 앞에 두고 반원을 그리며 넘실대고 있었다. 가물거리는 수평선은 푸른 하늘과 입맞춤을 했고, 하늘과 바다는 스스럼없이 서로를 끌어안고 있었다. 바다와 하늘은 하나였다. 바다가 하늘 같고 하늘이 바다 같았다. 가끔 항공기 조종사들을 착시 현상으로 **빠**트린다는 함정이 거기에 있었다. 바다를 하늘로 알고 고도를 높이다가 가공할 만한 속력으로 물속에 처박

히고 마는 끔찍한 비행. 유미는 이제 아빠의 사고를 그렇게 받아들이고 있었다. 그렇다면 아빠는 지금도 푸른 바닷속 어딘가를 비행하고 있는 셈이니까. 어린 왕자를 사랑하는 사람들이 바닷가 어딘가에 생텍쥐페리의 비행기가 날고 있기를 바라듯이.

바다에 저녁이 들면서 산들산들 바람이 일기 시작했다. 서쪽 하늘과 수평선이 맞닿은 곳에 놀이 일면서 고추잠자리 떼도 어디론가 사라지고 없었다. 유미는 오후 내내 바닷가를 떠나지 않고 있었다. 붉디붉던 해가 바닷속으로 떨어지고 나서도 돌아갈 마음이 아니었다. 바다에 밤이 찾아오고 하얀 은하수가 어린 왕자를 데려와 아빠 잃은 자신을 위로해 준다면 그때야 돌아갈 수 있을까.

"자, 한잔 드시지요!"

어두컴컴한 저쪽에서 거친 남자의 목소리가 들려왔다. 남자는 혀 꼬부라진 소리로 누군가에게 잔을 건네고 있었다.

"아가씨, 바다에서 제일 덩치 큰 짐승이 뭔지 아시겠소?"

남자는 누군가에게 큰소리로 묻고 있었는데, 상대는 유미 눈에 띄지 않았다. 남자는 혼자처럼 중얼거렸다.

"대왕고래지요. 무게가 자그마치 백이십 톤이나 나가는⋯."

남자는 잔이 넘치도록 술을 따라서는 상대의 코앞으로 들이밀었다.

"이놈은 심장 크기가 자동차만 하고, 울음소리는 어찌나 큰지

제트기가 이륙할 때 내는 소리만큼 시끄럽다고 하네요. 나도 바다에서 평생을 산 놈이라 주워들은 이야기이긴 하지만… 영물은 영물이지요."

바다는 점점 어두워졌다. 유미는 자신도 모르게 쪼그리고 앉아, 소리 나는 쪽으로 고개를 돌리고 두 귀를 쫑긋 세웠다. 남자는 여전히 혼자처럼 지껄였다.

"그런데 말이지요, 아가씨! 서러워할 거 없습니다. 아쉬워할 거 하나도 없습니다. 이 대왕고래에 비하면 돌아가신 아가씨 친구분께서는 새 발의 피만도 못한 존재니까요. 하하하."

바다에서 가장 큰 동물인 대왕고래는 죽어서까지 그 품위를 잃지 않는다고 남자는 말했다. 몸길이가 자그마치 이십칠 미터나 되는 대왕고래는 넓디넓은 해저 평원에 조용히 드러누워, 마치 기도라고 하듯 두 눈을 감고 있다고 했다. 수만 마리 바다 생명체는 대왕고래 주검을 뜯어먹으며, 최소한 십 년 이상을 깊은 포만감 속에서 행복한 삶을 살아갈 거라고 남자는 말했다. 자신이 직접 본 것은 아니고, 오래전에 늙은 어부로부터 전해 들은 얘기라고 했다.

"아가씨, 이렇듯 우리 인간은 하찮은 존재입니다. 기분 나쁘게 생각하지 마십시오. 아가씨 친구분도 마찬가집니다. 별 도움이 안 됩니다. 바다 생명체들에게 하루 식사 거리도 안 되지요. 그러니 더 이상 서러워하지 말고 그만 돌아가시라, 이 말씀입니다. 물

고기들에게 아가씨 친구분은 그리 대단한 존재가 안 된다, 이 말씀이지요."

유미는 남자의 그 소리를 듣는 순간 정신이 번쩍 들었다. 자신의 귀가 의심스러워 다시 한번 그에게 뭐라고요? 하고 되물어보고 싶었다. 그러나 남자는 여전히 혼자처럼 중얼거렸다.

"어쩌면 돌아가신 친구분께서 우리를 걱정하고 계실지도 모르겠네요. 이것도 오래전에 들은 얘깁니다만… 사실은 우리가 발을 딛고 사는 이곳이 바다였고, 친구분께서 머물고 계실 저 바다가 뭍이었다는 겁니다. 그렇다면 친구분께서는 거친 바닷속에 있는 우리를 걱정할 게 아니겠습니까? 아가씨께서 친구분을 생각하듯 말입니다."

유미는 재바르게 걸음을 옮겨 바닷길을 벗어났다. 남자의 목소리도 멀어져갔다. 유미는 외진 마을 골목길에 세워둔 차에 올라 시동을 걸었다.

2

엄마가 탓을 비행기가 눈부신 바다 위를 날아 공항 활주로에 내려앉았다. 유미는 주차장에 차를 세워두고 대합실로 나아갔다. 토요일 아침, 공항은 분주했다. 주말여행을 시작하려는 사람들과, 주중 여행을 끝내고 돌아가려는 사람들로 대합실은 북적거렸다.

유미야!

얼마 지나지 않아 대합실 저쪽에서 손을 흔들며 다가오는 엄마를 발견한 유미의 얼굴이 밝게 빛났다. 한 손으로 여행 가방을 끌고, 한 손으로 유미를 손짓하는 엄마의 얼굴에도 웃음꽃이 피어 있었다. 한 달 만에 보는 엄마였지만, 일 년은 된 것처럼 반가웠다. 유미는 종종걸음으로 달려가 엄마를 안았다.

엄마 품에선 언제나 풀꽃 냄새가 났다. 딱히 무슨 꽃인지, 어떤 냄새인지, 말할 순 없었지만, 유미는 언제부턴가 그런 생각을 하고 있었다. 굳이 얘기하자면 냄새 없는 냄새, 빛깔 없는 빛깔, 이런 것들을 떠올릴 때 유미가 풀어놓는 단어였다. 풀꽃 냄새. 그랬다. 어쩌면 그건 바람이나 물 같은 존재일 지도 몰랐다.

화장을 하지 않은 엄마의 얼굴이었지만, 쉰 중반을 얘기하기에는 너무나 젊었다. 주름살이 쉬이 눈에 띄지 않았고 피부 탄력도 적당했다. 희고 동그란 얼굴은 긴 목덜미와 어울려, 얼핏 보면 엄마를 소녀처럼 앳되게 보이게도 했다.

잘 잤니? 안 무서웠어?

차가 공항을 빠져나가 제주 시내로 들어서자, 엄마가 물었다.

무섭긴. 내가 아직 어린앤가 뭐.

유미는 엄마를 보지 않고 말했다. 하지만 혼자서 피식, 웃는 엄마의 모습을 유미는 머릿속에 떠올리고 있었다.

시장하지 않아 엄마? 아침은?

유미는 낯설지만, 그렇다고 아주 낯설지도 않은 제주 시내를 운전하며 엄마에게 물었다. 엄마는 아침 비행기를 타기 위해 새벽에 일어나 청주 공항으로 갔을 것이다.

기내식이 있잖아. 있다가 점심 먹지 뭐.

순간 엄마의 목소리가 차분해졌다. 유미는 애서 울지 않기 위해 아랫입술을 깨물었다. 차창 밖으로 고개를 돌리는 엄마의 모습이 눈가로 들어왔다. 유미는 떨리는 목소리로 입을 열었다. 그럼, 한라산을 넘어갈 거야. 서귀포 가서 점심 먹자, 엄마.

유미는 도로 한쪽으로 차를 세웠다. 눈물이 앞을 가려 더 이상 운전대를 잡을 수 없어서였다. 유미는 운전대에 팔을 걸치고 엎드려 펑펑 울었다. 엄마의 따스한 손바닥이 등에 와 닿았다. 십 년이 지났지만, 아빠의 목소리는 귓가에 쟁쟁했다.

내가 제주도랑 사랑에 빠진 걸 하느님께서 아셨나 봐. 선뜻 발령을 내주시니 말이야. 유미야, 아빤 여기서 퇴직하고 여기서 여생을 보낼 거야. 유미 너도 여기가 좋으면 나중에 내려와 함께 살자. 엄마는 이미 반쯤 승낙했어.

유미는 겨우 얼굴을 들고 눈물을 닦았다. 차마 엄마 얼굴을 쳐다볼 용기가 나지 않아 핸들을 잡고 가만히 액셀러레이터를 밟았다. 차가 얼마쯤 나아갔을 때 유미가 말했다. 엄마, 갈칫국 어때? 점심 그걸로 먹을까?

아빠가 좋아하던 갈칫국이었다. 제주도에서만 맛볼 수 있다는 갈칫국을 아빠는 일주일에 한 번씩 사 먹는다고 했다. 배춧잎과 단호박을 넣고 갈치와 함께 끓인 갈칫국은 뽀얀 국물 맛이 일품이었다. 칼칼하고 시원한 국물은 비린내가 나지 않아 좋았다. 국물 위에 이불처럼 덮인 배춧잎을 걷어내면 그 속에 살이 도톰한 갈치가 누워 있었다. 아빠는 젓가락으로 살을 발라내 유미 숟가락에 얹어주며, 이게 바로 제주 은갈치야. 쌀뜨물에 끓여 살이 아주 부드럽네. 우리 딸, 많이 드셔, 하며 엄마를 힐끗거리곤 했었다.

참, 엄만 갈칫국 안 좋아하지.

차가 한라산 기슭으로 들어설 무렵 유미가 말했다. 엄마가 그래, 하고 짧게 대답했다. 갈치구이 있잖아, 엄마. 유미는 오랜만에 고개를 돌려 엄마를 바라보았다. 화장기 없는 엄마의 쉰다섯 얼굴 위로 한라산 갈잎 그림자가 거뭇거뭇 내려앉아 있었다.

엄마는 대전에서 가방가게를 하고 있었다. 아빠 없는 십 년 세월을 엄마는 가방만 만지작거리며 살았다. 엄마는 이따금 차를 몰고 서울 동대문이나 남대문 도매시장으로 가서 가방을 사 왔다. 그리고 대전역 앞에 있는 엄마의 가게에서 팔았다. 초록 바다. 아빠가 죽기 전에 지어 놓은 이름이었다.

제주 바다가 좋을까, 초록 바다가 좋을까?

유미도 이제 다 컸으니 조그만 가방가게 한번 해보고 싶다는 엄마의 말에, 아빠가 전화기 너머로 추천한 가게 이름들이었다. 엄마와 유미는 다 같이 초록 바다가 좋다고 했다. 그래서 대전역 앞 재래시장 입구에 엄마의 초록 바다가 생기게 되었다. 휴일, 제주도에서 올라온 아빠는 엄마의 가게를 둘러본 뒤 제주 바다를 여기에 옮겨 놓았다며 기분 좋은 웃음을 웃었다.

요즘 가게는 어때? …힘들지?

차가 1131도로에 들어섰을 때, 유미가 문득 엄마에게 물었다. 한 달에 한 번씩 대전엘 내려가거나, 직장이나 자취방에서 수시로 통화할 때마다 물어보는 말이었지만, 유미는 또 그렇게 묻고 있었다.

경기가 바닥이니… 재고나 떨어내야 하는데.

언제까지 하려고?

글쎄.

그러다가 그림은 언제 그려?

유미의 물음에 엄마는 그만 말문을 닫고 말았다.

차가 성판악 휴게소 앞을 지날 무렵, 이번엔 엄마가 유미를 넌지시 돌아보며 물었다. 넌 병원 언제까지 다닐 거니?

유미가 글쎄, 하며 킥킥 웃었다.

그러다가 글은 언제 써?

마침내 두 사람이 한꺼번에 까르르, 하고 웃었다. 기분 좋은 웃음이었다.

유미는 아빠를 닮아 글을 잘 썼다. 시든, 소설이든, 동화든, 쓰면 늘 입상이었다. 하지만 대학은 임상병리학과를 갔다. 취업 때문이었다. 유미는 서울에서 대학을 졸업하고 대학병원에 취업해 임상병리사로 수년째 일하고 있었다. 채혈실에서 외래환자들 피 뽑는 일을 하고 있었지만, 자신의 직업에 만족하는 편은 아니었다.

넌 아빠를 많이 닮았어. 지금도 늦지 않았지.

아빠의 대학교 때 별명은 어린 왕자였다고 했다. 아빠의 별명이 어린 왕자가 된 건 그의 생긴 모습이 순진하기 때문이기도 했지만, 사실은 소설 창작 시간에 발표한 아빠의 작품이 소설이라기보다는 동화에 가까웠기 때문이라고 했다. 술 담배를 하지 않는 아빠는 해맑은 얼굴이었고, 또한 자그마한 키에 롱코트를 즐겨 입던 아빠가 소설을 쓴다는 것이 그만 동화가 되어버린 탓에, 친구들이 그 참에 아빠를 어린 왕자로 인정해 주었기 때문이라고 했다.

아빠의 별명이 어린 왕자에서 생텍쥐페리로 바뀐 것은 이십 대 후반의 일이었다. 대학교 문예창작학과를 졸업한 아빠는 느닷없이 육군3사관학교로 편입했고, 졸업 후에는 소위로 임관되어 육군 항공대에서 헬기 조종사로 근무하게 되었다. 작가를 꿈꾸던 문학도가 하늘을 나는 헬기 조종사로 변신했던 것이다.

하늘을 날면서 가끔 동화를 쓰곤 하지. 머릿속으로 말이야.

대전에 있는 군인 아파트 옥상에 자리를 깔고 누워 희미한 저녁별을 바라보던 아빠는 이따금 유미를 바라보며 그렇게 중얼거리곤 했었다.

와, 멋있다. 그럼 아빠가 동화 작가야? 책은 언제 내?

유미는 아빠 팔을 베고 누워 유난히 반짝이며 다가오는 개밥바라기별을 바라보곤 했었다.

글쎄. 유미가 커서 시집갈 나이가 되면 낼 수 있지 않을까?

3

서귀포 삼거리 식당에서 갈칫국과 갈치구이로 점심을 먹은 유미와 엄마는 서귀포항이 훤히 내려다보이는 게스트하우스에 들러 엄마의 짐을 풀었다. 하룻밤 묵어갈 여정이었기에 짐이랄 것도 없었다. 외출할 때 입을 간편복과 잠옷, 그리고 운동화 한 켤레가 전부였다.

엄마가 조그마한 캐리어에서 짐을 꺼내는 동안, 유미는 발코니 창문에 붙어 서서 서귀포 앞바다를 바라보고 있었다. 아빠는 바다 중에서도 이곳 서귀포 앞바다를 좋아했다. 우리나라에서 제일 남쪽에 있는 바다. 가장 따스한 바다. 미지의 세계로 나아갈 수 있는 바다.

고려 때 삼별초가 애월 항파두리에서 여몽 연합군에게 패했지. 그때 살아남은 수십 명의 군사들이 한라산 붉은오름으로 올라갔는데, 그중 일부가 산에서 내려와 제주도 남쪽 바다에서 뗏목을 엮어 타고 일본 규수나 오키나와로 흘러갔지. 그리고 거기에서 성을 쌓는 노동자로 늙어가거나, 기와 굽는 와장으로 살아갔어. 참 슬픈 얘기 아니야? 아빤 언젠가 그걸 소설로 써보고 싶어.

막 여고생이 된 단발머리 유미에게 아빠는 제주도 남쪽 바다를 가리키며 말했었다. 성산 일출봉에서 섭지코지로 가는 바닷길에서였다. 유미는 웃으며 말했다. 동화 쓴다며? 이번엔 역사소설? 아빠도 바다를 바라보며 하릴없이 웃었다. 어쨌든 쓰긴 쓴다는 거지? 소설이든, 동화든?

아빠는 또 웃었다. 오십팔 세까지 하늘을 날고 그다음부턴 작가로 살아갈 생각이야. 어때, 근사하지 않아? 유미는 아빠의 어깨를 툭, 치며 말했다. 오, 어린 왕자다운 멋진 생각인데!

그때를 떠올리며 빙그레 웃는데, 뒤에서 엄마의 목소리가 들려왔다.

오늘 일정은 어떻게 되지?

유미는 그제야 웃음을 감추고 바다로부터 등을 돌렸다. 그리고 다소 더듬거리는 소리로 말했다. 으 으응, 일출봉 갔다가 섭지코지 들르고 표선 해수욕장으로 해서 돌아오는 게 어때?

아빠랑 즐겨 찾던 코스였다. 일출봉에서 내려다보는 망망대해. 섭지코지 벼랑길에서 듣는 파도 소리. 표선 해수욕장 모래밭에 앉아 눈썹 위로 가물거리며 밀려오는 코발트 빛 물길을 바라보는 일. 유미에겐 모두 익숙한 것들이었다. 사실 어제 월차를 내고 아침 비행기로 제주엘 내려왔었다. 평일에는 절대 가게 문을 닫을 수 없다는 엄마는 결국 오늘 아침 비행기로 내려왔지만, 유미는 엄마보다 하루 먼저 내려와 방을 잡고 차를 렌트하며 하루를 보냈다. 사실 어제 짐을 내려놓기가 무섭게 달려간 곳이 섭지코지였다. 그곳에 가면 왠지 아빠를 만날 수 있을 것 같아서였다. 오후 새참 무렵부터 어두워질 때까지 파도 소리를 들으며 그곳에 머물러 있었지만, 기다리던 어린 왕자는 나타나 주지 않았다. 뜻하지 않게 어느 술에 취한 남자의 거친 목소리를 들었을 뿐이었다.

"그런데 말이지요, 아가씨⋯ 서러워할 거 없습니다. 아쉬워할 거 하나도 없습니다. 이 대왕고래에 비하면 돌아가신 아가씨 친구분께서는 새 발의 피만도 못 한 존재니까요. 하하하."

유미는 어제 그곳에 갔었다는 말을 엄마에게 하지 않았다. 대신 술에 취한 남자의 목소리를 되새기고 있었다.

"아가씨, 이렇듯 우리 인간은 하찮은 존재입니다. 기분 나쁘게 생각하지 마십시오. 아가씨 친구분도 마찬가지입니다. 별 도움이 안 됩니다. 바다 생명체들에겐 하루 식사 거리도 안 되지요. 그러니 더 이상 서러워하지 말고 그만 돌아가시라 이 말씀입니다."

유미는 열이 나고 목이 말랐다. 술에 취한 남자의 목소리가 마치 자신을 두고 하는 말처럼 들렸기 때문이었다. 하지만 유미는 엄마에게 아무런 내색도 하지 않고 방을 나섰다. 유미를 뒤따라 나오는 엄마가 운동화를 꿰신으며 물었다.

어제는 혼자 뭐 했어?

유미는 더듬거렸다. 으 으응, 혼자 그냥 돌아다녔어. 방파제에도 나가보고 이중섭 미술관도 구경하고.

4

유미가 운전하는 차가 1132도로를 달려 성산 일출봉 주차장에 닿는 동안, 유미와 엄마는 별다른 얘기를 하지 않았다. 다만 가을볕에 반짝이는 바다와, 이따금 뱃길을 오가는 바닷새를 바라보며 깊은 침묵 속으로 빠져들곤 했다. 그러다가 누군가 기침을 하거나 음, 하고 목을 트면 그제야 정신을 차린 듯 두 눈을 동그랗게 뜨고 서로를 향해 고개를 돌렸다. 그러나 그뿐, 더 이상 입을 열어 얘기를 꺼내거나 웃거나 하지 않았다.

육군 항공대에서 대위로 예편한 아빠는 해양경찰청 항공단에 특채되어 구조용 헬기를 몰았다. 아빠가 여수, 목포, 인천으로 옮겨 다니며 하늘을 비행하는 동안, 유미는 중학생이 되고 고등학생이 되었다. 그런 어느 겨울날, 아빠는 오랜만에 휴가를 나왔다.

드디어 꿈이 이루어졌어. 제주항공대로 발령받았거든. 이제 제주 푸른 바다 위를 나는 거야.

아빠는 너무 흥분한 나머지 목소리마저 떨렸다. 거기서 퇴직하고 인생을 마무리할 생각이야. 머릿속으로 구상해 놓은 작품들이 많아.

유미도 기뻤다. 떨리는 목소리로 유미가 물었다. 드디어 작가 선생이 되는 거야? 그러자 아빠가 웃음 섞인 목소리로 대답했다. 아직 멀었어. 십 년도 더 남았는걸.

인천에 있는 중부지방해양경찰청 항공단에 근무하던 아빠가 남해지방해양경찰청 제주항공대로 발령받은 것은 아빠 나이 마흔일곱 살 되던 해, 봄이었다. 프랑스에서 새로 구매한 구조용 헬기를 조종할 수 있는 인력을 확보하기 위해 해경에서는 아빠를 급히 제주도로 발령 냈던 것이다.

새 근무지인 제주항공대에서 근무한 지 이태쯤 되던 어느 봄날, 아빠는 제주시 한림읍 서쪽 130킬로미터 해상에서 경비 중이던 제주 해경 **함으로부터 응급환자가 발생했다는 연락을 받았다. 아빠는 팀원들과 함께 구조용 헬기를 몰고 급히 이륙했다. 그리고 밤 8시 30분쯤 **함 상공에 도착한 헬기는 상공에서 정지한 상태로 환자를 구조 바스켓으로 끌어올리는 데 성공했다. 이어 8시 35분께 제주대학교 병원으로 출발하겠다는 교신을 제주항공대 상황실에 전했다. 그것이 마지막이었다. 이후 상황실 근무자는 헬기와 여러 차례 교신을 시도했지만 실패했다. 더 이상 아빠의 헬기는 레이더에도 안 잡히고 무전에도 안 잡혔다. 해경 관계자들은 헬기의 추락 시점을 밤 8시 35분에서 8시 40분 사이로 잡고 있었다.

아빠의 비행시간은 무려 4천4백20시간이나 되었다. 아빠가 하늘을 난 시간을 날 수로 환산해 보면 184일, 이것을 다시 달로 계산하면 6개월이라는 긴 시간이 된다. 여섯 달 동안 쉼 없이 하늘을 난다고 가정해 보자. 어마어마한 비행이 아닐 수 없었다. 그래서 해경에서도 조종사의 조종 미숙으로 추락했을 가능성은 낮게 보고 있었다. 사고 당시 날씨 또한 양호한 편이어서 기상악화에 따른 추락 가능성도 없다고 했다. 또한 헬기 정비도 매일 해왔기 때문에 기체 결함에 의한 추락 가능성도 희박하다고 했다.

다행히 추락 20일 뒤에는 헬기 동체와 블랙박스가 인양되었다. 비로소 사고 원인을 밝힐 수 있게 되었다. 10개월 동안 조사를 벌인 사고조사위원회는 헬기 추락 원인을 조종사의 비행착각 때문이었다고 발표했다. 당시 응급환자를 이송하던 헬기 조종사가 야간 비행을 하면서 비행착각을 일으켰다는 것이다. 항공기 조종사들이 비행할 때 종종 나타나는 현상으로, 하늘과 바다를 일시적으로 구별하지 못하는 현상이라고 했다. 즉, 기체가 강하하고 있으나 순간적으로 상승하고 있다는 착각을 일으킨다는 것이었다. 해상을 비행할 때는 육지 비행과 달리 항공기의 위치를 참고할 만한 지형지물이 없다는 것이 문제라고 했다. 특히 해상에서 야간 비행을 할 때는 조종사의 실력이나 경험과는 무관하게 이런 비행착각 때문에 사고가 자주 일어난다고 했다. 해양경찰과 국토교통부가 사고 헬기에서 수거한 블랙박스를 일 년 가까이 공동으로 조사해서 발표한 결과라 믿지 않을 수도 없었다.

아빠가 탄 헬기는 형체를 알아볼 수 없을 정도로 파손되어 해군 인양함에 의해 모습을 드러냈다. 하지만 아빠의 시신은 그 어디에서도 발견되지 않았다. 헬기가 해수면과 충돌하며 부서질 때 아빠는 기체 밖으로 튕겨 나갔을 것이 분명했다. 함께 탄 부기장과 정비사의 시신도 여태껏 발견되지 않았다. 결국 아빠는 마흔아홉이란 젊은 나이에 시신도 없이 대전 국립현충원에 묻혔다.

유미야, 한 컷 찍어봐. 아빠가 여기 서니, 꼭 어린 왕자 같지 않아?

주말, 엄마와 함께 제주공항에 도착하면 아빠가 제일 먼저 데려가는 곳이 성산 일출봉이었다. 아빠는 원형경기장처럼 둥근 분화구를 뒤로 하고 포즈를 취했다. 어린 왕자에 나오는 한 폭의 그림을 연상케 했다.

소행성 B612에 서 있는 어린 왕자. 어때?

아빠가 포즈를 취하며 웃으면 유미는 카메라 앵글 속의 아빠를 향해 큰소리로 물었다. 어린 왕자님께서는 어떻게 자신의 별을 빠져나왔지요? 그러면 아빠는 피식피식 웃고 있는 엄마를 가리키며, 이 소녀랑 함께 철새들의 이동을 따라 빠져나왔지요, 하고 한 손으로 하늘을 가리켰다. 아빠의 검지가 가리키는 하늘엔 기러기 떼가 열을 지어 분화구 위를 날아가고 있었다.

이 섬은 나의 별이야. B612 소행성.

시신 없는 아버지의 무덤을 만들고 돌아온 날, 엄마는 아파트 현관에 허물어져 일어나지 못했다. 유미는 억지로 엄마의 손을 잡아 일으키는 대신, 자신도 엄마 옆에 함께 허물어졌다. 두 여자는 그렇게 머리카락을 헝클어 늘어뜨리고 고개를 꺾은 채, 하염없이 싸늘한 타일 바닥에 방치되어 있었다. 이따금 자동차 경적만 바람처럼 지나갈 뿐, 아무도 두 사람을 위해 찾아오는 이는 없었다. 몇 시간이 흘러갔을까. 고개를 들어 신발장에 한 손을 짚은 엄마가 혼자처럼 중얼거렸다. 나 스쿠버다이빙 배울까 봐. 네 아빠 데려와야 하잖아.

그제야 유미는 참았던 울음을 쏟아 놓았다. 걷잡을 수 없는 눈물이 가슴 어디에선가 올라와 눈물 구멍을 찢으며 터져 나왔다.

나 잠수사 자격증 딸까 봐. 네 아빠, 차가운 물 속에 있잖아. 고기밥 되기 전에 건져 와야 하잖아.

드디어 엄마도 등을 들썩이며 울었다. 꺼이꺼이 터져 나오는 엄마의 울음은 고래 울음소리처럼 길고 무거웠다. 엄마는 울음 중간중간 실성한 사람처럼 중얼거렸는데, 엄마의 눈에서는 실핏줄이 터져 피눈물이 흘러내렸다. 내 손으로, 내 손으로 데려오고 싶어. 유미 아빠, 너무 불쌍하잖아. 차가운 바닷속에 가라앉아 있을 네 아빠….

그만 내려가자.

분화구를 둘러보고 있던 엄마가 말했다. 무슨 생각을 하고 있었는지, 엄마의 낯빛이 어두워져 있었다. 유미는 핸드폰을 가방에 넣고 두 손으로 엄마의 손을 잡았다. 거칠고 두터운 엄마의 손이 유미의 가슴을 할퀴었다.

엄마, 가방가게 그만하면 안 돼? 엄마도 그동안 할 만큼 했으니, 이제 하고 싶은 거 하고 살아.

유미는 엄마의 눈을 쳐다보며 낮은 소리로 말했다. 엄마의 눈동자엔 아직 아빠에 대한 어두운 그림자가 남아 있었다. 유미는 이제 엄마가 그리고 싶은 그림을 그리며, 자신의 영혼에 드리워진 아빠의 그림자를 덜어냈으면 싶었다.

바닷속은 얼마나 깊을까? 얼마나 어둡고 차가울까? 꿈을 꾸면 이 엄마는 늘 캄캄한 바닷속에 앉아 있곤 한단다. 앉아서 마냥 네 아빠를 기다리는데 무정한 네 아빠는 끝내 나타나지 않더구나. 얼마나 답답하고 서러운지 벌떡 일어나 앉아 찬물을 들이키며 밤을 새우곤 한단다.

서울에 있는 대학에 입학한 유미가 주말에 대전 집을 내려가면, 엄마는 거실 유리문 너머로 멍하니 눈길을 던지고 그렇게 중얼거리곤 했다. 유미는 엄마 등 뒤로 유령처럼 걸어가 앙상한 엄마의 어깨를 부여잡고 속으로, 속으로만 외쳤다. 어서 세월이 지나갔으면… 어서 나이를 먹어 꼬부랑 할머니가 됐으면….

2월에 아빠의 헬기가 추락하고 3월에 유미는 서울에 있는 대학에 입학했다. 차라리 휴학계를 내고 엄마 곁에 더 머물고 싶었지만, 엄마가 말렸다. 어서어서 각자의 길을 가는 거다. 바빠야 한다. 정신없이 바빠야 해.

유미는 더 이상 엄마의 신경을 건드리지 않기 위해 서울로 떠났다. 기숙사 생활이 자취생활보다 덜 외로울 것 같아 지원했는데, 수업이 끝나고 막상 생활관으로 돌아가려면 가슴이 답답해 무작정 캠퍼스 이곳저곳을 거닐곤 했다. 구내식당에서 저녁을 먹고 밤늦게까지 도서관에 앉아 있다가 생활관으로 들어갔다. 그나마 다행스러운 것은, 유미의 방은 싱글룸이라 다른 사람 눈치 안 보고 마음껏 울 수 있다는 것이었다. 눈시울이 퉁퉁 붓도록 울고 나서 새벽에 겨우 눈을 붙이면 꿈속에 아빠가 나타났다.

꿈속에서 유미는 병원에 입원해 있었다. 링거대를 끌고 병원 복도를 오가는 유미 앞에 아빠가 나타났다.

어디 아프니? 아프면 안 돼.

유미가 링거대를 놓고 아빠를 안으려 했지만 아빠의 몸은 유령처럼 형체 없이 유미의 품을 빠져나갔다. 유미는 아빠 코앞으로 바짝 다가가 물었다. 거긴 어때요? 살 만하던가요? 아빠의 야윈 얼굴 위로 파도 소리와 함께 검은 물살이 무늬를 놓으며 흘러

갔다.

아무도 말을 하지 않아. 이승의 그리운 얼굴들을 떠올리며 부나비처럼 떠돌 뿐이지.

그리고 아빠는 유미에게로 얼굴을 돌리고 슬픈 표정으로 말했다. 유미야, 아프면 안 돼. 어서 나아 학교로 돌아가야지?

아빠는 병원 복도를 천천히 걸어 승강기 쪽으로 멀어져갔다. 유미는 링거대를 끌고 뛰어가 아빠를 막아섰다. 아빠, 가지 마. 가면 안 돼. 가지 마, 아빠.

이제 가야 할 시간이야. 가야 돼.

아빠는 혼자 승강기를 타고 유미 앞에서 사라졌다. 잠에서 깬 유미는 희뿌옇게 밝아오는 캠퍼스 잔디밭을 내려다보며 서럽게 울었다.

5

병원 생활 힘들면 그만둬. 너도 이제 서른 살이야. 네가 하고 싶은 것 하고 살아.

일출봉에서 내려와 섭지코지 바닷길을 걸을 때 엄마가 말했다. 아빠는 제주도의 숱한 길 중에서도 이 길을 걸을 때 가장 행복해했다. 들꽃과 바다 사이로 난 길을 걸으며 성산 일출봉을 바라보거나, 때로는 무리 지어 헤엄쳐 가는 돌고래 떼를 따라 걸을 때 아빠의 얼굴엔 둥근 미소가 걸려 있곤 했다.

저것 봐, 돌고래야. 세 마리네. 엄마 아빠가 앞서가고, 새끼가 중간에서 뒤따라가잖아. 어딜 저렇게 바삐 헤엄쳐 갈까?

아빠는 돌고래 가족을 가리키며 신기한 표정으로 유미와 엄마를 번갈아 쳐다보았다. 유난히도 모성애가 강한 동물이 돌고래라며 아빠는 유미 손을 꼭 잡고 말했었다. 어느 해양 공원 수족관에서 일어난 일인데, 태어난 지 사흘 된 새끼 돌고래 한 마리가 급성폐렴에 걸려 죽었대. 폐에 물이 차는 바람에 호흡곤란을 일으킨 거지. 죽은 새끼가 수족관 바닥으로 가라앉기 시작하자, 어미는 주둥이로 새끼를 밀어 올리려고 안간힘을 썼다더군. 물 밖으로 밀어내면 새끼가 다시 숨을 쉴 수 있을 거라고 생각한 거겠지. 결국 직원들이 죽은 새끼를 뜰채로 건져 올려 다른 곳으로 옮겼는데, 어미는 장장 네 시간 동안이나 뜰채를 주둥이로 밀어내며 직원들이랑 실랑이를 벌였대. 새끼를 지키려고 안간힘을 쓴 거지.

유미는 바닷가 벼랑길을 걷다가 문득 자신의 손목을 내려다보며 걸음을 멈추었다. 마치 아빠의 손이 자신의 손목을 잡고 있을 것 같은 착각 때문이었다. 하지만 유미는 금세 굳은 얼굴이 되어 먼바다로 눈길을 던졌다. 그리고 어젯밤 이곳에서 들었던 어느 술에 취한 남자의 목소리를 떠올렸다.

"…어쩌면 돌아가신 친구분께서 우리를 걱정하고 계실지도 모르겠네요. 이것도 오래전에 들은 얘깁니다만⋯ 사실은 우리가 발을 딛고 사는 이곳이 바다였고, 친구분께서 머물고 계실 저 바다가 뭍이었다는 겁니다. 그렇다면 친구분께서는 거친 바닷속에 있는 우리를 걱정할 게 아니겠습니까? 아가씨께서 친구분을 생각하듯 말입니다."

 정말 그럴까? 수족관 속의 돌고래처럼 아빠도 이승에 남겨 놓은 가족을 걱정하며 저승에서 뜬눈으로 밤을 새울까?

 아빠가 이루지 못한 꿈, 네가 이뤄야지. 내년 봄부턴 이곳에 내려와 글을 써. 아빠도 좋아할 거야.

 섭지코지 주차장에서 막 차에 오를 무렵 엄마가 말했다. 유미는 선뜻 입을 열지 못하고 차를 몰아 주차장을 빠져나갔다.

 육 년이면 많이 했어. 채혈실에서 환자들 피 빼는 일, 쉬운 일이 아니지. 그만하면 됐어. 너도 이제 글 쓰다가 좋은 사람 만나 결혼해야지.

 엄마의 말이 채 끝나기도 전에 유미는 차 속력을 줄였다. 그리고 조용한 목소리로 말했다. 엄마, 제발⋯ 결혼이란 말은 하지 말아줘. 부탁이야.

 환자들이 수시로 죽어 나가는 종합병원에서 매일 이백 명에 가까운 환자들로부터 피를 빼면서 유미는 한 번도 긴장을 늦춘 적이 없었다. 그것은 어쩌면 아빠의 헬기가 추락하던 그날 밤부터 비롯된 버릇인지도 몰랐다. 환자들의 야위고 흰 팔뚝에서 실낱같은 혈관을 찾아 주삿바늘을 꽂아 넣을 때마다 유미는 아빠의 환영을 보곤 했었다. 비명을 지르며 자지러지는 환자들의 얼굴은 곧 헬기에서 튕겨 나가는 아빠의 얼굴과 클로즈업되어 유미의 가슴을 할퀴고 지나갔다.

엄마, 고마워. 내년부터 내려와 글을 쓸게. 하지만 결혼 얘기는 하지 말아줘.

섭지코지에서 표선으로 달리는 차 안에서 유미는 결정을 내렸다. 아빠를 대신해 글을 써야겠다고. 아빠가 꿈꾸던 작가의 길로 들어서야겠다고. 물론 갑작스레 내린 결론은 아니었다. 몇 해 전부터 고민해 오던 문제이긴 했었다. 그러나 이렇게 명쾌하게 결정을 내리고 보니 한결 마음이 가벼워졌다. 그래서 유미도 엄마에게 당돌하게 물었다. 엄만 언제부터 그림 그릴 거야?

엄마는 대전에서 태어나서 대전에서 쭉 살아왔다. 대학은 미술대학을 나왔지만 화가는 되지 못했다. 유미가 고등학생이 될 때까지 가정주부로만 지내다가 뜬금없이 대전역 앞에 가방가게를 차린 것이다.

어딘가를 가야 할 때 가방이 필요하잖아. 이를테면 짐을 싸서 집을 나가거나, 들어올 때 필요한 물건이지. …네 아빠, 주말마다 가방 메고 왔다 가잖아. 인생은 그런 건가 봐.

왜 하필이면 가방가게를 고집하느냐고 묻는 유미에게 엄마는 다소 철학적인 언사로 말했었다. 유미는 웃었다. 가봐, 가방. 뭔가 발음이 유사한 것 같아 속으로 자꾸만 되뇌면서 웃음이 저절로 나왔다. 그만 가방, 이제 가방, 영원히 가방. 그만 가봐, 이제 가봐, 영원히 가봐.

네 아빠 가방이 수십 개는 될 거야. 그만큼 열심히 살았다는 증거 아니겠어? 네 아빠 가방 고르다가 가방과 친해지게 된 거지.

엄마의 가방 가게, 초록 바다에는 없는 물건이 없었다. 엄마는 주말마다 서울 도매상에 가서 물건을 실어 왔다. 그런 어느 날, 엄마는 가게 한구석에 이젤을 펼쳐 놓고 그림을 그리기 시작했다. 가방 그림이었다.

얼핏 보면 그게 그거 같지만, 가방도 사람처럼 저마다 일생이 있어. 비싸게 태어나서 고급스럽게 살다가는 놈. 싸구려로 태어나서 막살다 가는 놈. 천차만별이지.

엄마는 그때부터 틈틈이 그림을 그리기 시작했다. 대학교 때 꿈을 다시 살려보려는 것이었을까? 네 아빠 퇴직하고 나면 제주도로 가서 그림 그리며 살아야겠어. 네 아빠 육지로 절대 나오지 않을 거야. 아빤 글 쓰고 엄만 그림 그리고, 어때?

그때 엄마는 신났었다. 비로소 두 사람의 못다 이룬 꿈이 실현되는가 싶었다. 그런데 느닷없이 아빠의 헬기가 추락하고 우리들의 꿈도 산산조각이 났다. 이미 십 년 전 일이었다.

이곳 해수욕장은 시원해서 좋아. 완만한 모래밭이 끝없이 펼쳐져 있어 언제 와도 편하게 느껴져.

유미의 차가 표선 해수욕장 주차장에 다다랐을 때, 엄마가 수평선 위로 낮게 떠가는 뭉게구름을 바라보며 말했다. 고등학교 2학년 때였던가. 유미는 가족과 함께 이곳에서 가까운 해비치 호텔에 묵은 적이 있었다. 아빠가 예약해 놓은 곳이었다. 유미는 수영복을 입고 낮이면 이곳으로 나와 바닷물에 몸을 담갔다. 다른 해수욕장에 비해 한적해서 좋았다. 해변의 모래는 한없이 부드러웠고, 바닷물은 맑고 깊지 않아 믿음이 갔다. 유미는 수영복을 입은 채 발등 위로 부서지는 파도를 밟으며 무작정 걸었다. 해거름이 지고 수평선 너머 뭉게구름이 빨갛게 무르익을 무렵이면 아빠와 엄마가 손을 잡고 해변으로 걸어 나와 유미를 찾았다.

와, 좋네. 당신, 가방가게 정리하고 내려와야겠는걸. 이 좋은 풍경을 도대체 언제까지 놔두려고 그래? 어서 그려야지.

아빠는 은근히 엄마를 부채질하곤 했는데, 그럴 때마다 엄마는 유미 핑계를 대곤 했었다. 유미는 어떻게 하고? 내년이면 고 삼인데 엄마가 없으면 누가 뒷바라지 하지?

그러면 아빠는 하릴없이 웃으며 좋아, 유미 대학생 될 때까지 기다리지 뭐. 이 년만 기다리면 되겠네? 하고 머쓱해했다.

꼭 그날 같은 저녁이 왔다. 유미는 엄마와 함께 바짓가랑이를 걸어 올린 채 맨발로 해수욕장 모래밭을 걸었다. 인적은 드물었고, 인근 동네에서 나왔을 늙은 개 한 마리가 석양을 맞으며 느리게 걷고 있었다. 개의 그림자가 길게 늘어졌다. 유미가 말했다.

아빠를 기쁘게 해드려 엄마.

엄마가 유미를 쳐다보았다.

엄마가 그림을 그린다면 아빠는 좋아할 거야.

엄마가 말했다.

또 그 소리….

두 사람은 늙은 개를 따라 모래밭을 오래도록 거닐었다. 물빛이 검어졌다. 빨갛던 뭉게구름이 무섭도록 어두워졌다. 어느새 저녁이 가고 밤이 몰려왔다.

안 그래도 생각하고 있었어. 가게 물건만 정리되면 내려올 생각이야. 너는 글 쓰고 엄만 그림 그리고….

유미가 엄마 손을 잡았다. 두 사람은 어둠 속에 걸음을 멈추고 마주한 채 한참을 그렇게 침묵하며 서 있었다. 엄마가 말했다.

남쪽 바닷가에 집을 알아보자.

6

다음날 두 사람은 늦잠을 잤다. 용기를 내어 앞날을 결정하고 나자 긴장이 풀려서인지, 아침 햇살이 게스트하우스 방안 깊숙이 스며들 때까지 깨지 않고 내처 잤다. 오랜만에 몸이 개운해졌다.

게스트하우스에서 차려주는 늦은 아침을 먹고 짐을 챙겨 나오는 동안, 유미는 연신 밝은 표정으로 엄마를 힐끔거리며 쳐다보곤 했다. 그리고 차에 시동을 걸면서 물었다. 아파트나 빌라보단 단독이 낫겠지? 대전 집 팔면 단독 하나 못 살까?

유미는 사뭇 싱글벙글했다. 마당이 있고 담장 너머로 바다가 보이고… 음, 담장 밑엔 해당화를 심을 거야. 그러자 엄마가 거들고 나섰다. 어디가 좋을까?

사실 이태 전부터 생각해 오던 거였다. 엄마의 희망은 유미가 알고 유미의 희망은 엄마가 잘 알고 있었다. 그래서 딱히 결정은 하지 않았지만 언젠가는 서로의 희망을 실현하기 위해 이곳 제주도로 옮겨와 살아야겠다고 막연하게나마 마음은 먹고 있었다. 그러다가 작년 여름휴가 때 두 사람은 모처럼 용기를 내어 제주도를 찾았다. 아빠의 헬기가 추락하고 처음 찾는 바다였다. 그러나 엄마는 견뎌내지 못했다. 아빠의 시신이 용해되어 있을 검은 바다를 바라보던 엄마는 현기증을 느끼며 땅바닥에 털썩 주저앉았다. 9년이란 세월이 흘렀지만 엄마의 마음은 한 치도 앞으로 나아가지 못하고 있었다. 그날 저녁 비행기로 두 사람은 결국 대전 집으로 돌아가고 말았다.

엄마의 심중에 변화가 일어나기 시작한 것은 지난 봄부터였다. 유미야, 제주 바다를 다시 볼 수 있을 것 같아. 가을쯤 한번 가보자. …꿈에 네 아빠가 나타났어. 생전 보이지 않던 양반인데 웬일로 나타나서는 웃고 있었어. 웃으면서 서운하다고 하더라.

왜 그냥 갔느냐고, 먼 길을 왔다가 왜 그냥 갔느냐고 하면서 웃고 있었어.

유미는 차를 몰고 서귀포 시내를 빠져나와 1132도로로 들어섰다. 아빠가 좋아하던 사계 해안을 가기 위해서였다. 엄마는 차창 너머로 내려다보이는 서귀포항을 바라보며 모처럼 밝은 소리로 말했다. 그럼, 어디에다 집을 사지? 성산, 표선, 남원, 서귀포, 강정, 중문, 대정….

유미는 놀랐다. 엄마가 언제 저렇게 제주도에 관해 아는 게 많아졌을까? 엄마는 계속 입을 열어놓았다. 난 너무 적적한 곳보단 사람냄새 나는 곳이 좋아. 재래시장이 있고 먹자골목이 있으면 더욱 좋겠지.

유미가 맞장구를 쳤다. 뒤로는 한라산이 있고 앞으로는 섬이 몇 개쯤 떠 있는 바다. 그럼, 서귀포네 뭐. 이중섭 화백이 살던 동네. 엄마 이중섭 좋아하잖아?

방파제로 걸어 나가면 범섬과 문섬, 섶섬이 삼 형제처럼 버티고 있고, 돌아서면 한라산 백록담이 허옇게 웃으며 내려다보는 곳. 아빠도 서귀포 마을을 좋아했었다.

하얀 벽돌에 빨간 기와지붕 어때? 유미는 큰 소리로 외치며 액셀러레이터를 밟았다. 차는 어느새 중문을 지나 산방산 근처로 내달리고 있었다. 아빠는 제주도 남쪽 해안 중에서도 산방산에서 송악산으로 이어지는 사계 해안을 좋아했다. 완만한 곡선을 그리며 펼쳐져 있는 해안은 눈을 시원하게 했고 가슴을 후련하게 만들었다. 언젠가 유미는 아빠랑 차를 세워두고 하염없이 바다를 바라본 적이 있었다. 파도는 일정하게 밀려왔다가 밀려가고, 파도가 뿌려 놓고 간 소리는 코발트 빛 하늘이 쉼 없이 거두어갔다. 아빠는 차에서 내려 모래밭을 거닐며 말했다. 저 수평선 너머 낯선 곳으로 쫓겨 간 옛 삼별초 군사들. 그들은 낯선 이국땅에서 어떻게 살아갔을까? 어떤 이는 기와를 굽고, 어떤 이는 성을 쌓으면서 목숨을 이어 갔겠지. 그걸 생각하면 서글퍼져. 하지만 그게 바로 인생이겠지. 참고 또 참는 것.

유미는 그때 그 자리에 차를 세웠다. 갈매기는 그때처럼 변함없이 하늘을 날고 있었다. 고추잠자리 떼도 가을을 증명이라도 하듯 반짝거리는 날개를 달고 햇볕 속을 날았다. 엄마가 문득 말했다. 저 바닷물, 차가울까?

왜? 유미가 물었다.

들어가려고. 바닷속으로 들어가려고.

유미가 엄마를 쳐다보았다.

그래야 네 아빠랑 하나가 될 것 같아.

그러면서 엄마는 가방을 뒤져 수영복 한 벌을 꺼냈다. 핑크빛 왕방울이 수 놓인 비키니 수영복이었다.

신혼 때 네 아빠가 사준 거다. 한번밖엔 안 입었으니 새거나 마찬가지지 뭐. 네 아빠가 좋아하겠지?

유미의 바다

엄마는 차 안에서 주위를 두리번거리며 옷을 벗고 수영복으로 갈아입었다. 유미는 놀라움 반, 웃음 반으로 엄마를 지켜보고 있었다.

너도 함께 들어가자. 그래야 아빠가 좋아하지.

유미는 순간 가슴이 미어지며 코끝이 찡해왔다. 자신도 생각해 보지 않은 것은 아니었지만 엄마처럼 불쑥 덤벼들진 못했다. 그런데 막상 엄마가 팔을 걷어붙이고 나서자 유미는 내심 고마운 마음에 눈물이 핑 돌아 나왔다.

여기 있다. 엄마가 네 것도 챙겨왔어.

엄마는 가방에서 또 하나의 수영복을 꺼냈다. 엄마와 똑같은 핑크 왕방울 비키니 수영복이었다. 가방 사러 서울 가는 김에 명동 롯데 백화점에 들러 산 거야. 세트로 맞춰 입고 들어가면 네 아빠가 더 좋아할 거야.

유미는 눈물을 훔치며 옷을 벗고 수영복으로 갈아입었다. 그리고 엄마를 따라 차에서 내려 성큼성큼 백사장으로 걸어 들어갔다. 9월의 바닷물은 그다지 차갑지 않았다. 물이 무릎까지 차오르자 두 사람은 나란히 손을 잡고 걸었다. 아무도 없는 가을 바다. 먼 수평선 위로 고깃배 한 척 떠 있고, 이따금 갈매기 몇 마리 소리 지르며 나는 바다. 유미와 엄마는 물이 배꼽까지 차오를 때까지 걸어 들어가 서로 손을 잡은 채 마주 보고 서 있었다. 그러다가 누가 먼저랄 것도 없이 눈을 감았다. 그리고 물속에 다리를 구부리고 앉아 목까지 바닷물에 담갔다.

바닷물은 따스했다. 아빠의 온기였을까. 철 지난 수영복을 입고 시퍼런 물에 몸을 담그고 있었지만 두 사람은 조금도 한기를 느끼거나 무서움을 느끼지 않았다. 마치 고향 집 방 안에 앉아 있는 것처럼 편하고 아늑했다.

그토록 무섭고 서럽기만 했던 제주 바다. 지난 10년 동안 유리 조각처럼 사각거리며 자신의 몸을 해칠 것만 같던 제주 바다. 그러나 지금은 마치 달구어진 온돌처럼 따스하게 두 사람을 안아주고 있었다.

유미는 두 손을 벌려 에메랄드빛 바닷물을 한 움큼 집어 얼굴에 문질렀다. 아빠의 체취가 느껴졌다. 유미는 눈을 감고 오래도록 아빠의 냄새를 맡았다.

너무 좋아. 바다가 이렇게 좋을 줄이야.

엄마가 눈을 감은 채 혼잣말로 중얼거렸다. 유미도 바닷물에 온몸을 담근 채 속으로 되뇌었다. 그래, 이건 그냥 바다가 아니라 아빠의 바다야. 제주 바다도 아니고 남쪽 바다도 아닌 아빠의 바다.

유미는 비로소 아빠와 하나 되었다는 기쁨에 시간 가는 줄도 모르고 가을 바닷속에 들어앉아 오래도록 눈을 감고 있었다.

1

 어느 문예지 편집장으로 있는 후배로부터 단편소설 신인상 심사를 맡아달라는 전화를 받은 것은 며칠 전이었다. 나는 마지못해 승낙했고 바로 다음 날 꽤 여러 편의 소설이 택배로 배달되었다. 그쪽에서 먼저 원고를 거른 터라 정작 내게 넘어온 작품은 많지 않았다.
 나는 단숨에 응모작을 읽어 내려갔다. 이삼일 내로 끝낼 생각이었다. 나는 끼니도 거른 채 책상 앞에 앉아 프린트 용지에 인쇄된 깨알 같은 글자들을 읽어 내려갔다. 내가 이렇듯 일에 몰두할 수 있었던 것은 어쩌면 집안에 나 혼자밖에 없다는 그런 뜻밖의 환경 때문인지도 몰랐다. 바쁘게 원고를 읽어 내려가다가 오랜만에 기지개를 켜고 주위를 둘러보면 마치 무덤 같은 적막감이 나를 에워싸곤 했다.

열다섯 해를 나와 함께 산 몰티즈 애완견이 지난겨울에 죽어 나가더니 봄에는 딸아이가 서울에 취직했다며 방을 얻어나갔다. 그리고 여름이 되자 대학에 다니던 아들 녀석이 프랑스에 있는 여자 친구를 만나러 집을 떠났다. 그저께는 아내마저 서울에 있는 친정으로 장모 병구완을 위해 집을 비웠다. 지난겨울까지만 해도 다섯 식구가 복작대며 살았는데 어느 날 일어나보니 나는 문득 외톨이가 되어 있었던 것이다.

이태 전에 직장을 정년퇴직한 나는 그저 집안에서 뒹굴며 책을 읽거나 글을 쓰거나 술을 마시거나 하던 참이었다. 며칠 전까지만 해도 외톨이 신세로 전락할 줄은 몰랐는데 일이 이렇게 되고 보니 참으로 난감했다. 이것이 인생인가, 이것이 운명인가 하면서 나는 쩝쩝 입맛을 다셨다. 그러다가 문득 주위를 둘러보곤 했는데 그럴 때마다 낯선 어둠과 정적만이 나를 에워싸는 것이었다.

나는 어쩔 수 없이 이름도 알 수 없는 응모자들의 소설에 눈길을 주는 수밖에 없었다. 그러다가 문득 눈에 띄는 작품 하나를 발견하게 되었는데 나는 자신도 모르게 책상 쪽으로 바짝 의자를 끌어당기고 소설을 읽어 내려갔다. 제목은 '섬'이었다.

〈…오늘 우리가 홍보활동을 나간 곳은 '풍란도'라는 섬이었다.

나는 무전기를 둘러메고 해군 홍보단을 따라 단정에 몸을 실었다. 섬에는 오십여 명의 주민들이 문어를 잡아 생활을 이어가고 있었다.

해군 홍보단이 들어온다는 소식을 들은 섬 주민들은 조그마한 초등학교 운동장으로 모여들었다. 열 명의 학생은 모두 귀가한 뒤였고 학교에 단 한 명뿐인 여자 선생이 섬 주민들을 운동장으로 안내하고 있었다.

제대가 얼마 남지 않은 나는 무전기를 등에 메고 홍보단 뒤를 따라 운동장 기슭을 어슬렁거렸다. 홍보단은 해군 홍보 영화를 상영한 뒤 주민들에게 비상약과 콘돔을 나눠주고 이발도 해주었다. 그리고 마을을 돌며 소독을 하고 고장 난 라디오나 텔레비전도 수리해 주었다. 나는 그들을 따라 마을을 어슬렁거리며 이따금 상륙함 통신 당직자와 무선 교신을 하곤 했는데 별다른 어려움은 없었다.

오후가 되자 주민들은 우리가 타고 온 단정 두 대에 나눠 타고 섬 앞바다에 투묘하고 있는 상륙함으로 구경을 나갔다. 하지만 나는 섬에 남아 이따금 상륙함 통신 당직자와 무선통신을 하며 다시 그들이 돌아오기를 기다렸다. 낙도의 후미진 자갈길을 어슬렁거리며 애꿎은 돌멩이를 툭툭 건드리던 나는 어느새 자신도 모르게 조금 전의 그 초등학교 운동장으로 향하고 있는 자신을 발견했다.

학교라고 해봐야 슬레이트 지붕이 얹힌 집채만 한 교사에 손바닥만 한 운동장이 전부였다. 내가 단화를 질질 끌며 먼지를 내자 텅 빈 교실에 앉아 창밖을 내다보고 있던 젊은 여선생이 문을 열고 밖으로 나왔다. 혼자 열 명의 아이를 가르치고 있다며 여선생은 보기 좋게 웃었다. 낡은 교사 앞 조그마한 화단에 여름에 핀 맨드라미가 아직 지지 않고 시커멓게 색이 바랜 채 닭 볏처럼 꼿꼿이 서 있었다. 그때 내가 막 들어온 교문 쪽에서 인기척이 났다. 나는 그쪽으로 고개를 돌렸다. 뒤에서 여선생의 웃음 섞인 소리가 들려왔다.

"이 마을에서 가장 젊고 예쁜 아가씨예요."

그때 등에 메고 있던 무전기에서 삐이 삐이, 소리가 났고 나는 상류함 통신 당직자와 무어라고 교신하며 교문 쪽을 바라보았는데 소녀는 교문을 채 들어서지 못하고 신고 있던 슬리퍼로 원을 그리며 운동장 모랫바닥을 내려다보고 있었다. 걸치고 있는 반소매 셔츠와 반바지가 계절을 혼동하게 했다. 10월 초순이었는데 소녀는 아직 여름 옷차림을 하고 있었다.

"이곳 섬 아이들은 초등학교만 마치면 여수나 목포로 취업을 나간답니다. 하지만 저 아이는…."

나는 여선생의 눈길을 좇아 다시 소녀 쪽으로 고개를 돌렸는데 순간 소녀는 숙이고 있던 고개를 들고 이쪽을 물끄러미 바라보았다. 다 큰 키에 가늘고 긴 목과 어깨 위에서 찰랑거리는 단발

머리가 여고생을 연상시켰다. 멀리서 봐도 자태가 곱고 아름다웠다. 갸름한 얼굴에 하얀 피부, 늘씬한 다리와 셔츠 속에서 얄랑거리는 허리. 소녀라고 하기에는 성숙해 보였고 아가씨라고 하기에는 앳된 나이로 보였다.

"명자라는 아이인데 벙어리에요. 열일곱 살인데… 학교에 다녀본 적이 없대요. 듣지 못하고 말하지 못한다고 엄마가 학교를 안 보냈다네요."

소녀는 웃고 있었다. 선생님을 보고 웃었을까, 나를 보고 웃었을까. 그때 다시 무전기에서 발신음이 들려왔고 나는 아무 이상 없다고 답신했다.

"아마 처음 보는 해군 아저씨가 멋져서 저렇게 웃는 것 같은데…."

그러면서 여선생도 웃었다. 하얗게 드러난 그녀의 치열이 문득 묘한 감정을 불러일으켰다. 그녀도 나처럼 외로웠을까? 망망대해를 떠다니는 군함의 병사처럼 외로웠을까?

"명자 저 아이는 한 번도 운동장 안으로 들어온 적이 없어요. 자신의 한계를 일찌감치 터득한 걸까요? 교문이나 울타리 너머에서 늘 이쪽을 얼찐거리며 구경하곤 했지요. 참 딱한 아이에요. 한글도 익히지 못했을걸요. 이름이나 쓸 줄 알려나. 그러니 육지로 나가지도 못하고 외톨이가 되어… 아마 평생 저러고 섬 처녀로 늙어갈지도 모르겠지요."

그러면서 여선생은 한숨을 내쉬었는데 나는 소녀보다도 여선생이 더욱 외로워 보였다. 고향이 어디인데 이런 외진 낙도로 흘러들어와 낡은 교사를 지키고 있는 걸까? 나는 고향이 어디냐고 물어보고 싶었지만 차마 그러지는 못하고 그녀의 조그마한 어깨와 알맞게 튀어나온 가슴만 힐끗 쳐다보곤 발길을 돌렸다.

나는 텅 빈 운동장을 걸어 나오며 소녀를 바라보았다. 소녀는 웃고 있었다. 무엇이 그리 좋은지 사뭇 얼굴을 들었다가 놓았다가 하며 나를 훔쳐보고 있었다. 나도 소녀를 따라 희미하게 웃었다. 내가 신고 있던 해군 단화가 멈춘 곳에 그녀의 그림자가 내려와 있었다. 나는 그녀의 그림자를 밟고 앞으로 한발 다가서며 물었다.

"몇 살이야?"

그러자 소녀가 고개를 들고 웃으며 천천히 손가락을 펴 보였다. 소녀는 정확하게 손가락 열일곱 개를 펴 보였다. 내 입 모양을 보고 질문을 파악한 소녀는 그동안 익힌 손동작으로 열일곱이란 숫자를 표현해 보였다. 어쩌면 이것이 소녀가 태어나서 배운 교육의 전부가 아닐까, 생각하며 나는 다시 물었다.

"이름이 뭐야?"

그러자 소녀는 땅바닥에 주저앉았다. 그러고는 손가락으로 그림을 그리듯 글자를 썼다. 이명자. 글씨를 쓰는 그녀의 어깨가 움직이며 차랑한 단발머리가 가을 햇살 아래에서 흔들렸다. 비릿하고 시큼한 살냄새도 났다. 땀 냄새가 섞여 있는 듯했다. 교사 쪽으로 고개를 돌리니 여선생은 어디론가 사라지고 없었다. 소녀와 나는 가을 햇살 아래 섬처럼 남아 있었다. 주위를 둘러봐도 눈에 띄는 건 산과 들, 그리고 바다뿐이었다. 아니, 저 멀리 종이배처럼 조그맣게 떠 있는 상륙함도 보였다. 하지만 그 또한 하나의 섬에 불과했다. 나는 순간 울컥해지며 울고 싶은 마음이 들었다. 그래서 소녀에게 물었다.

"아이스크림 사줄까?"

소녀는 말이 없었다.

"과자 좋아해?"

대답이 없었다. 그때 등에 메고 있던 무전기에서 소리가 났고 소녀는 또 말간 눈을 치뜨며 웃었다. 상륙함의 통신 당직 하사가 농을 걸어왔다.

"뭐 좋은 거 없어? 이를테면 섬 처녀… 때 묻지 않은… 아, 섬에 나갔으면 결과가 있어야 할 거 아냐!"

나는 무작정 발길을 떼어놓았다. 소녀가 말갛게 웃으며 나를 따라왔다. 물론 가게는 없었다. 스무 남은 집 되는 마을에 구멍가게가 있을 리 만무했다.

나는 텅텅 비어 있는 마을을 발길 가는 대로 이리저리 걸었다. 상륙함을 나서기 전에 닦은 단화가 가을 햇살을 튕겨내며 섬의 자갈들을 흩었다. 섬 주민들은 홍보단을 따라 상륙함으로 견학을 갔고 마을 이장이 잡은 수퇘지 두 마리도 함께 건너갔다. 그들은 상륙함 승조원들과 함께 술과 고기를 즐기며 홍보단의 밴드 소리에 맞춰 오랜만에 흥을 돋울 것이다. 상륙함 갑판은 모처럼 분주해질 것이고 그들의 축제는 해가 저물어야 끝이 날 것이다.

나는 적막한 섬 골목길을 이리저리 걷다가 어느 낡은 집 앞에서 걸음을 멈추었다. 빈집 같았다. 집주인은 언제 섬을 떠났는지 이끼 낀 슬레이트 지붕은 군데군데 내려앉아 있었고 열린 방문도 문종이가 찢어진 채 거미줄에 몸을 내맡기고 있었다. 내가 그 집 앞에서 걸음을 멈춘 건 소녀 때문이었다. 소녀는 익숙한 모습으로 그 빈 집 앞에서 걸음을 멈추고는 웃으며 마당 안쪽을 들여다보았다. 그러고는 풀이 자라있는 마당을 나풀나풀 걸어 들어갔다. 등에 지고 있던 무전기에서 상륙함 통신 당직 하사의 발신음이 들렸지만 나는 순간 외면하고 있었다. 나는 자신도 모르게 소녀를 따라 빈집 안으로 걸어 들어갔다.

마당을 가로지른 소녀는 흙이 푸석푸석해진 토방을 지나 반쯤 열려있는 부엌문을 열고 안을 들여다보았다. 소녀는 여전히 웃고 있었다. 나는 숨이 가빠져서 느린 걸음으로 소녀 가까이 다가섰다. 소녀가 들여다보고 있는 부엌엔 주인은 없었지만 있을 건 다 있었다. 아궁이 두 개에 걸려있는 가마솥과 양은솥. 그을음 앉은 바람벽에 덩그러니 걸려있는 손때 묻은 찬장. 부엌 구석에 쟁여놓은 땔감. 바닥 어딘가에 나뒹구는 부지깽이. 시커먼 부뚜막에 엎어져 있는 찌그러진 냄비와 사기그릇.

　소녀는 어두운 그 빈 집 부엌으로 성큼 걸어 들어갔다. 그리고 돌아서 나를 바라보며 웃었다. 길쭉한 나무판자로 만든 부엌문 사이로 재바르게 스며든 가을 햇살이 소녀의 웃는 얼굴을 확인시켜 주었다.

　소녀가 웃으며 손짓을 했다. 나는 순간 숨이 멎는 듯했다. 믿어지지 않았지만 소녀는 옷을 벗고 있었던 것이다. 익숙한 몸놀림으로. 나는 숨이 차고 침이 말라 등에 지고 있던 무전기를 벗어 부엌 바닥에 내려놓았다. 연기에 새카맣게 찌든 문짝 사이로 유리처럼 맑은 햇살이 쏟아져 들어와 소녀의 유방을 비추었다. 스물세 살 젊은 사내는 어느새 부엌문을 걸어 잠그고 소녀 가까이 걸음을 떼어놓았다.〉

　여기까지 읽은 나는 고개를 들고 한동안 멍하니 책상 앞에 앉아 있었다. 떠오르는 인물이 있었기 때문이었다. 그렇다면… 차 수병… 이름이 뭐였더라? 차익수… 맞아, 차익수. 통신 수병 차익수. 서울 모 대학교 국어국문학과를 다니다가 입대했던 차 수병.

　나는 의자에서 몸을 일으켜 주방으로 갔다. 커피포트에 물을 끓여 커피믹스를 타서는 다시 책상 앞으로 돌아와 앉았다. 만약 이 소설의 응모자가 그가 맞다면… 그러니까 1984년 가을이었으니 지금으로부터 40년 전 일이 된다. 그때 차익수 수병은 제대를 불과 한 달 정도 남겨놓은 상태였고 무전기를 메고 어느 섬으로 홍보단을 따라 상륙을 나갔었다. 그리고 돌아와서는 내게 털어놓았다. 섬 처녀를, 벙어리 섬 처녀를 건드렸다고. 제대하기 전 한 달 동안 괴로워하다가 그는 해군에서 전역했다. 그리고 40년 동안 연락이 끊어진 채 그와 나는 만날 수 없었다. 만약 이 소설의 응모자가 그가 맞다면 그는 아직 문학을 포기하지 않고 어디에선가 살아가고 있다는 방증이었다. 40년 전, 그와 나는 같은 군함을 탔고 똑같이 문학을 지향하던 문학도였다. 나는 소설가를 꿈꾸었고 그는 시인을 꿈꾸었다. 그가 무시로 즐겨 외우던 시는 정현종의 '섬'이란 시였다.

사람들 사이에 섬이 있다.
그 섬에 가고 싶다.

나는 문예지 편집장 후배에게 전화를 걸어, 미안하지만 이 작품 응모자 이름을 알고 싶다고 했다. 물론 작품은 심사에서 제외한다는 전제하에.

묘한 인연이었다. '섬'이란 단편소설 응모자는 차익수 수병이 맞았다. 후배는 내게 묻지도 않은 주소까지 알려주었다. 전라남도 여수시 **면 풍란도길 40.

나는 떨리는 손으로 작품을 거머쥐고 소설을 마저 읽어 내려갔다.

〈소녀는 웃으면서 내 손을 거머쥐었다. 그러고는 자신의 유방으로 슬며시 끌어당겼다. 얄궂은 가을 햇살이 유두를 핥았다. 매끈한 봉오리는 앵두처럼 발갛게 익어 있었다. 내 손가락이 유두를 건드리자 기다렸다는 듯 신음이 터져 나왔다.

소녀의 사타구니가 축축이 젖어 있었다. 음모가 무성했다. 내 손가락이 그곳을 찾자 소녀가 고개를 젖히며 신음을 흘렸다. 부엌 바닥에 놓여 있던 무전기에서 신호음이 새어 나왔다. 나는 무전기를 끄려다가 귀찮아 그대로 두었다.

부뚜막에 걸터앉아 소녀를 내 허벅지 위로 올리자 나의 그것이 소녀의 몸속으로 깊숙이 들어갔다. 소녀가 교성을 지르며 눈물 한 방울을 귓전으로 흘려보냈다. 나는 손가락으로 소녀의 눈물을 훔쳐 주었다.

성교가 끝나자 소녀는 또 웃었다. 옷을 주워 입으며 부끄러움도 잊은 채 아까보다 더 만만한 표정으로 얼굴 가득 웃음을 머금었다. 무전기에서 상륙함 통신 당직 하사의 발신음이 흘러나왔다.

"호출도 안 받고… 차 수병, 무슨 좋은 일 있나 보네. 드디어 섬처녀 정복했는가? 하하하 그렇다면 축하하네. 용왕님이 내려준 제대 선물로 생각하게. 하하하."

무전기를 둘러메는데 소녀가 손을 벌려 내게 들이밀었다. 돈을 달라는 몸짓 같았다. 나는 잠시 머리가 비는 듯했다. 이미 몇 번이고 놀란 나는 무전기를 메고 어둠 속에 엉거주춤 서서 소녀를 바라보았다. 소녀는 돈이 없다는 내 동작을 확인하고는 아무렇지도 않다는 듯 그저 웃기만 했다. 그러다가 불쑥 내게로 다가와 내 볼에 뽀뽀를 해주었다.

나는 그녀를 끌어안고 오랫동안 키스를 했다. 그 순간만큼은 진정으로 두 사람이 하나가 되는 기분이었다. 나는 소녀의 입속에 있던 외로움을 모두 내 입속으로 끌어당기고 내 입속에 있던 외로움을 소녀의 입속으로 밀어내기 위해 안간힘을 썼다. 소녀의 입속에 남아 있던 짜디짠 바닷물이 내게로 흘러들어왔다.

유난히 빨간 해가 수평선 너머로 떨어질 무렵 섬사람들을 가득 실은 단정이 돌아왔다. 사람들이 내리자 나도 상륙함으로 돌아가기 위해 부두로 나갔다. 술에 취한 주민들이 노래를 흥얼거리며 꼬부랑길로 접어들었다. 상륙함에서 나눠준 선물 꾸러미를 하나씩 들고 어두워지는 섬 어딘가로 그들은 하나씩 사라져갔다.

내가 단정에 올라탔을 때 섬은 완전히 어두워져 있었다. 단정이 통통거리며 섬을 밀어내자 나는 유심히 눈을 뜨고 그곳을 살폈다. 어둠이 내려 더욱 쓸쓸해진 조그마한 부두에 소녀가 서 있었다. 그녀가 웃고 있는지는 보이지 않았다. 다만 소녀는 한 손을 높이 들어 이쪽을 향해 흔들고 있었다. 여러 번 오랫동안 흔들어

보였다. 나는 소녀를 따라 손을 흔들까 하다가 이미 캄캄해진 바닷속으로 묻혀 들어가는 자신을 발견하고는 그만두었다. 대신 무전기 폰을 빼 들고 이런 교신만 남겼다.

"섬, 섬에서 완전 철수! 현재 잔류 인원 없음. 이상!"〉

나는 소설을 반쯤 읽다가 생각나는 게 있어 책장을 뒤적였다. 군에 있을 때 썼던 일기장을 보기 위해서였다. 40년 전에 썼던 두툼한 노트가 책장 한쪽에 꽂혀 있었다.

1984년 10월 4일 날짜에 그날의 기록이 있었다. 전라남도 여수에 있는 낙도 '풍란도'를 방문했다는 일기. 틀림없었다. 그날 차 수병은 풍란도로 무전기를 메고 홍보단을 따라 상륙을 나갔고 돌아와서는 제대할 때까지 한 달을 괴로워했었다.

〈상륙함으로 돌아온 나는 밥맛을 잃었다. 잠도 오지 않았다. 통신실에서 당직을 서면서 머릿속에는 온통 소녀에 대한 생각뿐이었다. 열일곱 살에 불과한 소녀는 무슨 연유로 나를 빈집 부엌으로 유인해서 옷을 벗었을까? 하던 짓으로 봐서 한두 번 해본 솜씨는 아닌 것 같았다. 손을 벌리고 돈을 달라는 몸짓은 또 무엇인가? 그 조그만 섬에서 몸이라도 팔아 부모를 공양한다는 말인가? 그렇다면 소녀와 그 짓을 벌이는 사람들은 누구인가?

당직이 끝나고 침실에 내려와서도 잠을 이룰 수 없었다. 소녀를 생각하면 할수록 내 몸은 점점 더 깊은 펄 속으로 빨려 들어가는 기분이었다. 그날 소녀가 내게 보인 행동은 단순히 몸만 파는 소녀의 몸짓은 아니었다. 소녀는 진정으로 나를 원하는 것 같았다. 소녀의 눈빛에서 확인할 수 있었다. 소녀는 외로웠고 어쩌면 그 짓으로 천형과도 같은 자신의 외로움을 떨쳐내려 했는지도 모른다. 죄의식도 없이, 본능이 시키는 대로 몸을 놀리다가 누군가 돈을 주자 그때부터 습관처럼 그렇게 돈을 받았을지도 몰랐다. 그러나 만약 소녀가 그런 모습으로 살아왔을지라도 그날만큼은, 그날 내게 만큼은 그렇게 하지는 않았을 것이라고 나는 믿었다. 내게 만큼은 매춘이 아니라 자신의 진정한 사랑을 보여준 것이라고 나는 확신했다.

다음날 상륙함은 또 다른 섬을 찾아 떠났고 그렇게 해서 남해의 여러 섬을 돌다가 가을이 다 끝날 무렵에야 육지로 돌아왔다. 물론 그날 이후 나는 다시는 섬을 밟지 않았다. 다른 통신병이 무전기를 메고 섬으로 나갔고 나는 상륙함 통신실에 남아 당직을 섰다. 그러다가 나는 문득 바다 한가운데서 전역 통보를 받았다. 상륙함의 귀항 날짜는 11월 초였는데 내 제대 날짜는 10월 30일이었던 것이다. 나는 마침 진해로 가던 유조함이 기름을 공급하기 위해 우리 상륙함과 계류하는 기회를 타서 그 유조함에 편승해 항구로 돌아왔다. 그날, 3년 동안 타던 군함을 뒤로하고 천천히 바다를 빠져나올 동안 나는 소녀를 생각했다. 바다에 무수히 떠 있는 여느 섬처럼 소녀 또한 내게는 하나의 섬으로 남아 있었던 것이다.)

2

 편집장 후배에게서 받은 주소를 들고 나는 차 수병을 찾아 남쪽으로 떠났다. 풍란도는 여수에서 뱃길로 60리 거리였다. 우리는 이미 전화 통화로 서로의 안부를 주고받은 뒤였다. 40년 전, 멀리 상륙함 갑판에서 바라보던 풍란도. 나는 어렴풋한 기억의 한 조각이나마 건져보려고 노력했지만, 나지막한 산자락 아래로 울긋불긋한 지붕들이 어울려 있었고 그 마을 앞으로 작은 부두가 엎드려 있었다는 풍경만 떠오를 뿐 다른 특별한 기억은 없었다. 그리고 그 부두를 바라보며 차 수병이랑 무선통신을 하던 자신의 모습만 떠오를 뿐이었다.
 하루에 한 번 닿는 배가 부두와 가까워지자, 초로의 중늙은이가 흰 머리카락을 손바닥으로 쓸어 넘기며 바람을 맞고 서 있었다. 나는 직감적으로 그가 차익수 수병이라는 것을 알아차렸다.
 부두를 나서자 왼편 바닷가에 초등학교가 있었다. 그의 소설에 나오는 초등학교가 분명했다. 이미 오래전에 폐교가 되었다며 차 수병은 기침을 했다. 대문도 없는 교문을 지나 약간 오르막인 시멘트 포장길을 얼마 동안 걸어가자 마을 어귀가 나타났다. 군데군데 빈집이 눈에 띄는 마을은 여남은 채가 되지 않는 듯했다. 나는 등이 굽은 그를 따라 걷다가 그의 소설에 나오던 섬의 자갈길을 떠올렸다. 그러자 무전기를 둘러메고 벙어리 소녀 뒤를 따라 걷던 그의 젊은 날이 떠올랐다. 그리고 그 빈집의 부엌을 떠올리는 순간 그가 문득 여기요, 하고 손가락질하며 나를 바라보았다.

"여기가 우리 집이요. 허허."

나는 그를 따라 집안으로 들어섰다. 군데군데 풀이 난 마당을 걸어 들어가던 그는 시멘트로 말갛게 치장한 토방에 서서 부엌을 한번 힐끗 쳐다보고는 이쪽으로 몇 걸음 옮겨와 마루 끝에 단 미닫이문을 열고 신발을 벗었다.

"…이 집이 바로 그 문제의 집이요. 아내와 첫사랑을 나누던…"

벙어리 소녀와 첫 관계를 맺었던 그 빈집에서 그는 소녀와 가정을 이루어 지금껏 살아왔다고 했다. 아쉽게도 아내는 오래전에 세상을 떠났다고 했다. 생전에 자식은 두지 않았고 아내의 무덤은 그녀의 부모 무덤이 있는 마을 뒷산에 있다고 했다. 그는 벌써 십수 년째 혼자 살아오고 있다고 했다.

저녁에 술이 과해지자 그는 살아온 세월을 더 자세하게 설명해 주었다. 취한 목소리로 그가 들려주는 얘기는 그의 소설에서 읽은 내용과 별반 다를 것이 없었다.

〈제대하고 복학했지만 나는 그 섬에 대한 기억 때문에 괴로운 나날을 보내야 했다. 몸은 서울에 있었지만 마음은 남해의 먼 외딴섬에 가 있었다. 그러다가 졸업을 한 학기 남겨둔 어느 여름날, 나는 마음을 굳게 먹고 그 섬을 찾아갔다.

부두에서 내린 나를 반겨준 것은 초등학교였다. 방학을 맞은 학교는 텅 비어 있었고 조그마한 교사 앞 화단에 맨드라미꽃이 붉게 피어 있었다. 나는 마을로 올라가기 전에 학교 정문 앞에서 얼찐거렸다. 학교 여선생을 만나기 위해서였는지, 혹 벙어리 소녀가 나를 발견하고 이쪽으로 와주기를 바라는 마음에서였는지, 나는 걸음을 멈추고 여름 한낮의 뙤약볕을 온몸으로 맞고 있었다. 그때 학교 현관에서 누군가 이쪽을 쳐다보았고 나는 그가 곧 이태 전의 그 여선생이라는 것을 알아차렸다. 나는 용기를 내어 그녀 쪽으로 걸어 들어갔다.

화단에 피어 있는 맨드라미꽃을 마을에서 내려온 닭들이 쪼아대고 있었다. 여선생은 닭의 단단한 부리에 뜯겨나가는 붉은 꽃잎을 물끄러미 바라보다가 입을 열었다.

"소녀가 임신을 했었어요. 물론 부모가 여수로 데리고 가 낙태를 시키긴 했지만."

화장기 없는 그녀의 얼굴이 바닷가 모래알처럼 창백했다. 꾸밈없는 얼굴이 퍽 예쁘다고 생각하며 나는 문득 마음 한구석이 무엇엔가 촉촉이 젖어오는 것을 느꼈다.

"누구 아이인지 아무도 모르죠. 놀라는 사람들도 없었고요. 나만 괜히…."

그러면서 여자는 나를 넌지시 바라보았다. 그리고 희미하게 웃으며 입을 열었다.

"해군 홍보단이 다녀가고 몇 달 되지 않아 소녀가 입덧을 했다고 하더군요. 마을 사람들 얘기를 들어보면…."

나는 여자의 얼굴을 쳐다볼 수가 없어 눈을 아래로 내리깔고 있었는데 검붉은 맨드라미꽃을 쪼아 먹던 닭들이 내 발등 근처를 지나갔다. 여름 햇살을 잔뜩 머금은 닭의 몸에서 피 냄새가 나는 것 같았다.

"하지만 깨끗이 긁어냈으니 누구 앤들 무슨 소용이 있으려고요. 다만… 애틋한 건… 저녁이면 부두로 나가 물끄러미 바다 저쪽을 바라보곤 하던 소녀의 모습이…."

나는 더 이상 참을 수가 없어 여선생을 억지로 올려다보며 입을 열었다.

"방학인데 집으로 가시지 않고…."

여선생은 내 말에 미소를 지으며 발길을 옮겼다.

"안 그래도 내일 섬을 떠나려고요. …집이래 봐야 또 섬이지만…."

붉은 맨드라미꽃을 파먹고 홰를 치며 사라진 닭들을 좇아 운동장을 나선 나는 가슴에 흐르는 피를 안고 마을로 들어섰다. 애꿎은 돌멩이를 툭툭 건드리며 오르막길을 걷던 나는 잠시 뒤 그 낡은 빈집 앞에 홀로 서 있던 소녀를 발견했다.

나를 확인한 소녀는 웃으면서 몇 걸음 다가왔다. 그러다가 주춤거리며 걸음을 멈추더니 이태 전 그날처럼 텅 빈 마당을 걸어 들어갔다. 마당엔 여전히 풀이 자라있었고 소녀는 부엌 앞에 서서 나를 돌아보았다. 그리고 부엌문을 열고 안으로 들어가서 어둠 속에 오도카니 서 있었다. 나는 무섭기도 하고 괴이하기도 하고 반갑기도 해서 부엌문에 어깨를 기대고 한동안 소녀를 바라보았다. 소녀는 울고 있었다. 어둠 속에 서서 볼 위로 흘러내리는 눈물을 손등으로 훔치고 있었다.

나는 부엌문을 걸어 잠그고 소녀 앞에 섰다. 소녀가 무슨 짐승 같은 단말마를 지르며 나를 끌어안았다. 손가락에 얼마나 힘을 주었던지 등이 후벼 파이는 듯한 통증이 몰려왔다. 다시 나와 재회한 소녀는 이태 동안 나타나지 않았던 내가 원망스러웠던지 가쁜 소리를 내며 거머리처럼 내 몸에 달라붙었다. 조금 전에 여선생에게서 들은 소녀의 임신과 낙태 소식이 뇌리를 떠나지 않는 탓에 나는 마음이 무거웠다. 그러나 잠시 뒤 나는 마음의 안정을 찾았다. 만약 잉태된 아이가 내 아이가 아니었다고 해도 나는 소녀를 사랑할 것이니까.)

"그날로 나는 섬 주민이 되어버렸소. 바로 뒷집이 소녀네 집이었는데 나는 그날 저녁 부모님을 뵙고 사실을 털어놓았소. 그리고 함께 살겠다고 두 손으로 싹싹 빌었지."

늙은 차 수병은 세 병째 소주병 뚜껑을 걷어냈다. 직접 잡았다는 돌문어회가 일품이었다. 나도 오랜만에 과음했다.

"우리가 일을 치른 이 집은 처삼촌 집이었는데 처삼촌 부부가 여수 돌산으로 나가 사는 바람에 비어 있었던 거지. 우리는 이 빈집을 수리해서 신혼살림을 차렸수다. 살림살이라고 해봐야 이불 한 채가 고작이었지만. 그때 마누라 나이가 열아홉이었으니…."

나는 문학은 어떻게 되었느냐고 물어보았다. 시인으로 데뷔한 것은 전화 통화로 알 수 있었지만 나는 더 자세한 것을 알고 싶어 했다. 시집은 몇 권이나 냈으며 상은 무슨 상을 받았느냐는 등. 그러자 그는 한숨을 내쉬며 들었던 술잔을 내려놓았다.

"…그것이 마음대로 되질 않더이다. 지금까지 시집은 딱 한 권 냈수다. 그것도 자비로… 쉰이 넘은 나이에."

그리고 그는 내려놓았던 술잔을 집어 들어 냉큼 비워내고는 초고추장 묻은 입가를 손등으로 훔치며 말했다.

"…섬이 한때는 오아시스처럼 여겨지던 때가 있었지. 집사람이랑 살면서 정말 내가 내린 결정이 옳았구나, 섬에 들어오길 잘했구나, 생각하며 살던 시절이 있었지. 말 못 하는 아내가 답답하긴 했지만 같이 살을 섞고 살다 보니 그다지 불편하지도 않습디다. 오히려 다툼도 덜 하고…. 하지만 세상살이가 어디 마음먹은 대로 돼야 말이지."

〈나는 장인이 물려준 통통배를 타고 낚시나 그물로 고기를 건져 올려 목숨을 유지해 나갔다. 장인이 살던 대로 나 또한 목숨 건사하기에 알맞을 만큼만 고기를 잡았다. 그렇게 욕심 없이 살던 장인은 어느 날 배 위에서 뇌출혈을 일으켜 세상을 떠났다. 나는 그가 물려준 통통배를 타고 세 식구 입을 건사하기 위해 매일 바다로 나갔다.

한때 우리는 행복했다. 풍란이 많이 자랐다고 해서 풍란도란 이름이 붙여졌다는 이 섬에서 나는 한 번도 풍란을 보지 못했지만, 섬의 아름다운 이름만큼이나 아름다운 일상을 보낼 수 있었다. 내가 잡아 온 고기를 팔아 옷이며 쌀을 샀고, 장모와 아내는 내가 바다에서 돌아오기를 기다리며 집 단장을 하거나 얼굴을 꾸미기도 했다.

아이는 생기지 않았다. 전에 긁어냈다던 그 낙태 수술이 잘못되었던지 우리에게 아이는 생기지 않았다. 대신 나는 젊은 아내를 아이처럼 애지중지하며 살았다. 아내는 내가 없인 하루도 못 살겠다는 표정으로 하루해를 견뎠다. 그러나 그 작은 행복은 오래가지 않았다. 그다지 늙지도 않은 장모에게 치매가 찾아온 것이다.

장모에게 찾아온 치매는 못된 치매였다. 세상의 모든 악귀를 다 긁어모아 놓은 듯 그녀의 머릿속은 복잡했다. 욕을 하는가 하면 똥을 싸서 입에 넣기도 했다. 어느 날은 보던 텔레비전을 홍두깨로 두들겨 박살을 내기도 했고, 찬장의 그릇을 끌어내 마당에 패대기치기도 했다. 또 어느 날은 바닷가 부두로 나가 노래를 부르기도 했고, 바위 벼랑에서 뛰어내린다고 소리를 지르기도 했다.

죽어나는 건 나였다. 왜냐하면 말 못 하는 아내는 성격이 급해 치매에 걸린 장모를 보살필 수 없었기 때문이었다. 마치 불이나 물을 만난 염소가 입에 거품을 물고 발버둥 치듯 벙어리 아내는 안절부절못하며 금세 숨이 넘어갈 듯 바동거렸다. 그래서 나는 배를 타는 동안은 장모를 방안에 가두어 놓곤 했다.

그런 어느 날 배를 거두고 집에 돌아와 보니 아내가 마당을 뛰어다니며 울고불고 난리가 났다. 나는 아내의 손에 이끌려 장모를 가둬놓은 방문을 열었다. 장모는 죽어 있었다. 방바닥에 쓰러져 있는 그녀의 머리에서 피가 흘러나와 장판에 흥건히 고여 있었다.

나중에 따져 물으니, 아내는 비뚤비뚤 사연을 연필로 써서 내게 보여주었다. 엄마가 미워 때렸다. 망치로 한 대 갈겼는데 엄마가 쓰러졌다. 내 남편을 힘들게 하는 엄마가 미워졌다. 그래서 죽여야 한다고 생각했다.

나는 경찰에 자수했다. 내가 죽였다고. 재판은 간단하게 끝났다. 나는 존속살인죄로 징역 10년을 선고받고 만기 복역했다. 그리고 출소해서 섬을 찾아가니 아내는 없었다. 어디론가 떠나고 없었다. 말 못 하는 벙어리 여자가 섬을 떠나 어디로 갔단 말인가.

마을 사람들 얘기에 의하면 내가 섬을 떠나자 혼자된 아내는 매일 슬피 울며 부두에 나가 해가 지도록 돌아오지 않았다고 했다. 보다 못한 이웃이 데려다가 밭일이나 시키며 먹이고 재우고 그렇게 몇 년을 거두었는데, 어느 보름달이 훤하게 바다를 비추던 날 밤, 몰래 부두로 나가서는 다시 돌아오지 않았다고 했다.

교도소에서 출소하던 날 부두에 내린 나는 예전의 그 초등학교 앞을 지나다가 한 중년 여선생을 만났는데, 나는 그녀가 옛날 그 여선생이라는 것을 알았다. 그녀는 어느 낯선 곳을 오랫동안 떠돌다가 다시 제 자리로 돌아와 있었던 것이다. 여선생은 많이 늙어 있었지만 주름진 그녀의 얼굴에는 예전의 그 희미했던 미소가 남아 있었다. 여선생은 내 사연을 마을 사람들한테 들어서 알고 있다며 희디흰 치열을 가지런히 내주며 웃었다.

"…전 그쪽을 도무지 이해할 수 없어서… 어떻게 그런 삶을 사시는지…."

나는 그러는 그쪽을 이해할 수가 없어서 이런 대답을 해주긴 했다.

"저도 모르겠습니다. 선생님께서는 어쩌다가 이런 섬으로 또 전근을 오시게 됐는지….”

나는 그녀가 결혼은 했는지, 아이들은 있는지, 어느 도시나 섬을 떠돌다가 다시 돌아왔는지 궁금했지만 물어보지는 않았다.

아내의 시신은 발견되지 않았다. 다만 내가 출소한 지 며칠 뒤에 아내가 신었던 분홍색 구두 한 켤레가 파도에 휩쓸려 부두로 돌아왔다. 나는 아내가 혼신의 힘으로 밀어 보냈을 분홍색 구두를 물에서 건지자마자 물건의 주인을 알아봤다. 아주 오래전에 내가 힘겹게 잡은 대왕문어를 팔아 사준 아내의 구두였다. 벙어리 아내는 자신이 신고 있던 신발이나마 힘껏 밀어내 내게 보내준 것이다. 자신의 몸은 썩어 없어졌지만 신고 있던 구두만이라도 남편 곁으로 기어이 돌려보내 준 것이다.)

"달밤에 부두에 나와 나를 기다리던 아내는 그만 설움에 겨워 물속으로 걸어 들어갔던 거외다.”

늙은 어부 차 수병은 술에 취해 얼굴에 날아든 모기를 잡지도 못하고 이리저리 손바닥을 두들기며 나를 쳐다보았다. 그리고 발전기로 밝히는 희미한 형광등 불빛에 반백의 머리를 쓸어 넘기며 이렇게 말했다.

"김 하사는 그날 섬에서 돌아온 내게 무슨 좋은 일이라도 있느냐고 물었수다. 나는 대답은 안 했지만, 속으로는… 천근만근 무거운 보석을 몸속에 지니고 있는 것처럼 기쁘기도 하고 괴롭기도 하고… 그런 감정으로 한 달을 났지. 내가 선택하고 저지른 일이라… 그저 이런 섬처럼 묵묵히 견디며 평생 살 각오를 하니까 오아시스가 따로 없고 지옥이 따로 없습디다. 섬이란 게 때로는 꿈이 되었다가 지옥도 되었다가… 내가 짓는 시처럼 노래가 되기도 하고 눈물이 되기도 하고…. 아내가 떠난 지 벌써 십수 년이 되었수다. 찾지 못한 시신 대신 바다에서 건져 올린 분홍 구두 한 켤레로 무덤을 만들었지. 저 뒷산 부모 산소 옆에 묻고 여태 말 한마디 안 하고 살아온 세월이 이렇게 되었수다."

늙은 차 수병은 술상 옆으로 비시시 쓰러져 금세 잠이 들었다. 어찌나 곤한지 코 고는 소리도 들리지 않았다. 나는 모로 쓰러져 숨죽이며 자는 그가 마치 40년 전 상륙함에서 바라보던 그 '풍란도'처럼 여겨졌다. 나도 어찌나 피곤했던지 셔츠도 벗지 못하고 그 옆으로 쓰러져 또 하나의 섬을 만들었다. 그러나 눈을 감고 잠을 청하면서도 나는 그가 쓴 소설을 읽고 있었다.

〈아내가 죽고 몇 년이 흘렀을 때 나는 초등학교 운동장에서 그 여선생을 만났다. 학교가 폐교되는 바람에 여선생은 짐을 꾸려 섬을 떠나려던 날이었다. 한창 더웠던 여름이 수평선 너머로 사라지고 선선한 초가을 바람이 화단의 맨드라미꽃을 건드리며 툭툭, 붉은색을 앗아가고 있었다. 여선생은 어느새 늙어 있었다. 나처럼 늙어 있었다. 그래도 그녀는 흰 치열과 희미한 웃음과 갸름한 얼굴선을 잃지 않고 있었다. 그런 그녀가 엉뚱한 얘기를 했다.

"이제 섬을 떠날 때도 되지 않았나요?"

나는 운동장의 모래를 훑으며 눈을 내리깔았다. 아내의 오래전 모습이 떠올랐다. 교문을 들어서지 못하고 슬리퍼로 원을 그리며 서성거리던 벙어리 소녀. 여자가 말했다.

"저랑 함께 떠나요! 또 다른 섬으로 가도 좋고 아니면 육지로라도…."

나는 믿어지지 않았다. 그녀가 그런 얘기를 하다니, 이렇게까지 늙도록 다른 생각은 하지 않고 나 같은 사람에게서 사랑을 구하고 있다니, 놀라운 일이었지만 나는 찬찬히 그녀를 바라보며 대답했다.

"저랑 함께 여기서 살아요. 저는 떠날 수가 없습니다."

그녀는 떠났다. 가방을 배 위에 올려주며 나는 그녀의 눈 속에 고인 눈물을 보았다. 그녀는 먹은 나이만큼 잘 참았다.

배는 떠났다. 오래전 나를 실은 배가 부두를 떠나듯 그녀를 실은 배는 하염없이 밀려오는 물결만 남긴 채 섬에서 점점 멀어져 갔다. 섬이 섬을 바라보았다.

하나가 되지 못하고 섬이 되어 서로 멀어져 갈 때 섬들은 저마다 숨죽이고 울게 마련인 모양이다. 나는 아내를 생각하며 흘린 눈물을 또 오랜만에 그녀를 보내며 흘리고 있었던 것이다.〉

날이 밝았다. 나는 섬을 떠났다. 늙은 차익수 수병은 무전기 대신 불룩한 자신의 늙은 등을 메고 부두에 나와 손을 흔들고 있었다.

집에 도착한 나는 여전히 외톨이였다. 친정에 간 아내는 장모 병이 깊어졌다며 돌아올 생각을 하지 않았고 서울에 있는 딸아이는 직장 일이다, 데이트다, 하며 바쁜 나날을 보냈다. 프랑스에 있는 아들도 애인이랑 스위스 근처 마을까지 갔다며 집을 잊은 지 오래였다. 나는 홀로 밥을 해 먹고 책을 읽고 술을 마시며 하루하루를 견뎌냈다. 그런 어느 날 섬에서 전화가 걸려 왔다. 차익수 수병이었다.

"김 하사! 나 소설가 안 할 거다. 처음 써본 소설이지만 다시는 응모 안 할 거다. 김 하사가 내 유일한 독자다. 그러니 세상에서 제일 귀한 소설인 거지. 이런 귀한 이야기 아무한테나 들려주면 안 된다. 시만 쓰며 살 거다. 한 가지 일만 하며 살 거다. 평생 한 여자만 사랑했듯 평생 한 가지 일만 하며 살 거다. 심심하면 놀러 와라. 섬이 섬에게 놀러 오는 거지."

그러면서 그는 얼마 전에 썼다는 시 한 편을 카톡으로 보내왔다.

섬

조약돌 하나에 아롱지는
낮과 밤의 단조로움 속에서
늙어가는 새의 뼈, 또는 평화.

전화를 끊고 생각하니 그는 사람이 아니라 마치 하나의 거대한 섬처럼 여겨졌다. 감히 다가갈 수 없는 검고 단단한 바위섬.
먼바다에 섬 하나가 버티고 앉아 나를 지켜보고 있다고 생각하니 마음 한구석이 또 애잔해졌다.

이상한 일이다. 아내가 돌아오지 않고 있다. 돌아오는 것은 고사하고 전화까지 받지 않는다. 그는 자리에서 일어나 창가로 다가선다. 싸늘한 유리에 손을 대고 창밖을 내다본다. 안개다. 이른 봄, 깊은 밤의 촉촉한 어둠이 온통 안개에 휩싸여 있다. 안개는 어둠의 미립자들을 하나씩 끌어안고 협잡이라도 하듯 은밀하게 다가오고 있다. 유리창이 휘어질 듯 밀어붙이고 있다. 그는 차가운 유리창 위로 커튼을 드리운다. 순간, 심장이 불규칙하게 뛴다. 숨이 차다. 불길한 생각이 든다. 안개 때문이라고 그는 생각한다. 창문을 열지 않았는데도 그는 분명 비릿한 안개 냄새를 맡았다. 여자의 생리 냄새 같기도 한 밤안개는 어둠과 협잡해 어떤 불길한 사건을 몰고 올지도 모른다고 생각했다. 그의 손끝이 파르르 떨린다.

거실의 컴퓨터를 끄고 안방으로 들어온 그는 미리 펴놓은 이부자리에 누워 휴대폰을 들여다본다. 오늘 밤 아내에게 건 전화가 열 번이 넘는다. 문자와 카톡 또한 여러 번이다. 그는 가만히 버튼을 누른다. 이렇다 할 컬러링 하나 없이 이어지는 단조로운 신호음. 기다리는 아내의 목소리는 들려오지 않는다. 마른 입술에 침을 묻히며 거실로 나온 그는 식탁 모서리에 손등을 부딪치며 아이 방으로 건너간다. 중학교에 다니는 아이는 불을 켜 놓은 채 잠들어 있다. 아직 엄마 손이 많이 가야 할 나이다. 아이 머리맡에 우두커니 서 있던 그는 한숨을 내쉬며 스위치를 내린다. 조그마한 방이 흔적도 없이 사라진다. 그는 다시 스위치를 올려 불을 켠다. 그리고 아이 머리맡에 쪼그리고 앉아 차갑게 식은 자신의 손가락으로 아이의 이마를 쓰다듬고는 방문을 닫고 거실로 나온다.

거실로 나온 그는 피아노 위에 놓여 있던 알이 굵은 염주를 손에 쥐고 엄지손가락으로 염주 알을 하나씩 굴리기 시작한다. 그러면서 널찍한 거실 바닥을 이리저리 서성거린다. 벽시계가 정확히 자정을 가리키고 있다. 그는 빨갛게 충혈된 눈으로 천장을 쳐다보며 깊은 한숨을 내쉰다. 그리고 그는 후회한다. 아내에게 차를 맡긴 것을. 아니, 왼손잡이인 그녀에게 운전을 가르친 것을.

아내는 오늘 아침 그의 차를 몰고 통영으로 갔다. 반도의 끝, 서울에서 가장 먼 곳. 아내는 휴일을 맞아 모처럼 들뜬 마음으로 하루 동안의 짧은 여행을 준비했다.

봄엔 도다리쑥국이 유명하지. 경숙이랑 같이 가기로 했어. 걔는 무사고 이십 년의 베테랑이니까 옆에서 도와줄 거야.

아내의 첫 드라이브치고는 무모하다 싶을 정도로 먼 거리였다. 통영. 고속버스로 자그마치 네 시간을 달려야 닿는 땅끝마을. 그런 곳을 하루 만에 다녀온다는 것은 운전 경력 삼십 년이 다 되어가는 그로서도 힘에 겨운 일로 여겨졌다.

차라리 하룻밤 자고 오는 게 낫겠다. 왕복 여덟 시간을, 그것도 왕초보 아줌마께서 줄곧 운전한다는 것은 무리지. 아무리 친구가 옆에 있다고는 하지만.

말렸지만, 명동에서 조그만 액세서리 가게를 하는 아내는 일요일 빼고는 문을 닫을 수가 없다며 굳이 하루 동안의 짧은 여행을 강행하고 나섰다. 평소 한 고집하는 아내의 성격을 잘 알고 있는 그로서도 더 이상 말릴 엄두는 나지 않았다.

염주 알을 굴리며 거실을 서성거리던 그는 피아노 앞에 멈춰 서 주방 쪽 벽에 걸려 있는 벽시계를 쳐다본다. 시침과 분침은 정확히 12시 50분을 가리키고 있다. 눈알이 토끼 눈처럼 빨갛게 충혈된 그는 컴퓨터 책상에 놓여 있던 휴대폰을 집어 들고 통화버튼을 누른다. 앙상한 뼈마디 위로 얼키설키 푸른 혈관이 지나가는 그의 오른쪽 손등이 겁에 질린 듯 파르르 경련을 일으킨다.

아내에게 운전을 가르친 건 지난가을이었다. 신혼 때 운전면허를 따 놓은 아내였지만, 그동안 먹고사는 일에 바빠 한 번도 운전다운 운전을 해보지 못했다. 어렵사리 딴 아내의 면허는 장롱 면허가 되었고, 아내는 버스나 전철에 몸을 맡긴 채 피곤한 나날을 이어갔다. 그러다가 지난여름, 아내가 일하던 호텔 토산품점이 문을 닫으면서 아내는 몇 달 동안 실업자 신세가 됐다. 그러면서 아내는 그동안 잊고 있던 운전면허를 생각해냈던 것이다.

휴일이면 그는 아내를 차에 태워 서울을 빠져나갔다. 올림픽대로를 서쪽으로 달려 행주산성 주차장에 닿거나, 아니면 동쪽으로 달려 양평 남한강 둔치 공원 주차장에 닿기도 했다. 주차장이긴 했지만 비교적 한적하고, 또한 집에서 가까운 곳이기도 해서 아내에게 운전을 가르치기에는 안성맞춤이라고 그는 생각했다. 시동 거는 법, 기어 넣는 법, 가속페달 밟는 법, 브레이크페달 밟는 법, 핸들 조작하는 법, 비상등 켜는 법, 계기판 읽는 법을 설명하고 아내에게 운전석을 내줄 때면, 그는 공연히 자신의 가슴이 콩닥거리기도 했다. 아내는 1단 기어로 달리다가 2단 기어로 변속할 때마다 덜컹 엔진을 꺼트리기 일쑤였고, 그럴 때마다 그는 백미러에 이마를 찧으면서 내년엔 기필코 우리도 오토매틱으로 바꿔야겠다고 괜한 엄살을 떨곤 했다. 그러면 아내는 매끈한 미간에 살포시 주름살을 지우며, 아직 몇 년은 더 탈 수 있는 차를 왜? 하면서 그의 믿음을 저버리지 않았다.

주행이나 핸들 조작보다 어려운 건 T자 코스였다. 후진 주차할 때 빼놓을 수 없는 필수 과정이었지만, 왼손잡이 아내는 서툴기만 했다. 오른쪽 방향으로 후진할 때는 오른쪽으로 핸들을 돌리고, 왼쪽 방향으로 후진할 때는 왼쪽으로 돌려야 하는 기본적인 사실조차 이해하지 못했다. 왼손잡이 아내는 반대로 생각했다. 우뇌가 발달한 아내는 왼손을 편하게 썼고, 모든 운동 방향을 그와는 반대로 이해했다. 그는 입에 침을 튀기며 설명했지만, 아내의 생각은 조금도 나아지지 않았다. 그는 처음으로 아내에게 실망했다. 그동안 똑똑하고 영리하다고만 믿었던 아내가 그처럼 우둔하고 미련한 사람이란 걸 처음으로 깨달았다.

왼쪽으로, 왼쪽으로 돌려야지!

이런! 이번엔 오른쪽이잖아! 오른쪽 방향으로 후진할 때는 오른쪽으로… 이해 안 되면 외우라고!

후훗, 정말 그래야겠네.

시동이 꺼진 차 핸들에 이마를 대고 아내는 다소 낙심한 목소리로, 그러나 아주 포기하지는 않겠다는 듯이 옅은 미소를 지으며 그를 지긋이 올려다보았다.

저녁이나 먹으러 가자. 불쌍해서 내가 산다.

아냐, 내가 살게.

강변 음식점에서 저녁을 먹고 저물어가는 물길을 따라 하루를 거슬러 올 때면, 하늘엔 언제나 검은 물새 떼가 떠 있곤 했다. 스무 마리에서 서른 마리쯤 될 성싶은 물새 떼는 쉼 없이 날갯짓하며 어딘가를 향해 날아가고 있었다. 어디로 날고 있는 걸까? 땅 너머 바다일까? 아니면 바다 건너 시베리아나 툰드라 어디쯤일까?

팔당 근처 어디쯤 왔을 때, 그는 검은 강이 내려다보이는 빈터에 차를 세우고 의자를 뒤로 젖힌 채 아내의 손을 잡았다. 왼손이었다.

생각 나?

그는 아내의 왼편 얼굴을 바라보며 다소 무겁게 입을 열었다.

언젠가 이곳에 차를 세운 적이 있었지. 당신과 결혼을 결심하던 때였으니, 아주 오래전 일이군.

그때도 그는 아내의 왼손을 잡았었다.

우리가 결혼하게 된 건 오로지 당신의 이 왼손 때문이야.

그는 그즈음, 아내의 왼손이 불쌍하다고 여기고 있었다. 아내에게서 들은 그녀의 왼손 이야기는 그녀의 가난했던 어린 시절 얘기와 뒤섞이면서, 그로 하여금 결코 가볍지 않은 연민의 정을 느끼게 했다. 둘째 딸로 태어나 언니와 남동생 사이에서 층하를 당하던 일, 즉 언니가 입던 낡은 옷을 물려받아 입거나, 밥상 위의 고기나 생선은 늘 언니나 남동생 앞에만 놓였다는 얘기. 초등학교에 입학할 때까지 글자를 배우지 않아 1학년 담임선생이 그녀의 어머니를 불러 이름 석 자 정도는 가르친 뒤에 학교에 집어넣어야지요, 하며 무안을 주던 얘기. 그녀는 그날 밤 처음으로 노트에 이름 석 자를 그렸는데, 하필이면 노트 오른편에서 왼편으로, 그것도 글자를 뒤집어쓰는 바람에 아버지에게 고무줄로 종아리를 부르트도록 얻어맞았다는 얘기. 그때부터 그녀는 오른손에 연필을 쥐기 시작했고, 한 달이 되기 전에 한글을 깨쳤다는 얘기. 그녀가 제일 싫어하던 게 학교 체육 시간이었는데, 왼손잡이인 그녀는 선생님의 구령에 반대로 반응했다는 얘기. 그녀가 중학교를 졸업할 무렵엔 가정형편이 어려워져 고등학교 입학이 불가능할 정도였는데, 다행히 외숙모가 입학금을 대주는 바람에 고등학교에 진학할 수 있었다는 얘기 등등….

그녀를 만난 지 대여섯 달 정도 지나고부터 쉬엄쉬엄 주워듣기 시작한 그녀의 왼손 스토리는 그해 늦은 가을 어느 날, 북한강변을 드라이빙하고 돌아오는 차 안에서 그를 울컥하게 만들었다. 그는 팔당 어디쯤 차를 세우고, 어두워지는 강물을 바라보며 그녀의 싸늘한 왼손을 끌어 잡았다.

우리 결혼하자!

그리고 그는 그녀를 평생 사랑하기로 결심했다.

생활인으로서의 악착스러움, 왼손잡이로서의 기이한 영특함, 이런 것들이 내 마음을 짠하게 했지. 그래서 같이 살기로 한 거야.

아니, 날 사랑해서가 아니라 단지 동정해서 결혼했단 말이야?

아내는 그에게 프러포즈를 받았던 옛적 그 팔당 근교 빈터에서, 깊이를 알 수 없는 검은 강물을 내려다보며 물었고, 그는 아내의 왼손을 꼭 쥐고 농담 반 진담 반으로 이렇게 대답했다.

동정은 지금도 현재 진행형이야. 당신 운전하는 거 보면 아직 멀었어. 내 동정은 쉬이 끝날 것 같지 않은데.

그는 거실 한가운데 우두커니 서서 쥐고 있던 휴대폰을 얼굴 가까이 들어 올린다. 그리고 떨리는 손가락으로 통화버튼을 누른다. 서늘하게 이어지는 연결음. 아내는 여전히 대답이 없다. 그의 충혈 된 눈은 이내 벽시계를 바라본다. 무심한 시침과 분침은 새벽 1시 20분을 가리키고 있다. 다리가 후들거린다. 그는 들고 있던 휴대폰을 피아노 위에 던져두고 비틀거리며 컴퓨터 책상 앞으로 다가앉는다. 귀에서 소리가 난다. 무슨 소린지는 알 수 없지만, 지속적으로 이어지는 고주파의 울림은 한여름에 우는 말매미 소리 같다. 그는 두 귀를 움켜쥐고 눈을 감는다. 입술이 타들어 간다. 맥박이 빨라지고 호흡이 거칠어진다. 체온이 올라간다. 신경이 예민해진 탓이다. 불쑥불쑥 밀려드는 불길한 생각이 그의 몸을 달아오르게 하고 있다. 왼손잡이 운전자들의 교통사고 사망률은 바른손잡이 운전자들의 다섯 배가 넘는다고 했다. 그는 더 이상 참지 못하고 어디론가 전화를 건다. 경찰청이다. 간밤의 사건, 사고를 담당하는 부서. 다행히 지금까지 고속도로에서 큰 교통사고는 없었다고 한다. 그는 휴, 한숨을 내쉬고는 다시 거실을 서성거리기 시작한다.

아내의 운전이 서툴기만 하던 어느 날, 그는 우연히 왼손잡이에 관한 책 한 권을 읽게 되었다. 그리고 거기에서 그는 내심 우려하던 대목을 짚어냈다.

아무래도 안 되겠어. 당신 운전 포기하는 게 좋을 것 같아. 우리 가정의 평화를 위해서.

아내는 웬 뜬금없는 소리냐는 듯이 그를 멀뚱히 쳐다보았다.

당신 왼손잡이잖아. 왼손잡이 운전자들의 교통사고 사망률이 정상인들 다섯 배가 넘는대.

한동안 잠잠하던 아내가 가라앉은 목소리로 되물었다.

정상인들의 다섯 배? 그럼 난 정상인이 아니라는 뜻이야?

아내는 서운하다는 듯이 그를 올려다보며 따지듯이 물었다. 그는 아차 싶었다.

아, 정정할게. 정상인이 아니라 바른손잡이 운전자에 비해서 그렇다는 뜻이지.

그래도 아내의 목소리는 진정되지 않았다.

뭐? 바른손잡이? 오른손은 바른손이고 왼손은 그럼 뭐야? 그른손이야?

예상치 못한 일이었다. 아내가 그렇게 예민하게 나올 줄은 미처 몰랐다.

당신이 얘기한 그 통계라는 것도 믿을 것이 못 돼. 우리 왼손잡이들이 어디가 모자라서 사고율이 높은 줄 알아! 당신 같은 바른손잡이들이 자신들에게 유리하게 만들어 놓은 사회 시스템 때문에 벌어지는 일이라는 것쯤은 잘 알 텐데. 그러고도 나한테 그런 얘기할 수 있어?

아내는 어느새 저쪽 사람이 되어 있었다. '우리 왼손잡이들….' 아내는 분명 그렇게 얘기했다. '당신 같은 바른손잡이들….' 그는 손으로 이마를 짚었다. 그가 바른손잡이로, 또는 정상인으로 살아오는 동안, 아내는 그른손잡이, 또는 비정상인으로 살아오면서 알게 모르게 마음의 상처를 받았던 모양이었다. 그는 가슴이 짠했다. 그래서 아내의 왼손을 끌어 잡으며 궁색한 변명을 늘어놓았다.

무시하거나 비하할 생각은 없었어. 다만 우리 가정의 안전을 위해서 한 말일 뿐이야.

아내를 진정시키기 위해 한 말이었지만, 그래도 그녀의 오래된 상처에는 조금의 위안거리도 되지 못하는 모양이었다.

우리 왼손잡이들 중에도 훌륭한 사람들이 얼마든지 있다는 걸 기억해 두시지. 아리스토텔레스, 레오나르도 다빈치, 미켈란젤로, 나폴레옹, 베토벤, 모차르트, 뉴턴, 아인슈타인….

아내의 말에서는 어떤 오기 같은 것이 느껴졌다. 피해의식에서 나오는 조건반사 같은 감정일 것이다. 아내도 어쩌면 그런 책 몇 권쯤은 읽었을지도 몰랐다. 아내가 열거한 인물들 외에도 그가 책을 통해 알고 있던 왼손잡이 위인들은 많았다. 알렉산더, 시저, 니체, 괴테, 슈바이처, 간디, 처칠, 피카소, 레이건, 부시, 클린턴, 오바마, 록펠러, 스티브 잡스, 빌 게이츠, 매릴린 먼로, 전설적인 기타 연주자 지미 핸드릭스, 그리고 메이저 리그 괴물투수 류현진….

사실 아내는 자신이 얘기한 대로 사회의 다수자인 오른손잡이들이 만들어 놓은 이기적인 시스템에 희생당하며 살아왔을지도 몰랐다. 아내의 분노에 가까운 항변이 그것을 말해주고 있었다. 거기에는 약 10%에 불과한 왼손잡이 소수자들에 대한 편견과 오해가 저변에 깔려 있음을 무시할 수 없었다.

그가 읽은 책에 의하면 영어에서 오른쪽을 뜻하는 right는 '옳은' 이란 뜻으로 통하지만, 왼쪽을 뜻하는 left는 '쓸모없다'라는 뜻을 가진 lyft에서 파생됐다고 했다. 또한 영어의 오른쪽을 뜻하는 형용사 dexterous는 '솜씨 좋은' '빈틈없는' '민첩한'이란 의미로 사용되지만, 왼쪽을 뜻하는 형용사 sinister는 '불길한' '사악한' '악의 있는' 뜻으로 사용되고 있다고 했다. 우리말에서도 마찬가지라고 했다. '왼새끼 꼰다'란 말이 있는데 이것은 '어긋장놓다' '반대한다' '반항한다'라는 비유로 통하고, 오른쪽을 바른쪽이라고 부르는 것은 오른쪽이 '올바른 방향'이라는 이미지를 갖게 한다고 했다. 이렇듯 왼손을 주로 사용한다는 이유만으로 '불길하다' '사악하다' '재수없다'라는 각종 모함에 시달려왔을 왼손잡이들에 대한 편견은 어디서부터 유래된 것일까.

그가 읽은 책에 의하면 서구의 일부 인류학자들은 이 같은 왼손 사용자들에 대한 편견이 서구의 오랜 인사 방법인 악수와 관련이 있다고 했다. 악수는 로마제국 시절, 무기를 들던 오른손이 비어 있음을 증명하는 우호적 행위에서 비롯됐다는 것이다. 오른손잡이 끼리라면 서로 오른손을 잡고 있는 상태에서 불시의 공격을 할 수 없을 것이다. 그러나 이때 왼손을 불쑥 내미는 사람이 있다면 오른손에 무기를 감추고 있다는 의미로 해석되기 때문에 문제가 생기는 것이라는 설명이었다. 또 다른 학자들은 서양 문명의 근저에 깔린 기독교의 영향으로 설명하고 있었다. 성서를 보면 왼손잡이를 칭찬하는 구절은 하나도 없다는 것이다. 가령 악마는 늘 왼쪽에 자리 잡고 예수는 성모 마리아 오른쪽에 앉아 있으며, 축복은 오른손으로 내린다는 것이다. 하지만 그에게는 이런 가설들이 설득력 있게 와 닿지 않았다. 서양과는 엄연히 다른 문화를 가지고 있는 동양에서도 마찬가지 현상이 벌어지고 있기 때문이다. 결국 그는 나름대로 결론을 내리는 수밖에 없었다. 오른손을 우세 손으로 사용하는 오른손잡이가 인류의 90%를 차지하고 있는 현상에 주목할 수밖에 없기 때문이다. 즉, 왼손 사용자들에 대한 편견은 소수자들에 대한 다수자들의 횡포에 지나지 않는다는 것이 그의 생각이었다. 소수자들인 왼손잡이들이 오른손잡이들의 세상에 살면서 감내해야 할 부당함 같은 것이랄까.

우리 왼손잡이들이 어디가 모자라서 사고율이 높은 줄 알아! 당신 같은 바른손잡이들이 자신들에게 유리하게 만들어 놓은 사회 시스템 때문에 벌어지는 일이라는 것쯤은 잘 알 텐데. 그러고도 나한테 그런 얘기 할 수 있어?

아내의 한스러운 말투가 그의 귓전을 맴도는 것 같아, 그는 컴퓨터 책상 앞에 앉아 차가운 손바닥으로 두 귀를 움켜쥔다. 콧속이 확확한다. 코끝에 불을 붙이면 그의 몸은 금세 불덩어리로 변할 듯 달아올라 있다. 모든 게 아내 탓이다. 전화를 받지 않는 아내 탓이다. 아니다. 아내 탓이 아니다. 아내를 불의의 사고로 몰아넣은 사회 탓이다. 우리 오른손잡이들의 집단 이기주의 탓이다. 그는 신음을 토해내며 더욱 세게 두 귀를 움켜쥔다. 교통사고를 당해 일그러진 아내의 얼굴이 자신을 쳐다보는 것 같다. 그는 이제 돌아오지 않는 아내를 교통사고의 끔찍한 희생자쯤으로 단정 짓고 있었다. 그러자 그는 아내가 참을 수 없을 만큼 가엾게 여겨졌다. 그토록 영리하고 꿋꿋하던 아내가 하룻밤 사이에 유명을 달리하다니. 그의 눈에는 드디어 눈물이 고인다. 차갑고 비정하기만 한 세상과 맞서 싸우다가 비참한 몰골로 죽어갔을 아내의 형상이 그의 폐부를 깊숙이 찌른다. 그의 몸속에 아내의 피가 고인다.

그는 이따금 눈물을 훔치며 거실을 서성거리기 시작한다. 아이가 깰까 봐 소리는 내지 못하고 차가운 손등에 눈물을 적시며 주방과 베란다 쪽을 수십 번 오간다. 무너진 어깨를 한없이 늘어뜨린 채. 그러다가 그는 느닷없이 현관 벽 앞에 우두커니 선다. 신발장 맞은편 벽에 걸려 있는 커다란 그림 한 점. 레오나르도 다빈치가 그린 모나리자 그림이다.

그가 왼손잡이에 관한 책을 읽던 어느 날, 마침 레오나르도 다빈치를 모델로 한 영화 한 편이 개봉관에서 상영되고 있었다. 그는 아내와 함께 모처럼 영화관엘 갔다. 평소 그림이라면 고개를 절레절레 흔들던 아내였지만, 레오나르도 다빈치도 자신과 같은 왼손잡이라는 사실에 마음이 움직였던지, 그날따라 아내는 순순히 그를 따라나섰다. 르네상스 시대 피렌체를 무대로 한 영화는 내내 어둡고 칙칙했다. 아내의 왼손을 끌어 잡은 채 팝콘을 씹으며 관람을 마친 그는 영화관을 나서면서 이벤트용으로 판매하고 있는 레오나르도 다빈치의 모나리자 그림을 집어 들었다. 아내는, 살려고? 하는 표정으로 그를 쳐다보았다. 그가 빙그레 웃으며 계산을 치르는 동안, 아내는 아무런 제지도 하지 않았다. 그로서는 뜻밖의 일이었다. 평소 그림이라면 고개를 젓던 아내였기에 그의 궁금증은 더했다.

문방구에서 사 온 액자에 그림을 넣어 벽에 거는 동안, 아내는 그의 등에다 대고 혼자처럼 중얼거렸다.

여고 때 단체로 피카소 그림을 보러 갔었는데 후훗, 뭐가 뭔지. 갑자기 어지럽더니 머리가 핑 돌더라고. 쓰러졌지. 후훗, 창피해서… 그 뒤론 그림이라면…. 그런데 이 모나리자 그림은 어렵지가 않네. 집 안에 걸어둘 만해.

모나리자 그림 앞에 멈춰 선 그는 고개를 흔든다. 아내 생각 때문이다. 아내와 레오나르도 모두 왼손잡이였다. 아내의 마음을 움직인 단 한 사람의 화가. 아내가 집 안에 걸어둔 단 한 점의 그림. 아내와 레오나르도의 닮은 점이라면 왼손잡이라는 사실 외에는 아무것도 없었다. 나라도, 민족도, 시대도, 직업도, 그 어느 것 하나 공통점이 없었다. 더군다나 아내는 그림이나 미술에 대해선 문외한이나 다름없었다. 레오나르도가 모나리자를 그린 이태리 화가라는 것과, 그가 왼손잡이였다는 사실만 알고 있었을 뿐, 그가 읽고 던져둔 레오나르도에 관한 책이 한동안 방안 여기저기에 굴러다녀도 글자 한 자 들여다보지 않던 아내였다. 그런데 그런 아내와 레오나르도와의 사이에 무슨 연관성이 있어서 이 절체절명의 순간에 그는 피렌체 여인의 알듯말듯한 미소 앞에 맥을 놓고 서 있는 걸까.

그는 한동안 거실을 서성거리다가 서서히, 그리고 확연하게 깨닫는다. 자신을 모나리자 앞에 서 있게 하는 건 바로 아내에 대한 연민이라는 걸. 그 옛날 피렌체의 왼손잡이 레오나르도가 감당했을 불안과 고독. 온통 오른손잡이 중심으로 설계돼 있는 사회에서 이렇다 할 배려 없이 혼자 견뎌내야 했을 시대적인 아픔. 천재 예술가로 추앙받으며 살아온 그가 감내해야 했을 선각자로서의 책임감. 피렌체인으로서의 소명감. 이런 것들이 아내의 삶과 겹치면서 그는 마침내 두 사람을 한없이 가엾은 인물로 묶어서 생각하기에 이른 것이다. 남이 들으면 웬 생뚱맞은 소리냐고 할지 몰라도 그에겐 그처럼 아내가 소중했고, 그런 만큼 가엾기도 했던 것이다. 아무튼 그는 이 숨 막히는 순간에 아내와 레오나르도를 결부시켰고, 드디어 그는 영화에서 본 몇 장면을 떠올리며 거실 바닥에 엉덩이를 치켜들고 엎드린 채 두 손으로 머리를 움켜쥔다.

1510년 어느 봄날, 레오나르도는 아르노강을 건너 산타 마리아 누오바 병원으로 향한다. 짙게 흐르는 밤안개가 전날 밤, 절개하다 만 임산부의 복부에서 흘러내린 피의 냄새를 머금고 있는 듯 비릿하다. 병원 지하로 내려가는 계단은 깊고 어둡다. 제자 살라이가 들고 있는 촛불이 바람에 팔랑거리는 바람에 레오나르도는 하마터면 계단 아래로 굴러떨어질 뻔한다. 다행히 촛불은 어지러운 춤을 멈추고 짙은 어둠 속에 자리를 잡는다.

살라이가 습기 찬 지하실 여기저기에 촛불을 밝혀놓자, 죽어있던 공간이 되살아난다. 마치 수천 년 동안 묻혀 있던 무덤 속으로 한 줄기 빛이 스며들 듯, 정육면체 공간 속으로 여러 가지 사물들이 희미하게 모습을 드러낸다. 순간 살라이는 코를 움켜쥐며 눈을 감는다. 전날 절개하다 만 임산부의 시체가 거적때기에 널브러져 있었기 때문이다. 꼬들꼬들 굳어가는 핏물이 역한 비린내를 조금 걸어갔나 보다.

레오나르도는 살라이에게 촛불 두 개를 더 켜게 한다. 그리고 팔목만 한 초를 시체 가까이 세워놓는다. 그러자 벌거벗은 젊은 여자의 하반신이 그의 코 밑으로 들어온다. 그는 살라이에게서 건네받은 칼을 왼손에 그러쥐고 반쯤 긋다 만 여자의 복부를 마저 긋는다. 오른편에서 왼편으로 힘차게 긋는다. 굳어가던 피가 다시 비린내를 풍기며 거적때기 위로 쏟아져 내린다.

여자는 이십 대 초반의 아리따운 얼굴을 하고 있다. 어디 사람이며 왜 죽었는지 따위는 알 필요도 없다. 다만 그는 자신의 후원자인 메디치 가문의 도움으로 병원에서 죽어 나가는 수십 구의 시체를 해부해 왔다. 족히 30구는 될 성싶었다. 그는 같은 부류의 시체에는 두 번 다시 칼을 대지 않았다. 호기심 때문이었다. 100살 노인에서부터 갓난아이까지, 귀족에서부터 범죄자에 이르기까지 남녀 골고루 칼을 들이댔다.

여자의 복부에서 꺼낸 자궁은 지구처럼 둥글다. 무슨 알 같기도 하다. 아니 씨앗처럼 야무져 보인다. 레오나르도는 피로 범벅이 된 칼을 살라이가 건네주는 헝겊에 한 번 훔치고는 여자의 복부에서 꺼낸 자궁을 오른편에서 왼편으로 긋는다. 그러자 그 속에 한 아이가 앉아 있다. 무릎을 꼬고 앉아 두 손과 얼굴을 무릎 위에 가지런히 포개고 있다. 무엇이 두려웠던가? 사내아이는 마치 태어날 세상이 두렵기라도 한 듯 완고하게 몸을 웅크리고 여자의 씨앗 속에 말없이 앉아 있다.

촛불을 더 켜!

레오나르도는 여자의 자궁을 열어놓고 그 속에 앉아 있는 아이의 모습을 그리기 시작한다. 연필을 쥔 그의 왼손이 파르르 떨린다. 레오나르도는 천천히, 그러나 세밀하게 선을 그어나간다. 왼손잡이인 그는 도면 상단 왼편에서 하단 오른편으로 비스듬히 사선을 그려나간다.

살라이! 이것 봐! 정맥은 아주 길어. 뱀처럼 꼬여있지.

그는 잠시 손을 멈추고 꾸불꾸불 실타래처럼 놓여 있는 탯줄을 들고 소리친다.

인간의 몸은 자연을 닮았어. 심장이 호수라면 동맥은 강이고 정맥은 하천이지. 그리고 곳곳에 지하수 같은 모세혈관이 흐르고.

그는 세상이 두려웠다. 까딱없이 불안하고 무서웠다. 특히 밤은 더 했다. 꼭 무슨 일이 벌어질 것 같았다. 그런 불안한 마음이 그를 가만두지 않았다. 그럴 때마다 그는 인체를 해부했다. 자연을 빼닮은 인체를 들여다보며 세밀하게 묘사를 이어갈 때면 두근거리던 가슴이 진정되곤 했다. 그래서 그의 소묘들은 숨 막힐 듯 구체적이고 아름다웠다. 결국 그는 가장 께름칙한 소재를 택해 가장 아름다운 예술작품으로 승화시켰다.

됐어, 그만 가자.

살라이가 떠온 물에 손을 씻은 레오나르도는 어두운 지하 계단을 밟고 걸음을 옮긴다. 살라이의 양손에 촛불이 들려 있었지만, 아르노강을 가득 채운 어둠은 둑을 넘어 그가 밟고 있는 지하 계단으로 유수처럼 쏟아져 내린다. 습기를 머금은 바람이 살라이의 곱슬머리를 헝클어뜨리며 촛불 하나를 꺼트린다.

어이쿠!

큰소리가 터져 나온다. 레오나르도의 늙은 목소리다. 60살이 머잖은 그의 목소리엔 두려움이 가래처럼 들끓고 있다. 살라이의 손에 한 손을 맡긴 채 겨우 계단 끝단을 밟은 그는 혼잣말로 중얼거린다.

왼손에 마비가 오는군!

거실 한가운데 태아처럼 웅크리고 있던 그는 머리를 세차게 흔들며 창문 가까이 다가선다. 커튼을 걷고 유리문을 연다. 순간, 기다리던 안개가 훅, 그의 얼굴을 덮친다. 그는 현기증을 느끼며 제자리에 주저앉는다. 비린내 때문이다. 지금까지 맡아본 적이 없는 역한 비린내. 레오나르도의 칼에서 풍겨 나오는 비린내인가 했더니, 아니다. 그의 몸속에서 터져 나오는 비린내다. 그의 코에서 붉은 피가 열매처럼 우두둑 떨어져 내린다. 그는 가까이 있는 화장지 뭉치를 집어 코를 틀어막고, 일그러진 표정으로 주방 쪽 벽시계를 쳐다본다. 새벽 3시가 가까워져 오고 있다. 그는 더 이상 참을 수가 없어 출입문을 열고 밖으로 나간다.

안개다. 한강을 채우고 둑을 넘었을 밤안개는 아르노강의 안개처럼 그의 아파트 복도와 계단을 채웠다. 그는 안개 속에 얼굴을 묻은 채 유령처럼 복도를 지나 아파트 건물 출입구 계단을 걸어 내려간다. 희미한 가로등 불빛이 안개에 묻혀 가물가물 빛을 잃어가고 있다. 촛불처럼 막 피어나려던 목련꽃도 잠시 숨을 멈추고 날이 새기를 기다리는 모양이다.

그는 늙은 레오나르도처럼 어깨를 늘어뜨리고 아파트 단지 화단을 스쳐 지난다. 코를 틀어막은 탓에 목구멍으로 넘어가는 피가 쇳가루 냄새를 게워 낸다. 피다 만 개나리와 진달래가 안개 속에 잠들어 있다.

드디어 아내의 왼손이 할 일을 멈춘 것인가? 그토록 부지런하던 아내의 왼손. 레오나르도의 왼손이 이태리, 아니 세계의 어둠을 걷어냈듯, 아내의 조그마한 왼손은 두 집안을 일으켜 세웠다. 시집오기 전엔 다 쓰러져가던 친정을 도왔고, 그와 결혼해서는 남편과 자식을 건사하며 남부럽지 않은 가정을 이끌어왔다. 그 또한 아내 덕분에 변변찮은 직장인이었지만 그럭저럭 가장으로서 품위를 잃지 않고 살아올 수 있었다. 왼손잡이 아내의 부지런함과 영민함 때문이었다.

그는 부르르 몸을 떨며 하늘을 올려다본다. 별 한 점 보이지 않는 하늘은 온통 안개와 어둠뿐이다. 그 불순한 협잡 사이로 역한 비린내가 실비처럼 내리고 있다. 그는 이내 고개를 숙이고 등을 들썩이며 희미한 가로등 불빛 아래 걸음을 멈춘다. 그를 울게 하는 건 아내에 대한 연민 때문만이 아니었다. 조금 전만 하더라도 그를 울게 만든 건 오로지 아내였다. 제대로 배우지도 못한 채 스무 살이란 이른 나이에 각박하기 이를 데 없는 사회에 뛰어들어, 남다른 부지런함과 성실함으로 이만큼이나마 두 집안을 이끌어 온 아내. 그런 아내를 그는 피렌체 근교의 빈치에서 사생아로 태어나 제대로 교육은 받지 못했지만, 오로지 타고난 자신의 재능만으로 시대를 앞서간 왼손잡이 레오나르도를 떠올리면서까지 내심 칭찬을 아끼지 않았다. 그런 아내가 이제 살 만하니까 생각지도 않은 뜻밖의 사고를 당해 저승길에 나섰을지도 모른다는 당혹감, 비통함이 그를 울게 했다. 그러나 지금은 아니었다.

그가 새벽 가로등 아래 고개를 꺾고 울고 있는 것은 아내에 대한 생각보다 자신에 대한 연민 때문이었다. 이제 혼자되었다는 사실, 혼자서 괴물과도 같은 무시무시한 세상과 맞서 싸워야 한다는 사실, 그것이 믿기지 않았고 또 무서웠다. 부들부들 떨리는 그의 바짓가랑이를 미지근한 오줌이 적시자, 그는 하릴없이 주척주척 발걸음을 옮겨 놓는다. 그러면서 생각한다. 아내나 레오나르도는 얼마나 용감했던가. 자신이 그들의 빈자리를 채울 수 있을까? 그는 부르르 진저리를 친다. 도무지 용기가 나지 않는다. 무섭고 두렵다. 다시 아내 품속으로 숨고만 싶다. 레오나르도의 빛 속에 숨고만 싶다. 아니면 레오나르도의 칼에 목이라도 맡겨 숨 막히는 세상을 등지고 싶을 뿐이다.

바짓가랑이를 적신 오줌은 종아리를 타고 발바닥까지 차게 만들었다. 넋이 나간 그는 멍한 동공으로 주머니에서 꺼낸 휴대폰을 들여다본다. 숫자가 3시 30분을 가리키고 있다. 그는 이제 아내에게 전화 따위는 걸 엄두조차 내지 못한 채, 한 손에 휴대폰을 들고 비실비실 주차장 가로등 밑을 서성거린다. 하늘은 막다른 새벽으로 치달으면서 더욱 짙은 안개를 뿌려대고 있다. 그때 비척이던 발걸음이 멈칫하는가 싶더니, 이내 미동마저 멈추고 그의 충혈 된 눈은 불현듯 무언가를 뚫어지게 쳐다본다. 초점 풀린 그의 동공은 몇 미터 전방을 주시하고 있다.

차 한 대가 희미한 전조등을 비추며 아파트 단지 출입구로 들어선다. 오줌에 전 그의 다리가 파르르 떨린다. 그는 눈구덩이에서 막 깨어난 네안데르탈인처럼 온몸을 푸르르 털고는 비척비척 전조등 속으로 걸어 들어간다. 차가 멈춘다. 차창이 내려진다. 삼십 대 초반의 남자가 얼굴을 내밀고 안개 속으로 중얼거린다.

미친놈 아니야!

차창을 올린 차는 빠른 속도로 그의 곁에서 멀어져간다. 그는 아파트 단지 출입구에 동상처럼 서 있다가 한참 만에 다시 걸음을 내디딘다. 그가 한동안 비척비척 걸어가 닿은 곳은 초등학교 앞 문방구점이다. 그 시간에 문이 열렸을 리 없다. 다만 그는 사고 싶은 것이 있을 뿐이었다. 칼이었다.

날 선 면도칼로 무언가를 자르고 싶었다. 끝없이 이어지는 어둠, 안개, 지긋지긋한 시간들. 그것들을 자르지 못한다면 자신의 목이라도 긋고 싶었다.

그는 문방구점 앞 콘크리트 계단에 웅크리고 앉아 레오나르도의 칼에 도려내어지던 젊은 여자의 자궁을 생각한다. 그리고 그 속에 웅크리고 있던 겁에 질린 태아를 떠올린다.

참으로 이상한 일이다. 아내가 돌아오지 않고 있다.

우리는 지은 지 이십 년이 넘은 낡은 아파트에 살고 있다. 아파트엔 방이 세 개 있고, 각각의 방엔 저마다 다른 세상을 살고 있는 주인공들이 마치 달팽이처럼 궁둥이를 들이밀고 앉아 빠른 물살처럼 흘러가는 세월을 좇고 있다. 열두 자짜리 장롱과 오디오 세트가 놓인 안방엔 쉰 줄에 접어든 아버지와 어머니가 밤이면 두터운 커튼을 드리운 채 자신들의 얘기에 골몰해 있고, 책상과 침대 하나가 고작인 작은방엔 이제 겨우 스무 살이 된 한 소녀가 낯선 시선으로 세상 저쪽을 응시하며 숨죽인 채 살아가고 있다. 그런데 사실은 중간 방이 문제다. 그곳엔 일혼다섯 해나 이 비좁은 땅덩어리에서 자그락거리며 살아온 늙은이들이 있었는데 바로 우리 할아버지와 할머니가 그들이다. 할머니는 얼마 전까지만 해도 할아버지를 '식충이'라고 윽박지르며 가슴팍을 떠밀거나 등

가죽을 꼬집곤 했는데, 이젠 그 짓도 꿈같은 얘기가 되어버리고 말았다. 할머니는 자신이 누구인지도 알지 못하는 병, 망령이 들었던 것이다. 언제부턴가 내가 "할머니는 누구야? 이름이 뭐야?" 하고 물으면 할머니는 한동안 골똘한 표정을 짓다가 "으응 달순이. 내 이름은 달순이야." 하며 아양을 떨어댔다. 사실 달순이는 할머니의 어릴 적 친구였는데, 시집 한번 잘 간 덕분에 언제나 밍크코트에 외제 차 타고 다닌다며 늘 부러워하곤 했었다. "아니야. 할머니 이름은 간난이야. 김, 간, 난!" 하면 할머니는 올롱하게 나를 쳐다보며 마냥 입술을 달싹거렸다. "아니야. 내 이름은 달순이야. 남편은 큰 회사 사장이고 이름은 한식이야. 김한식이." …

할아버지는 그보다 좀 더 불쌍한 사람이다. 마누라를 김한식이란 엉뚱한 늙은이한테 빼앗긴 건 둘째 치고, 도무지 정신은 멀쩡한데 몸이 말을 듣지 않는 것이다. 할머니가 망령 들고 얼마 안 있어 할아버지도 풍을 맞았다. 다행히도 한쪽에만 마비가 온 탓에 그나마 식구들이 견뎌내기가 수월했다. 대신 할아버지의 오른손은 쉴 새 없이 바쁘기만 했다. 아침에 일어나면 세면대의 물을 찍어 세수를 하고, 양치질을 하고, 이불을 둘둘 말아 장롱 속으로 집어넣고, 멍청하게 앉아 있는 할머니를 끌고 화장실로 들어가 우격다짐으로 변기 위에 앉혀 변을 보게 했다. 그렇게라도 하지 않으면 할머니는 점심 밥상머리에 앉아 엉뚱하게도 힘을 써대곤 했기 때문이다. 할아버지가 할머니의 쭈글쭈글한 엉덩이를 떨리는 손으로 겨우 훔쳐낼 때면 할머니는 기가 막히게도 "아유, 좀 부드럽게 해줘. 밑씻개가 너무 터슬터슬하잖어." 하면서 할아버지의 벌겋게 상기된 얼굴을 쳐다보곤 했다. 할아버지는 맘 좋게도 빙그레 웃으며 "내가 누구야? 내가 누군데?" 하며 에멜무지로 물어보긴 했지만 할머니의 대답은 좀체 흐트러지지 않았다. 이를테면 엉덩이를 까붙이고 엉거주춤 일어서 "왜 그러세요, 서방님. 회사 일이 바쁘실 텐데⋯ 전 그저 밍크코트만 입으면 맨드리가 그만인걸요." 하며 배시시 웃곤 했다. 그럴 때면 할머니는 꼭 유랑극단 배우 같았다. 할아버지를 골탕 먹이려고 일부러 망령든 노인 행세를 하는 진짜 희극 배우 같았다. 하지만 밥상머리에서 변을 본다든가, 손거울을 들고 얼굴에 침을 찍어 바르는 걸 보면 연극은 아닌 게 확실했다. 그리고 어머니가 아침상을 들여다 놓으면 할아버지는 꼼꼼하게도 할머니의 숟가락 위에 찬을 얹어주곤 했다. 할머니는 목구멍 너머로 맨밥만 퍼 넣기가 일쑤였기 때문이다. 만약 소홀히 챙겨 변비라도 생기는 날엔 자신만 되우 힘들다는 걸 할아버지는 잘 알고 있었던 걸까. 하지만 할아버지의 그 모든 희생에도 불구하고 내게 일거리가 전혀 없는 것은 아니었다. 밥상머리에 떨어진 밥알을 줍는 것에서부터, 노랗게 버캐가 낀 그들의 속옷을 삶는 것까지 일일이 내 손을 거치지 않으면 안 되었다. 이틀에 한 번씩 시장을 보고, 집 안을 청소하고, 한 달에 두 번씩 그들을 번갈아 가며 목욕까지 시키고 나면 내 스무 살

청춘은 까닥까닥 고개를 떨구며 졸고 있는 것이다. 젠장. 지난봄까지만 해도 이 모든 십자가를 어머니가 지고 있었다. 그리고 나는 방관자처럼 마냥 구경만 할 것 같았다. 하지만 하느님은 전혀 예기치 않은 곳에서 냉큼 잔을 거둬 내게 물려주고만 꼴이 되어 버렸다. 어머니는 쾌재를 부르며 아버지한테로 달려갔다. 좀 더 구체적으로 설명하자면, 나는 대학 진학에 실패했다는 얘기였다. 학과를 잘못 선택한 게 결정적인 실수였다. 어머니는 꼭 방송국과 전생에 인연이라도 맺은 것처럼 나를 들볶아 댔다. 너 정도면 **대 신방과는 문제없을 거야. 난 우리 딸년이 ***이처럼 아홉 시 뉴스를 진행할 수만 있다면야 이 몸을 팔아서라두…. 솔직히 말해 일부러 떨어진 건 아니었지만 그렇다고 실망하거나 의기소침해질 이유는 없었다. 어차피 그건 내가 갈 길이 아니니까. 시류에 민감한 셈평 좋은 인간들이나 만세를 부르며 달려갈 길일 테지. …나는 내심 작가나 연극배우가 되고 싶었다. 이 얘기를 들으면 어머니는 또 방송작가나 탤런트를 떠올릴 테지만 난 그런 화려하고 떠들썩한 것보다는 물 흐르듯 조용하게 어디론가 자꾸만 스며들기를 좋아했다. 낯설고 생소한 미지의 땅을 접하기에는 탐험가가 제일이겠지만 작가나 연극배우 또한 그에 못지않을 테니까. 해서 나는 선뜻 재수생 축에도 끼지 못하고 두어 달을 빈둥거리다가 그만 어머니한테 발목을 붙들리고 말았다. 넌 도대체 대학을 가려는 거니 어쩌려는 거니? 나는 창문 너머로 싸아, 하게 번져오는 라일락 향기를 맡으며 생각할 시간 좀 달라고 했다. 올 일 년이면 족하다고 했다. 어머니는 더 이상 데데하게 굴지 않았다. 좋아. 대신 할아버지 할머니는 네 책임이다. 안 그래도 가게 일손이 부족한데 잘 됐지 뭐냐. 집안 살림 해가면서도 생각할 시간은 얼마든지 있더라. 괜히 호강에 받쳐선…. 그날로 어머니는 이태원에 있는 아버지의 옷 가게로 줄행랑을 쳐버렸다. 모든 게 잘 되었다. 요즘같이 불황일 때도 아버지의 옷 가게는 손님들로 넘쳐났다. 대부분 일본이나 미국 사람들이었지만, 개중에는 중국이나 러시아 사람들도 더러 섞이는 모양이었다. 고 음충맞은 되놈들하고 보드카 냄새 풍기는 슬라브 족속들만 끼면 꼭 속옷이 한두 개씩 없어진단 말이야. 아버지는 가끔 투덜대곤 했지만, 그러면서도 당신의 눈가에는 마뜩한 실웃음이 떠나질 않았다. 어쨌든 잘 된 일이었다. 어머니의 외국어 실력은 부엉이살림처럼 부쩍부쩍 늘어갔고, 안방 구석구석이며 자동차 콘솔 박스 속에까지 영어나 일어 테이프들로 가득 찼다. 그리고 나 또한 오랜만에 긴장에서 풀려나 할아버지와 할머니처럼 한가롭게 하루해를 보내다 보면 나는 마치 자신이 초록 식물이라도 되어 있는 듯한 착각에 빠지곤 했다. 물과 이산화탄소와 햇빛만으로도 짙푸른 잇몸을 충족시킬 수 있을 것만 같았다. 그다지 힘든 생활은 아니었다. 할머니가 앉은 채로 일을 치르는 것만 빼면 모든 게 넉넉하고 자연스러웠다. 어머니가 그토록 헉헉거리며 지고 가던 십자가가 내겐 괜히 장난감처럼 귀엽고 작게만 여겨졌고, 어머니에겐 요원하게만 느껴지던 구원의 손길도 내겐 그다지 절실한 것도 아니었다. 생각해 보면 어머니의 퇴장을 제일 반길 사람은 할아버지였다. 몇 해 동안 며느리 눈치 보기에 바빴던 할아버지는 버려진 어항 속의 금붕어처럼 기진맥진해 있었고, 독방 속의 무기수처럼 노그라들어 있었다. 아니나 다를까, 어머니가 사라진 다음 날부터 할아버지의 눈빛은 달라지기 시작했다. 부족한 산소를 실컷 들이마신 금붕어처럼 두 눈을 씀벅이며 집안을 유연하게 미끄러져 다녔다. 마치 자신이 중풍 환자라는 것조차 잊은 듯 미끄러운 장판 위를 오락가락하다가는 넘어지기까지 했다. 그리고 어느 날 아침엔 문득 지팡이를 짚은 채 발코니 문을 열고 내게 명령이라도 하듯 소리쳤다. "애 보라야. 용채 좀 줄 수 있겠니?" 나는 할아버지가 그처럼 도담하게 굴 수도 있다는 경이감에 냉큼 안방 장롱 속을 뒤져 만 원짜리 두 장을 건네주었다. 그러자 할아버지는 그중 한 장을 현관 신발장 위에 던져두고는 부리나케 지팡이를 끌며 엘리베이터 속으로 숨어버렸다. 그날 할아버지는 저녁이 돼서야 돌아왔다. 겨우내 방안에만 갇혀 있던 개구쟁이들이 오랜만에 놀이터에서 돌아온 것처럼 할아버지는 곳곳에 모래를 묻힌 채 한쪽 다리를 질질 끌며 현관을 들어섰다. "공원엘 다녀왔지. 점심도 사 먹고 젊은이들 노는 것도 구경하고… 비둘기 모이를 주다가 그만 엉덩방아를 찧었지 뭐냐." 하지만 할아버지의 표정은 그리 즐거운 것만은 아니었다. 뜨악한 눈빛이 저녁 햇살 속에 뒤섞여 있었다. 나는 알고 있었다. 할아버지는 또 긴 긴 여름 해를 외톨이로 보냈을 것이었다. 할아버지는 언제나 그런 모습이었다. 당신 또래의 무리 속으로 넌떡 뛰어들지 못하고 언제나 주변으로만 서성거렸다. 가족들 사이에서도 마찬가지였다. 할아버지는 언제나 먹다 만 찬밥처럼 이리저리 층하를 당했다. 할머니는 밥만 축내는 식충이라고 가슴팍을 헤집었고, 아버지는 한 번도 진지하게 맞대면을 하지 않았다. 어머니의 눈빛도 곱지만은 않았다. 할머니의 입을 빌면 이유는 간단했다. 할아버지는 일평생 가족들을 위해 땡전 한 푼 벌이를 한 적이 없었다는 것이었다. 당신 뱃구레를 채운 것도, 자식들 뒷바라지를 한 것도 모두 자신의 피땀 어린 몸부림에서 비롯됐다는 것이었다. 하지만 나는 할아버지를 미워할 수만은 없었다. 직접 보고 겪지 않은 것을 어떻게 비판하고 경멸하란 말인가. 나에게 있어서 할아버지는 그저 뼈가 굳고 살이 늘어진 늙은이로서만 존재할 뿐이었다. 그 이상도 이하도 아니었다. 비록 할머니의 말처럼 일평생 밥만 축내는 식충이로 살았다손 치더라도 할아버지는 나에게 있어 공경받아야 할 노인이었다. 그날 저녁, 할아버지의 꼬부라진 한쪽 손엔 뚝뚝 물이 되어 흘러내리는 아이스크림 하나가 들려 있었다. 할아버지는 신발장 옆으로 지팡이를 밀쳐놓고 이내 중간 방으로 들어가 할머니의 쪼그라진 입술 사이로 그 얼음물을 흘려보냈다. 그리고 다음날부턴 선뜻 지팡이를 꺼내 들지 않았다.

　공원은 우리가 사는 신시가지와 구시가지 사이에 있었다. 숱한 관목과 교목, 화초들이 무성해 이른 아침부터 재밤중까지 사람들의 발길이 끊이지 않았다. 나는 막 자전거를 타기 시작하던 초등학교 적부터 휴일이면 이곳으로 와 하루해를 보내곤 했다. 가끔은 김밥을 싸 들고 온 가족이 소풍을 나올 때도 있었다. 물론 그때도 할아버지는 우리들 속에 끼지 못했다. 때로는 한바탕 부부싸움을 벌인 아버지가 호주머니 속에 캔 맥주를 쑤셔 넣고 털레털레 숨어든 곳이 이곳이기도 했다. 그럴 때면 나는 벤치에 앉아 아버지가 뜯어주는 오징어 다리를 씹곤 했는데, 아버지는 괜히 밑도 끝도 없이 혼자서 중얼거리곤 했다. 아빤 너 같을 때 말이야… 숱하게도 울었단다. 아빤 이 좁은 땅덩어리가 싫었거든. 그래서 열심히 공부 했지. 미국이나 캐나다 같은 큰 나라에 가서 살려구. 나는 우리나라 땅덩어리가 좁다는 건 알았지만 왜 아버지가 대한민국을 싫어하는지 그 이유는 알 수 없었다. 다만 아버지가 빈 깡통 속으로 담배꽁초를 집어넣으며, 그건 말이야, 그런 나라에서는 자그락거리며 싸우지 않아도 되거든, 하던 그 의문부호 같은 한마디가 결국 내가 유추해 낼 수 있는 모든 사고의 실마리였던 셈이었다. 그때부터 나는 이 비좁은 땅덩어리에서는 누구나 할 것 없이 자그락거리며 싸울 수밖에 없을 거라는 것과, 할아버지와 할머니, 아버지와 어머니가 저처럼 지지고 볶고 싸우는 것도 다 이 비좁은 땅덩어리에서 태어났기 때문일 거라고 결론을 내렸다. 싸움을 싫어하는 아버지 같은 사람들은 기를 쓰고 공부를 해 이 비좁은 땅덩어리를 떠나는 수밖엔 별도리가 없을 것이었다. 그리고 나는 곧 사춘기가 되었다. 하지만 내가 보고 겪는 세상은 그처럼 야멸차고 강파르지만은 않았다. 때로는 아이스크림처럼 달콤하고 향수처럼 향기롭기까지 했다. 친구들은 쉼 없이 자질구레한 얘기들을 물어 날랐고, 웃음은 애드벌룬처럼 하늘을 날아 올랐다. 나는 마치 꿈을 꾸듯 공원의 숲속을 거닐기 시작했고, 어느 날부턴가는 한 남학생을 기다리기 시작했다. 외모보다 마음씨가 고운 그 남학생은 내가 다니던 고등학교의 졸업반이었고 자기보다 두 살이나 아래인 나를 친동생처럼 아껴 주었다. 우리는 공부에 시달리면서도 꾀꾀로 공원 나무 벤치를 찾았고 마로니에 가지 사이로 명멸하는 숱한 별들을 바라보며 서로의 체온을 나누곤 했다. 그는 자신의 용모처럼 순탄하게 대학엘 들어갔고 그 후로도 우리의 사랑엔 변함이 없었다. 그는 여전히 아랍어를 공부할 것이고 결국 자신이 원하는 대로 아라비아나 사하라 사막 어디쯤에서 생을 마칠는지도 모르겠다. 만약 그와 결혼해 그의 아이를 갖게 된다면 난 선뜻 그를 따라나설 수 있을까. 아니면 끝까지 이 땅에 남아 아이를 키우며, 간간이 날아오는 그의 그림엽서나 정리하고 있을 건가. 어쩌면 그게 더 낭만적일지도 모르겠다. 그가 생텍쥐페리의 흔적들을 쫓는 동안 나는 요람을 흔들며 그에게 기나긴 편지를 쓰거나, 일기 따위나 끼적이는 게 더 냠냠한 삶일는지도 모르겠다. …어쨌든 그는 대학 이 학년까지 마치고 올봄에 군인이 되었다. 그리고 나는 그가 없는 허우룩한 나날을 이따금 공원을 산책하며 보낼 수밖에 없었다. 공원을 산책하다 보면 할아버지나 할머니 또래의 수많은 늙은이가 철쭉처럼 무리 지어 오롱조롱 떠들어대는 것을 볼 수 있었다. 그들은 등나무나 느티나무 밑에 모여 앉아 이따금 하얗게 틀니를 드러내며 웃곤 했는데, 나는 그런 그들을 볼 때마다 할아버지를 떠올리곤 했다. 할아버지는 무슨 말 못 할 사연이 있기에 저처럼 혼자서만 나도는 것일까.

에어컨 하나 없는 여름 아파트는 그야말로 가마솥처럼 화끈거렸다. 발코니 아래쪽에서 숯불처럼 활활 타오르기 시작한 아침 해는 현관 너머로 포물선을 그리며 사그라질 때까지 쉼 없이 괄게 타올랐다. 그다지 두텁지 못한 콘크리트 외벽은 양은 냄비처럼 쉬이 달아올랐고, 선풍기를 두 대씩이나 틀어댔지만 염치없는 할머니는 기저귀마저 벗어 던진 채 연신 남편 자랑만 쏟아 놓고 있었다. "우리 남편은 큰 회사 사장인데요, 퇴근할 적마다 선물 꾸러미를…이것 좀 봐요. 이 밍크코트 근사하지 않아요? 전 정말 행복한 여편네라구요." 할머니는 자신의 해괴망측한 아랫도리를 내려다보며 연신 우리를 지싯거렸다. 할아버지는 그럴 때마다 비유 좋게도 "으음 그래? 그 남편 한번 잘 됐구먼." 하며 능청을 떨어댔지만, 난 왠지 그런 할아버지의 모습을 보고 있자면 괜히 속이 뒤집혀 토악질이 날 것만 같았다. 그때마다 나는 애꿎게도 이태원으로 전화를 걸어 에어컨 타령을 하곤 했는데, 아드르르 윤기 흐르는 어머니의 목소리는 능갈치게 나를 따돌리고 있었다. 그러니 누가 너더러 집에 있으랬니? 서러우면 공부하라구. 엄마도 가정부 두고 너 대학가는 꼴 좀 봤으면 원이 없겠다. 이건 숫제 되로 주고 말로 받는 꼴이었다. 어머니는 언제나 그런 식으로 나를 다시 입시 지옥으로 내몰려는 수작이었다. 그래도 나는 잘 버텨냈다. 할머니의 말라비틀어진 사타구니만 보지 않게 된다면 나는 언제까지고 이런 수난을 견뎌낼 것만 같았다. 하지만 할머니는 나의 지악스런 노력에도 불구하고 번번이 기저귀를 뽑아내며 자신의 치부를 훤히 드러내 보이곤 했다. 나는 음흉스럽고 척박한 저곳에서 아버지가 태어났다는 생각을 하자 아버지가 한없이 불쌍하게 여겨졌다. 그리고 끝내는 자신마저 원망스러워져, 나는 하릴없이 두터운 겨울옷을 꺼내 입기도 했다. 어쨌든 무더위가 기성을 부리자 우리 아파트는 한층 볼썽사납고 유치해졌다. 할머니는 온종일 러닝셔츠 바람으로 이물스러운 원숭이처럼 방바닥을 기어다녔고, 할아버지는 한쪽 다리를 절름거리며 마치 강아지라도 돌보듯 뒤를 쫓아다녔다. 나는 그럴 때면 매번 싱그럽고 촉촉한 공원의 숲을 떠올리곤 했는데, 그 상쾌한 느낌은 결국 그의 젊은 목소리와 닿아 있었다. 생각해 보면 모든 게 짓궂은 세월 탓이었다. 우리도 언젠가는 저처럼 희한한 의식을 치르며 죽음을 준비하고 있을 테지. 그때까지 그는 강아지를 돌보듯 한눈팔지 않고 나를 따라다녀 줄 수 있을까. 아무튼 그들의 하릴없는 무언극을 바라보며 나는 댕돌처럼 젊은 그가 몹시도 그리워졌다. 그래서 나는 그들이 잠시 낮잠에 빠져드는 오후가 되면 주척주척 슬리퍼를 끌고 공원으로 향했다. 불볕이 내리쬐는 한낮인데도 늙은이들은 그늘을 차지하고 앉아 부채를 흔들며 쉼 없이 무언가 지껄여 대고 있었다. 가만히 귀를 기울이고 있으면 그들의 말머리는 종작없이 역사의 질곡을 헤매고 다녔다. 일본 관동 대학살에서부터 태평양 전쟁, 팔일오 해방과 육이오 남북전쟁, 그리고 사일구와 광주 항쟁에 이르기까지 그들은 방앗간에 모인 참새 떼처럼 짹짹거리며 금방 쏟아진 알곡이라도 쪼는 양 입방아를 찧어 댔다. 그럴 때 공원은 마치 퇴색된 흑백 필름처럼 쉬쉬 소리를 내며 어기적거리는 것만 같아 나는 자신도 모르게 탄성을 내지르는 것이었다. 아, 공원은 이처럼 박물관 같은 것인가. 물론 어쭙잖은 인생 탓도 있겠지만 적어도 나에게 있어 그런 것들이란 이미 풍화될 대로 풍화돼 버린 박물관의 화석이나 골동품에 지나지 않았다. 교과서의 한 면을 장식하는 현대사의 일부분이긴 했지만, 현장감이나 생동감에 있어 박물관의 미라나 다를 게 없었다. 하지만 그때만은 그렇지가 않았다. 늙은이들의 덜퍽진 입담 때문이기도 했겠지만, 나는 분명 세월을 거슬러 올라 역사의 현장에 서 있었던 것이다. 늙은이들은 하나같이 풍랑에 뒤채이며 마치 대작 영화의 숱한 조역들처럼 울거나 웃거나 뒤틀리거나 꼬꾸라지거나… 그렇게 역사의 강을 건너가고 있었다. 그런 생 체험을 한 산중인들이 공원 곳곳을 점령하고 앉아 여름 해를 보내고 있었다. 싱그럽고 풋풋하게만 여겨지던 공원의 숲과, 젊은 포만감으로 가득하던 우리들의 공원은 이제 더 이상 우리들만의 공원은 아니었다. 그와 나누곤 하던 당돌한 입맞춤도 이제 그 경박함과 미욱함을 심판받을 때가 온 것일까. 그때부터 나는 공원이 한층 두렵고 어험스러워졌다. 마치 속옷 바람으로 성스러운 재단 위를 오른 것처럼 무안하고 아뜩해졌다. 그리고 나는 조심스럽게 할아버지와 할머니를 생각해 봤다. 그들은 도대체 저 질펀한 역사의 질곡에서 어떤 배역으로 모진 세월을 견뎌 냈을까. 하지만 의문은 얼마 안 있어 풀리고 말았다. 여태껏 나만 모르고 있었던 그 의문. 할아버지 할머니는 물론이고 아버지와 어머니까지 합심해 내 앞에서 꽁꽁 빗장을 걸어 잠근 그 배냇병신 같은 의문의 시간들. 그날 할아버지는 공원 벤치에 우두커니 앉아 있는 나를 향해 사지를 휘두르며 걸어오고 있었다. 나는 할아버지의 성급하고 서툰 걸음걸이에서 모종의 불길함을 발견하곤 냉큼 벤치에서 일어나 그를 한동안 쳐다보았는데, 그는 평상심을 잃지 않은 듯 여전히 문문한 목소리로 "너 여기 간 줄 알았다. …네 할미는 지금 누가 업어 가도 모를 게야. 수면제 한 알 멕여 놨거든." 하며 벤치로 궁둥이를 들이밀고 앉았다. 그래서 나는 뜻하지도 않게 할아버지와 나란히 어깨를 견주고 앉아 점점 짙어만 가는 여름 공원의 숱한 관상목들을 바라보게 된 것이다. 할아버지는 여전히 말이 없었고, 우리가 그렇게 묵묵히 앉아 있는 동안 광장 저쪽의 늙은이들은 연신 중절모로 부채질을 해가며 무어라 쉼 없이 지껄여 대고 있었다. 숲속의 주책없는 매미들도 덩달아 소음을 보태 놓고 있었다. 그리고 적요한 시간이 얼마쯤 더 흐른 뒤에야 할아버지는 "혹 너도 들어서 알고 있을지 모르겠다마는… 이 할애비는 젊어서 수많은 사람을 죽였단다." 하며 그 비극이랄 수밖에 없는, 참으로 생소한 얘기들을 털어놓았던 것이다. "…그해 겨울은 유난히도 추웠지…구정을 며칠 앞둔 어느 날…." 우리 부대는 한 산골 마을로 진입하고 있었다. 그곳은 지리산 끝자락의 깊은 계곡으로 밤이면 인민군이, 낮이면 국군이 번갈아 가며 점령하는 그런 곳이었다. 그날은 며칠 동안 계속되던 추위가 음력 설을 맞아 한풀 꺾이고 이따금 희끗희끗 눈발이 휘날리는 푸근한 아침이었다. 인근 야산에서 야영을 한 부대는 소대별로 흩어져 산을 넘었다. 우리 소대가 마을에 도착한 것은 아침 여덟 시. 소대원들은 미리 준비해 둔 인민군복과 따발총으로 무장하고 동구 밖에서부터 확성기로 나발을 불었다. "…선량한 여러분들을 만나게 되어 무궁

한 영광으로 생각하는 바이오. 우리는 여러분이 보다시피… 해방군이오. 저 간악하고 간사한 무리로부터 여러분을 구해내고자 천 리 길을 단걸음에 달려온 우리 해방군을 두 손 높이 들어 환영합시다!" 그날 아침상을 물리고 동구 밖으로 몰려든 사람들은 마을 주민 이백여 명 중 백사십여 명이었다. 거동이 불편한 노약자나 갓난아이를 제외하면 전 주민이 두 손을 치켜들고 해방군 만세를 부르며 달려 나온 셈이었다. 우리는 소대장의 지시대로 이들을 모두 인근 야산으로 끌고 갔다. 그러고는 두 대의 따발총 앞에 오열 종대로 무릎 꿇게 한 뒤 시뻘겋게 달아오른 소대장의 얼굴을 쳐다보고 있었다. 소대장은 입고 있던 인민군복을 벗어 불을 싸지른 뒤 "요 빨갱이 새끼들!"하고 빠지직 이를 갈았다. 그때 나는 보았다. 숨 막힐 듯 조용하던 겨울 햇살 속에서 덫에 걸린 짐승처럼 울부짖는 숱한 눈동자를. 그들은 가랑이 사이로 오줌을 질금거리며 절규하고 있었다. "우리가 뭘 알겠습니까? 그저 목숨 하나 부지하려고 이편저편을 들었던 게지요. 부디 목숨만 살려주시면…." 소대장은 따발총 사수로 나와 또 한 명의 신참병을 지목했다. 나는 멈칫거리며 우는소리를 냈지만 소대장은 내 관자놀이에 총구를 겨누고 있었다. 우리는 소대장의 신호에 맞춰 방아쇠를 당겼다. 콩 볶는 듯한 따발총 소리가 온 산비탈을 뒤흔들고 있었다. 잠시 후 시쳇더미 속에서 서너 살쯤 돼 보이는 아이가 울며 기어 다니자 소대장이 정조준해 쏘아버렸다. 소대장은 땀을 뻘뻘 흘리며 서 있는 나에게 "기분이 어때?"하고 물었다. 나는 좋다고 대답했다. 소대장은 그 자리에서 무전으로 "공비 백사십 전원 사살!"하고 어디론가 보고했다. 그날 오후 우리는 마을에 불을 질렀다. 마을에 남아 있던 육십여 명의 노약자와 갓난아이들도 누군가 무참히 사살해 버렸다. 우리는 주인을 잃고 헤매고 있는 소와 돼지들을 몰고 아랫마을을 지나 숙영지인 초등학교 교정으로 향했다. 아랫마을은 이미 다른 소대에 의해 풍비박산이 나 있었다. 그날 밤 우리는 마을에서 끌고 온 가축을 잡아 잔치를 벌였다. 주먹밥과 쇠고깃국을 받아 들고 있는 나에게 소대장은 다가와 귓속말로 중얼거렸다. "난 제주도 출신인데 가족이 몰살당했어. 그놈의 빨갱이들한테 말이야. 아직 멀었어. 두고 보면 알 거야." 소대장이 돌아가고 나자 나는 강다짐으로 욱여넣은 주먹밥을 토해내기 시작했다. 그리고 거기에서 하룻밤을 보낸 우리는 다음 날 아침 산길을 행군해 남쪽으로 향했다. 다행히도 소대장은 나의 첫 전과가 너무나 혁혁했던 탓인지 다음부턴 기관총 사수로 나를 더 이상 쓰지 않았다. …할아버지는 제대 후에 아무 일도 할 수 없었다. 눈만 뜨면 피 묻은 옷가지와 살점들이 나뭇가지 위로 튀어 올랐고 부릅뜬 눈동자는 끈덕지게도 할아버지를 따라붙었다. 할아버지는 교회와 숱한 절간을 찾아다니기도 했지만, 가슴 밑바닥에 악머구리 떼처럼 눌어붙어 있는 그 광기 어린 울음소리는 끝내 떨칠 수가 없었다. 할아버지는 반미치광이가 되어 저잣거리를 떠돌기 시작했다. 그러다가 우연히 들른 장의사에서 뜻하지 않은 구원의 빛을 만나게 되었다. 주검. 바로 그것이었다. 주검을 떨쳐 버릴 수 있는 유일한 길은 주검과 맞서는 것뿐이었다. 그때부터 할아버지는 염장이가 되었다. 여기저기 장의사에서 연락이 오면 할아버지는 댓바람에 자리를 박차고 주검과 만나러 골목길을 내달렸다. 뻣뻣하게 굳어 있는 시신을 끌어안고 앙가슴을 쓸어내릴 때마다 할아버지는 자신의 가슴속에 응어리진 독한 핏물도 슬금슬금 몸을 풀어 정맥 어딘가로 흡수되는 기적을 맛보았다. 그것은 일이라기보다는 차라리 성스러운 의식에 가까웠다. 할아버지는 정성을 다해 시신을 닦고 어루만졌다. 그리고 경건한 세월이 흐르고 또 흘렀다. 결코 짧지만은 않은 그 세월 동안 할아버지는 오로지 자신을 소모하는 심정으로 의식에만 매달렸다. 그러니 수입이 있을 리 없었다. 보수는커녕 자신의 삶을 재생시켜 준 그 숱한 주검들에 오히려 감지덕지 머리를 조아려야 할 판이었다. 대신 애꿎은 할머니만 모진 애옥살이에 시달려야 했다. …그날 공원 벤치에 앉아 떠듬떠듬 할아버지가 풀어놓은 얘기는 그게 전부였다. 할아버지는 숨이 찬지 후유, 하고 된 숨을 내쉬었다. 하지만 나는 결코 놀라거나 주눅 들지 않았다. 왜냐하면 일찌감치 아버지가 내게 들려주곤 하던 얘기가 있었기 때문이었다. 아빠 너 같을 때 말이야… 숱하게도 울었단다. 아빠 이 비좁은 땅덩어리가 싫었거든. 그래서 열심히 공불 했지. 미국이나 캐나다 같은 큰

나라에 가서 살려구. 그런 나라에서는 자그락거리며 싸우지 않아도 되거든. …그날 나는 그곳에 붙박여 앉아 소리 없이 울었다. 마음이 아프거나 괴로워서가 아니었다. 이를테면 감사의 눈물이었다. 이 넉넉하지 않은 공원에서나마 저처럼 부러울 것 없이 활개 치며 웃어젖히는 남녀노소 모든 형상이 그렇게 정겹고 고마울 수가 없었다. 결국 아버지가 이 땅을 떠나지 못했듯 나 또한 이 공원을 벗어나지 못할 것이다.

공원의 가을은 깊고 아늑했다. 소소리바람 불 적부터 싹을 틔우기 시작한 나무들은 긴 긴 여름 동안 무성한 잎을 드리우더니 이젠 든직한 한 세상을 자축이라도 하듯 원색으로 어우러져 저녁 햇살을 맞고 있었다. 여름이 가고 가을이 오는 동안 우리 집안에도 많은 변화가 있었다. 우선 실팍한 어깨를 가진 가정부 아줌마가 한 명 들어왔고, 그녀는 일요일만 제하고는 일주일 내내 할머니 방에서 기거했다. 이를테면 망령든 할머니의 병시중이 내게서 그녀에게로 옮겨 간 것이다. 섭섭해할 것까지야 없었지만 나는 내심 할머니의 음충맞은 그곳을 더 이상 볼 수 없을지도 모른다는 생각에 마치 악몽을 꾸고 난 뒤처럼 어딘가 허전해져 자꾸만 지난 시간을 돌이켜 보기도 했다. 그 비싼 보수를 주고 실팍진 가정부를 끌어대듯 아버지의 옷 가게는 일일천리 성장을 했고, 당신의 그쯘한 경제 사정을 과시하기 위해서라도 어머니는 나를 입시 학원으로 내몰아야 했다. 나는 분명 ***이처럼 아홉 시 뉴스를 맡을 일은 없을 터이지만 내후년쯤에나 다시 한번 대학 문을 노크해 볼 생각은 하고 있었다. 이미 그가 두 해 동안 대학물을 먹었듯 나 또한 그와 보조를 맞추기 위해선 어쩔 수 없는 노릇이기도 했다. 하지만 난 결단코 시류에 민감한 어머니처럼은 살지 않을 것이다. 오기를 부리자면 난 로데오 거리에 나타난 니나 붓슈만처럼 살고 싶은 것이다. 어머니는 아마 까무러치고 말겠지. 뭐니 뭐니 해도 놀랄만한 변화는… 할아버지의 죽음이었다. 할아버지는 마치 내게 그 얘기를 들려주기 위해 평생을 산 것처럼 갑작스레 삶을 마감하고 말았다. 그 일이 있고 얼마 안 있어 할아버지는 쓰러지고 말았다. 예고된 뇌일혈이었다. 할아버지는 할머니의 찌든 엉덩이를 훔치다가 변기통에 이마를 찧고 말았다. 우리는 할아버지를 깨끗하게 화장해 시립 묘지 납골당에 안치했다. 나는 할아버지의 유언대로 화장한 유골을 공원 여기저기에 뿌려야 할 게 아니냐고 거들었지만 아버지는 차마 그 짓만은 할 수 없었던 모양이었다. 죽어서나마 뭇 사람들과 섞이고 싶어 했던 할아버지의 생전 모습과, 그렇게 해서라도 자신의 업보를 조금이나마 덜어 보려 했던 할아버지의 끈덕진 속죄양이 어우러져 나는 마침내 펑펑 눈물을 짜내고야 말았다. 숱한 생고무 바닥에 자신의 욕된 유골이나마 짓밟혀 흩어지는 꼴을 보면 할아버지의 마음은 좀 가벼워질 수 있을까. 어쨌든 아버지는 유언을 따랐어야 옳았다. 진정 할아버지를 위해서라면 그렇게 하는 게 도리였는지도 모른다. 답답한 납골당에 할아버지를 유폐시키는 건 너무 가혹한 처사였다. 나는 그것이 두고두고 마음에 걸렸다. 그러나 아직 일이 매듭 그려진 건 아니었다. 나는 언젠가 내 뜻을 관철해 할아버지를 다시 우리의 광장으로 끌어오고 말 테니까. 사실은 할아버지가 지켜보는 공원에서 나는 그와 결혼식도 올리고 아이의 유모차도 끌고 싶었던 것이다. 아무튼 지난여름과 가을 사이, 할아버지는 이 좁은 땅덩어리를 떠나 절대 무한의 세계로 돌아가고 말았다. 설마 그곳에서야 자신의 의지와 상관없는 삶을 살진 안겠지. 할머니는 할아버지가 사라지고 나자 감쪽같이 얌전해졌다. 마치 노려봐야 할 표적이 없어지기라도 한 듯, 음충맞은 그곳을 드러내며 기저귀를 빼내는 일도 없었고 밥상머리에 앉아 힘을 주는 일도 없었다. 다만 음식을 가지고 귀엽게 장난을 치거나, 씹던 밥을 내뱉곤 하는 다소 유아 같은 모습으로 변해가고 있었다. 그러면 실팍한 가정부 아줌마는 외모와는 전혀 어울릴 것 같지 않은 지혜와 기지를 발동시켜 김밥이나 주먹밥, 샌드위치 등, 어질더분한 밥상을 원천 봉쇄해 버리는 쪽으로 메뉴를 바꾸었다. 그리고 입 안의 음식을 삼키지 않고 우물거리며 조금이라도 내뱉을 낌새가 보이면 아줌마의 실팍한 손바닥은 금세 할머니의 뺨 위로 가 닿곤 했다. 늘어진 뺨을 부드럽게 마사지하며 안쪽으로 살살 밀어주면 할머니는 고장 난 기계가 다시 움직이듯 꿀꺽, 목구멍을 열

어쩌히곤 했다. 할머니를 위해서라도 내가 생각을 고쳐먹은 건 참 잘한 일이었다. 그렇잖으면 할머니는 여태껏 좀스럽고 신경질적인 내 손아귀에서 벗어나지 못했을 테니까. 그래도 일요일이면 나는 어김없이 할머니를 휠체어에 태워 공원으로 향하곤 했다. 매주 일요일은 아줌마가 자신의 집으로 외박을 나가는 날이어서 이 일만은 나에게 있어 요개부득인 셈이었다. 우리는 따스한 가을 햇살을 쐬기 위해 광장 한복판에 우두커니 서 있곤 했는데, 할머니는 사람들의 뒤통수에다 대고 쉼 없이 남편 자랑을 늘어놓곤 했다. "우리 남편은 큰 회사 사장인데요 맨날 절 외제 차에 싣고 다니면설랑 양요리에다 왜요리에다… 전 정말 행복한 여편네라구요…." 그럴 때면 사람들은 천진난만 재롱을 떨어대는 할머니를 쳐다보며 씨익 웃어주곤 했는데, 난 왠지 눈물이 울컥 솟구치곤 했다. 쭈글망태가 되어버린 할머니의 지난날을 알았기 때문일까. 휴일 공원은 사람들로 붐볐다. 시나브로 쌓이기 시작한 낙엽 위로 남녀노소 형상들이 숱한 자국을 남기며 뒤채이고 있었고, 나는 지난여름 할아버지와 함께했던 그 벤치에 앉아 할머니의 재롱을 지켜보고 있었다. 그러는 사이 손바닥 같은 마로니에 잎이 무릎 위로 툭툭 떨어져 내렸고, 나는 불현듯 그와 나누었던 공원에서의 포옹이 생각나 하릴없이 온몸이 달아올랐다. 싱그러운 마로니에 가지 사이로 쏟아지던 저녁별은 얼마나 깜찍하고 초롱초롱했던가. 순간 나는 미치도록 그가 그리워졌다. 편지에 못다 쓴

애기까지 털어놓고 싶어졌다. 먼 훗날 늙었을 때 우리는 좀 더 건사한 얘기들을 나누다가 헤어져야 한다고 그의 품에 안겨 떼라도 쓰고 싶었다. 어느새 기쁘고 슬픈 눈물이 내 두 뺨을 적시고 있었다.

그 겨울, 불꽃 속으로

불이 활활 타오르는 듯한 그 문제의 집은 아파트 단지와 단지 사이 상업지역 한 모퉁이에 마치 타이타닉호처럼 거대한 몸통을 지면 위로 드러내고 오가는 사람들의 정수리를 내려다보고 있었다. 건평 이천 평이 넘는 오 층 건물이 새하얀 불빛으로 단장하는 저녁때면 그야말로 출항을 기다리는 타이타닉호처럼 장엄하고도 화려해 보였다.

'태양 시립 도서관'

도시 이름이 '태양 신도시'니 도서관 이름을 그렇게 붙여 놓은 것은 이해가 가지만, 건물 외벽까지 빨간 벽돌로 마감할 줄이야. 놀이 붉은 황혼 녘엔 그야말로 붉은 담쟁이덩굴이 건물을 에워싸듯 선연한 다홍빛으로 타오르곤 했다. 그 이글거리는 불꽃 너머엔 칠흑 같은 어둠이 이승 저쪽을 암시하기라도 하듯 깊은 침묵을 지키며 버티고 있었다.

　내가 드나든 곳은 자료 열람실이 있는 이 층이었다. 그곳에는 약 십오만 권의 책이 보관되어 있었는데, 정작 우리가 열람할 수 있는 것은 열람실 책장에 빼곡히 들어차 있는 오만 권의 책뿐이었다. 나머지 십만 권은 사서들만 출입할 수 있는 서고에 보관되어 있었다. 그러나 마음만 먹으면 거기 있는 물건이라고 빼내지 못하란 법은 없을 터였다. 하지만 젊은 사서한테 허리까지 굽실거려가며 하소연해야 하리 만치 나의 지적 호기심이 넓은 것은 아니었다. 열람실 책장에 꽂혀 있는 오만 권의 책만 가지고도 나는 충분히 나만의 세계를 가꾸어 나갈 수 있으리라, 그런 기대와 각오로 나는 줄곧 그 붉은 벽돌집을 드나들었다.

　내가 처음 그곳에 갔을 때 정기 간행물실은 오 층에 별도로 마련돼 있었다. 그러던 것이 어느 날 슬며시 이 층으로 내려와 열람실 한쪽을 차지해 버렸다. 대신 오 층 그 자리엔 수십 대의 컴퓨터가 들어와 젊은이들을 끌어들였다. 전엔 그냥 시늉만 내던 전자 정보실이 이젠 건물 한 층을 통째 차지하고 있었다.

　정기 간행물실과 자료 열람실이 합쳐졌다는 것은 그만큼 종이 활자를 대하는 열람객들이 줄어들었다는 얘기였다. 열람실 반쪽을 싹둑 잘라 정기 간행물실로 내주었는데도 별반 비좁다는 생각이 들지 않았다.

　내가 그곳에 드나들기 시작한 것은 특별히 뭐가 되기 위해서

라거나, 뭘 얻기 위해서는 아니었다. 이미 나는 인생의 반 이상을 산 나이였고, 느지막한 나이로 새로운 길을 개척한다는 것 또한 아득하고 멀게만 느껴졌다.

실업자가 되기 전 내 직업은 은행원이었다. 가계나 기업 대출을 전담하는 대출계 직원이었다. 그러던 내가 직장을 쫓겨난 건 순전히 정부에서 일방적으로 몰아붙이던 구조조정 때문이었다. 나는 퇴직금과 명퇴금을 받아 들고 집으로 돌아와 늘어지게 잤다.

마누라는 내가 잠든 머리맡에서 어머니처럼 부드러운 목소리로 속삭였다. 이제 때가 온 거예요. 늦지 않았어요. 새로 시작하는 거예요. 나는 그게 무얼 의미하는지 쉬이 알아챘다. 예상대로 마누라는 퇴직금과 명퇴금을 움켜쥐고 여기저기 쏘다니더니, 금세 가게 하나를 물색해 냈다. 김밥집이었다.

나는 마누라가 앞치마를 챙겨 출근하던 날, 어금니를 깨물고 그 붉은 벽돌집으로 숨어들었다. 그렇게 해서 나는 그 저주스러운 집과 인연을 맺게 된 것이다.

오랜만에 맡아보는 종이 냄새. 책장 사이사이 미로처럼 이어지는 좁다란 길. 어쩌면 인생의 행간처럼 느껴지는 그 숱한 오솔길을 서성거리며 나는 얼마나 행복해했던가. 실로 오랜만에 돌아와 거니는 고향의 뒤안길 같았다.

하루 종일 차가운 의자에 앉아 김밥을 말고 있을 아내를 생각하면, 하루라도 빨리 유명한 작가가 되어 그녀의 고생을 들어주어야 할 처지였지만, 그래도 나는 여유를 부리며 유유자적할 수밖에 없었다. 거기엔 내가 모르고 살아온 숱한 삶과 얘기들이 나를 유혹하고 있었기 때문이었다. 나는 그들의 하소연을 외면할 수가 없었다.

철학에서부터 종교, 역사, 물리, 천문학에까지, 한국 현대 문학에서부터 외국 고전 문학에 이르기까지, 나는 두루 손을 뻗어 그들과 하나가 됐다. 그들은 오랜만에 답답한 책장을 빠져나와 여기저기를 기웃거렸다. 나는 마누라 등골이 빠져나가는 줄도 모르고 그들과 한통속이 되어 하릴없이 나날을 죽여 나가고 있었다.

중 고등학교 때만 해도 작가가 되는 게 꿈이었던 내가 어쩌다 경제학과를 가게 되어 은행원이 되었는지, 돈을 세게 되었는지, 이윤을 따지게 되었는지, 알다가도 모를 일이었다. 하지만 내막을 깊숙이 짚어보면 해석이 불가능한 것도 아니었다. 거기엔 줏대 없는 내 밑그림 하나가 놓여 있었고, 다음엔 시류를 좇는 우리 부모들의 일그러진 초상이 놓여 있었다. 그리고 마지막엔 황금만능주의에 매몰된 우리 사회의 슬픈 군상이 도사리고 있었다. 그 것이었다. 내가 글을 써서 먹고사는 작가가 되지 못하고 돈을 굴리는 은행원이 된 것은 그런 풍경들이 만들어낸 슬픈 밑그림이 있었기 때문이었다.

인제 당신 꿈을 한 번 펼쳐 봐요. 오랫동안 접어둔 날개를 펼쳐

보란 말이에요. 뒤늦게나마 제 자리를 찾을 수 있었던 건 분명 마누라 덕분이긴 했지만, 어쩌면 이 끔찍한 사회가 가져다준 소중한 선물인지도 몰랐다. 너무 오랫동안 참고 기다려 왔노라고. 마음에 들진 않지만 그래도 한편이 되어 울고 웃고 부대끼며 함께 살아왔노라고.

마치 오랜 방랑 끝에 고향으로 돌아온 오디세우스처럼 나는 할 일이 많았다. 그래서 주위를 두리번거릴 여유도 없이 열람대에 앉아 작업을 해나갔다. 책을 읽고 메모를 하고… 영감이 떠오를 때면 작품 줄거리도 그려보고…. 그러기를 이태. 그 숱한 나날이 지나도록 나는 사람 하나 사귈 기회가 없었다. 다만 오지랖이 넓어 그쪽에서 먼저 인사를 건네 오는 젊은 사서 이윤기 씨를 빼면 말이다.

그리고 끔찍한 겨울이 다가왔다. 붉은 벽돌집에서 두 번째로 맞는 겨울. 그 추운 겨울 오후, 내가 오랜만에 고개를 들고 주위를 휘휘 둘러보았을 때, 여기저기 흩어져 앉은 그들의 얼굴은 꼭 정신병동에서나 볼 수 있음 직한 그런 모습들이었다. 나는 순간 눈을 번쩍 뜨고는 다시 한번 그들의 얼굴을 훑어보았다. 틀림없는 정신 질환자들이었다. 그들의 눈빛은 푸른빛을 띠고 무언가 열심히 찾고 있거나, 아니면 누런빛으로 퇴색된 채 한없이 질척거리고 있었다.

나는 자신도 모르게 벌떡 몸을 일으켜 열람석과 열람석 사이

통로를 비척거리며 걸어갔다. 그들은 하나같이 정신병동에서나 볼 수 있음 직한 그런 모습들을 하고 있었다.

내 앞에 앉아 있던 삼십 대 후반의 사내는 뭐가 그리 좋은지 사뭇 주위를 두리번거리며 식식대고 웃었다. 그가 펼쳐놓은 것이 무슨 책인지, 어떤 내용인지 알 수는 없었지만, 그가 붉은 벽돌집을 찾은 것은 책을 읽기 위해서가 아니라, 어쩌면 웃기 위해서인지도 몰랐다.

창가에 앉아 있던 쉰 줄의 여자는 책상 위에 책을 수북이 쌓아놓고 연신 고개를 꾸벅거리며 책을 고르고 있었다. 열권은 됨직한 책들을 마치 싸구려 좌판의 물건 고르듯 번갈아 손에 쥐고는 책 표지를 눈 가까이 들이댔다가는 이내 책상 위로 집어 던지곤 했다. 그녀의 머리카락은 북데기처럼 헝클어져 있었고 온몸은 싸릿대처럼 깡말라 있었다. 움푹 꺼진 눈자위로 짙은 그림자가 드리워져 있었다.

나는 느릿느릿 발걸음을 옮겨 참고 서적들이 즐비하게 꽂혀 있는 책장—그것은 자료 열람실과 정기 간행물실을 구분 짓는 중앙 분리대 역할을 했다—을 지나 정기 간행물 코너로 갔다. 각종 잡지와 사보, 일간지들이 진열된 그곳에는 네댓 명의 열람객들이 저마다 등을 돌리고 앉아 신문이나 잡지를 펼쳐들고 있었는데, 모두 정상적인 사람들이 아닌 게 확실했다.

남쪽 창가에 앉아 있는 이십 대 중반의 남자는 두꺼운 안경알 너머로 분주히 눈동자를 굴리며 신문을 뒤적거리고 있었다. 지면 가까이 눈을 들이대고 눈동자를 굴릴 때마다 그의 조그만 상체도 바쁘게 따라 움직였다. 마치 외계인처럼 생긴 볼품없는 그의 몰골은 흡사 신문지에 붙어 있는 한 마리의 박쥐 같았다. 그는 박쥐처럼 사지를 바동대며 신문지에서 떨어져 나가지 않기 위해 사력을 다하고 있었다. 나는 잔뜩 인상을 그은 채 그를 유심히 지켜보았는데, 그 역시 무언가를 얻기 위해 신문을 들여다보고 있었던 건 아니었다. 그가 지면에 고개를 쑤셔 박고 열심히 눈동자를 굴리며 사지를 바동거린 건 무언가를 찾기 위해서가 아니라, 그냥 습관적으로 반복하던 병적인 몸짓에 지나지 않았다. 그는 도서관에 비치된 신문을 모조리 읽어야 한다는 강박관념에 휩싸이기라도 한 듯 쉼 없이 눈동자를 굴리며 지면을 넘기고 있었다.

그 맞은편에 앉아 잡지를 뒤적거리고 있던 환갑 줄의 사내는 책장을 넘길 때마다 나직한 말로 무어라고 중얼거리곤 했다. 표정과 몸짓을 섞어가며 수군거리는 그의 모습은 자못 진지해서, 마치 누가 옆에 앉아 있는 것처럼 느껴질 정도였다. 나는 그에게 등을 돌린 채 가만히 귀를 기울이고 있었지만, 도대체 무슨 얘긴지 한 마디도 알아들을 수 없었다. 하지만 그는 책장을 넘길 때마다 쉼 없이 주절거리며 누군가와 대화를 나누곤 했다.

갑자기 현기증이 몰려와 나는 비틀거리며 열람대를 짚고 섰다. 그러자 어떤 손이 가만히 내 허리를 감싸안았고, 순간 내 옆에 누군가 다가와 있음을 느낄 수 있었다. 젊은 사서 이윤기 씨였다. 창밖에는 어둠과 눈발이 함께 어우러져 내렸고, 젊은 그와 나는 어깨를 맞댄 채 한없이 그러고 서 있었다.

그날 저녁 우리는 처음으로 소주잔을 사이에 두고 마주 앉았다. 후줄근해진 비닐 포장 끝자락을 들추며 이따금 눈발이 날려 들어와 우리의 발목을 휘감았다. 어찌 그리되었소? 잔이 서너 번은 오가고 눈빛이 마주쳤을 때, 나는 두서없이 말문을 열었지만 그는 대답이 없었다.

소주 두 병이랑 메추리 네댓 마리, 어묵 국물 서너 그릇이 우리의 빈창자를 훑고 났을 때야 그가 캑캑거리며 담배를 빼 물었다. 죄,죄송합니다. 담배 하나 피우겠습니다.

줄어든 건 그뿐이 아닙니다. 우,우리 사서들이, 자료 열람실에 근무하던 우,우리 사서들이 몽땅 사라지고 저 혼자 남았습니다. 네 명에서 하,한 명으로 줄었습니다. 정말 크,큰일입니다. 그러면서 그는 이태 동안이나 끊었다는 담배를 다시 피워 물었다. 나는 담뱃갑을 통째 그의 앞으로 밀어놓았다. 소,소설은 잘 쓰고 계십니까?

저는 선생님이 부럽습니다. 먹고사는 데 신경 쓰지 않고, 하고 싶은 일만 할 수 있다는 게 어,얼마나…. 저도 꿈은 다른 데 있습니다. 알퐁스 도데의 벼,별이란 소설 읽어보셨겠지요?

우,우리 고향에 그런 야산들이 수두룩하지요. 앞으론 개울이

그 겨울, 불꽃 속으로

흐르고… 그,그곳으로 돌아가 염소나 송아지들을 풀어놓고 바,방목 같은 거나 한번 해봤으면…. 하지만 어림도 없는 얘기지요. 구,굶어 죽기 딱 알맞을 테니까요.

그,그걸 못 할 바엔 차라리 여기서 죽치는 게 백번 낫지요. 고등학교 때 저는 축산학과와 도서관학과를 두고 망설였는데, 결국 도,도시로 나가 살기 위해 도서관학과를 가게 되었지요. 시골에 살면 아무거나 하고 살아도 살이 찔 테지만, 도,도시 생활이라는 게 어디 그런가요?

도,도시에서 제가 마음대로 주무를 수 있는 건 채,책뿐이거든요. 고등학교 때부터 저는 다짐했지요. 만약 시골을 떠나 도,도시로 나간다면 난 분명 도서관에 뼈를 묻겠다고. 사실 고등학교 때 도서관에 근무하던 미,미스 최란 아가씨를 짜,짜,짝사랑했었거든요. 핫핫핫핫….

그는 미친 듯이 웃어댔다. 팔짱을 끼고 졸고 있던 아주머니가 화들짝 놀라면서 리어카를 걷어찼다. 우리 하,한 잔 더 할까요? 제가 지금 집으로 전화를 넣어 양미리 매운탕을 준비해 놓으라 할 테니까….

우리 식구들은 맨날 야,양미리만 먹고 산답니다. 싸,싸거든요. 스무 마리 한 꾸러미에 단돈 이천 원. 한 마리에 백 원꼴이니, 이렇게 싼 고기가 세상에 어디 있습니까. 구,구워서도 먹고 지져서도 먹고 타,탕으로도 먹고….

그렇게 해서 나는 그날, 젊은 사서 이윤기 씨를 따라 전철을 탔다. 차창 너머로 거뭇거뭇 지나가는 눈발을 바라보며 그는 허연 이를 드러내고 히죽히죽 웃었다. 도,돈이 돼야죠. 시내버스 운전사만도 못하니. 그래 배알 있는 연놈들은 버,벌써 떠났죠. 돈이 돼야죠. 그래도 갈 곳 없는 나 같은 놈은 부,붙어 있어야지 어떡하겠습니까.

선생님 같은 분은 세상에 없습니다. 도,돈이 돼야죠. 도서관에 앉아 아무리 책을 후벼 판다 해도 뭐 나오는 게 있습니까. …그,그게 제 답변입니다. 아까 선생님께서, 어찌 이리되었소? 하고 물으셨지요? …나,남은 사람들은 전부 저,정신 나간 환자들밖에 없습니다. 똑똑히 보셨지요? 하지만 크,큰일은 큰일입니다. 그들마저 출입을 끊으면 제 바,밥줄이 달아나는데 말입니다.

그가 내린 곳은 인천에서도 제일 먼 동인천역이었다. 우리는 질척거리는 골목을 걸어 비탈진 동네를 거슬러 올라갔다. 애새끼가 둘… 마,마누라는 애새끼들 때문에 꼼짝도 못 하지요. 크,큰놈은 유치원에 다니고, 작은놈은 마누라 등에서 하루 종일 칭얼거리는데, 그놈들이 다 크면 어디 식당에라도 나가 벌이를 하겠다고 지,지랄을 떨길래 내 점잖게 한마디 했지요. 아,아가리 닥치라고. 핫핫핫핫.

그의 집은 막다른 골목 이층집의 이 층이었다. 그곳으로 오르는 계단이 어찌나 좁고 가파르던지 취기가 다 달아날 지경이었다. 희끄무레하게 니스 칠이 벗겨져 나간 마루청에서 그의 아내는 진눈깨비로 변한 첫눈과, 술에 취한 우리를 함께 맞았다. 이, 이천만 원짜리 전셋집치고는 괜찮은 편이지요. 주,주인집과 떨어져 있으니 밤일하기도 편하고. 핫핫핫핫.

그의 아내에 의해 우리는 안방으로 안내되었는데, 구닥다리 시커먼 장롱 옆으로 곰팡이 쓴 벽지가 어둠침침한 형광등 불빛과 어우러지며 야릇한 향수를 불러일으켰다. 놀라실지 모르겠지만 우,우린 여태 흑백텔레비전을 본답니다. 도,돈도 돈이지만 뭐 일부러 그렇게 하는 거지요. 못된 버릇입니다.

그래서 마,마누라 말버릇이 변한 건지도 모르겠습니다. 잠시 뒤 그의 아내가 개다리소반에 김이 무럭무럭 나는 무언가를 얹어 들고 왔는데, 알고 보니 그것은 그가 자랑삼아 얘기하던 그 양미리 요리였다. 무와 파를 잔뜩 쓸어 넣고 고추장을 벌겋게 푼 매운탕.

가암사합니다. 많이많이 드십시오. 그의 아내는 남편 옆에 두 손을 모으고 서서 마치 기내 스튜어디스처럼 인사를 하고 있었다. 아,알았으니 소주나 얼른 가져와! 그가 멋대가리 없이 호통을 치자, 그녀는 다시 미소를 지으며 가암사 합니다. 조금만 기다리십시오, 하며 마루로 나가 냉장고 문을 열었다. 나는 그녀가 장난을 하는 줄 알았는데 그게 아니었다.

저,저년이 저런 병에 걸린 건 다 내 탓이랍니다. 겨,결혼 전엔 저런 증세가 없었다니 말이지요. 한동안 치료도 받아보긴 했지만 벼,별 차도가 없더군요. 처음엔 저도 장난하는 줄 알고 귀,귀싸대기까지 때렸다니까요.

뭐 심리적으로 위,위축돼서 그렇다나요? 남들 다 하는 거 못하고 살다 보니 스,스트레스 쌓이는 건 당연하겠지만 그렇다고 하필이면…. 추,출근할 때도 가암사합니다, 돌아올 때도 가암사합니다, 아이가 울 때도… 심지어는 그,그짓을 하면서도 가암사합니다, 하고 지랄을 떠는걸요. 무시무시한 병이지요.

가암사합니다. 저 그럼…. 어느새 그녀가 또 남편 곁에 버티고 서 고개를 떨구고 있었다. 어서 꺼지라고 그가 소리를 지르자, 그녀는 내 쪽으로 고개를 돌리고는 꾸벅 인사를 하며 배시시 웃었다. 가암사합니다. 전 그럼….

하긴 저도 학교 다닐 때는 마,말을 이렇게 안 더듬었지요. 그런데 언제부턴가 혀,혀가 굳어지기 시작하더니… 그래도 이만하길 다행이다 싶습니다. 서,선생님, 보셨지요? 그 정신병자들. 그렇게까지 마,망가지면 큰일이지요. 정말 끔찍해요. 그렇게 되기 전에 그,그만 두어야 하는데… 그곳을 빠져나와야 하는데… 그,그럴 수도 없고….

나는 그날 개다리소반을 윗목으로 밀어놓고 잠든 그의 옆에 누워 눈을 감았지만 좀처럼 잠을 이룰 수가 없었다. 눅눅한 벽지와 어둠침침한 불빛. 골동품에 가까운 장롱이랑 텔레비전. 사방에서 묻어나는 눅진한 곰팡이 냄새. 그리고 가암사합니다, 하고 히죽히죽 웃어대는 그녀의 얄궂은 표정.

그렇다면 내 마누라는 정말 억울한 운명을 받아 놓고 있는지도 몰랐다. 얼마든지 이상해지지 않고도 잘 살아갈 수 있을 텐데, 괜히 나 같은 남편 만나 정신병동 같은 나락으로 추락하고 있는지도 몰랐다. 딱딱한 의자에 앉아 허리를 구부리고 몇 해만 더 김밥을 만다면, 마누라도 그녀처럼 히죽히죽 웃으며 가암사합니다, 하고 외치지 않으리란 보장은 없을 거였다.

마누라를 위해선 당장 그 붉은 벽돌집에서 기어 나와야 하는데 그러지를 못하고, 나는 또 다음날 젊은 사서 이윤기 씨와 무언의 대화를 나누며 그 저주받은 이 층 열람석에 죽치고 앉아 있었던 거였다.

그해 겨울은 유난히도 눈이 잦았다. 오랜만에 책장에서 눈을 떼 창밖을 바라보면 어김없이 회색 하늘을 가뭇가뭇 수놓으며 눈이 내리고 있었다. 허공을 가득 채운 그 숱한 검은 점들은 어디론가 일정하게 불어 대는 바람을 따라 새 떼처럼 몰려가고 있었다. 썰물처럼 휩쓸려 가고 있었다. 완벽하고 장엄한 그 대열을 좇다 고개를 돌리면 젊은 사서 이윤기 씨가 꾸벅꾸벅 고개를 떨구며 열람실 출입구 쪽에 앉아서 졸고 있었고, 그의 맞은편 겹겹이 솟아오른 책장 꼭대기엔 주먹만 한 거미들이 줄을 타고 내려와 고즈넉한 겨울 한때를 보내고 있었다.

나는 왠지 울음이 터져 나올 것만 같아 두 손으로 얼굴을 감싸 쥐고 주위를 휘휘 둘러보았는데, 예의 그 음산한 풍경들은 여전히 그곳을 빠져나가지 못하고 어둠침침한 공간을 유령처럼 떠돌고 있었다. 나는 부르르 몸을 떨며 진저리를 쳤다.

또 하,한 명이 사라졌습니다. 손가락으로 안경을 만들어 누,눈에 붙이고는 하염없이 책장만 내려다보던 마흔 줄의 사내였는데, 며칠 전부터 그만…. 서,선생님께선 계속 나오셔야 합니다. 무슨 일이 있더라도 꼭…. 젊은 사서 이윤기 씨는 어느새 내 곁으로 다가와 졸던 머리를 다시 조아리며 사정 조로 얘기하고 있었다. 이제 나,남은 사람은 일곱 명밖에 없습니다. 서,선생님을 포함해서 말입니다. 큰일입니다. 정말 이러다간 바,밥통 떨어지고 말겠습니다.

생각 같아서는 나도 얼른 그 붉은 벽돌집을 뛰쳐나가 세상을 하얗게 물들이는 눈발 속에 합류해 목이 쉬도록 고함이라도 질러보고 싶었지만… 결국 괴팍하다고밖에 할 수 없는 성격 때문에, 그 알량한 한 가닥 자존심 때문에 그러지도 못하고 그해 겨울을 정신병동 같은 그곳에서 보내고 만 거였다.

하지만 우리를 한없이 절망에 빠트리던 그들이, 미쳐버린 그들이, 결국은 우리의 희망이었음은, 그들이 모두 떠나버리고 난 이듬해 겨울에 가서야 밝혀졌다. 그 일곱 명의 열람객 중 나를 제외하고는 단 한 명도 한 해를 더 버티지 못하고 어디론가 뿔뿔이 사라져 버리고 말았다.

난방마저 들어오지 않는 텅 빈 그곳에서 우리는 우리 곁을 떠나간 그들을 얼마나 아쉬워하며 그리워했던가. 그들이 있었기에 우린 지난 한 해를 용케 견뎌 왔는지도 몰랐다. 하지만 그들마저 떠나가 버린 황량한 그곳에서 우린 이제 누굴 믿고 의지하며 버텨 나갈 것인가.

그와 내가 마지막으로 함께 보낸 그해 겨울 역시 춥고 지루하기는 마찬가지였다. 햇볕마저 들어오지 않는 그곳에는 시나브로 먼지가 켜켜이 내려앉기 시작했고, 주먹만 한 거미들이 서커스장의 곡예사처럼 줄을 타며 책장과 책장 사이를 넘나들었다.

비,비로소 선생님과 저만 남게 되었군요. 모두 떠,떠나가 버리고 말았습니다. 빌어먹을…. 그는 입김을 후후 토해내며 내 곁을 서성거리다가는 다 닳아빠진 구두 뒤축을 질질 끌며 책장과 책장 사이 미로 같은 오솔길로 사라져 버리곤 했다. 사백 평이 넘는 그 광활한 공간에 우리 두 사람만 남아 있다는 사실이 믿어지지 않아 때로는 쿵쿵 기침도 해보았지만, 역시 돌아오는 건 천 길 낭떠러지보다 막막한 반향(反響)뿐이었다.

그렇게 해서 나는 그 춥고 황량한 곳에 죽치고 앉아 푸석푸석 삭아 내리는 책장을 들추며 겨울을 나고 있었다. 이따금 차가운 의자에 앉아 김밥을 말고 있을 아내를 생각하면 눈시울이 붉어지기도 했지만 그런 감정도 잠시, 나는 우두둑 손마디를 꺾으며 어금니를 악무는 것이었다. 이 저주받은 집이 존재하는 한, 저 가엾은 영혼이 살아 있는 한, 나 또한 이곳을 떠나지 못하리라. 저 선생님, 서,선생님께선 꼭 남으셔야 해요. 끄,끝까지 남으셔야 합니다. 그래야 제 밥줄이⋯. 저를 배신하지 마세요. 서,선생님이 있는 한 저도 이곳을 뜨지 못할 겁니다. 서,선생님⋯.

젊은 사서 이윤기 씨는 홀을 한 바퀴 돌고 와서는 내 책상 모서리에 배를 붙이고 속삭이듯 중얼거리곤 했다. 가뭇가뭇한 눈보라와 음산한 바람 소리가 유리창 너머로 쉼 없이 지나가고, 어느새 몇 곱절은 불어난 쥐새끼들이 요란하게 사지를 바둥거리며 책장을 기어오르고 있었다.

나,난방은커녕 저 쥐새끼들 죽일 약마저 공급해 주지 않고 있습니다. 이러다간 쥐,쥐새끼들이 십오만 권의 책을 다 갉아 먹을지도 모르겠습니다. 어쩌면 저,저자들은 제 월급마저⋯ 저,저자들이 바라는 건⋯ 선생님마저 어디론가 사,사라져 버리는 거지요. 그래야 자기들 마음대로 이곳을 폐,폐쇄할 수 있을 테니 말입니다. 하지만 어림없는 얘기지요. 전 선생님을 미,믿으니까요.

하지만 난 보고야 만 것이었다. 그의 눈에서 번쩍거리는 푸른 광기를. 찌를 듯한 독기를. 마,만약 선생님께서 절 배신하면 흐,끄,끝까지 찾아가 보복하고 말겠습니다. 저,정말입니다. 고추장에 벌겋게 버무린 양미리 반찬을 싸늘한 보리밥에 얹어 콧물과 함께 입속으로 밀어 넣으며, 그는 지긋이 나를 꼬나보곤 했다. 나는 마누라가 싸준 김밥이랑 보온 물통을 그의 앞으로 밀어주며, 그럴 리가 있겠느냐고 타일렀지만, 번들거리는 그의 눈빛은 사그라질 줄을 몰랐다.

그와 마지막으로 보낸 그해 겨울은 유난히도 추웠다. 추위에 견디다 못한 얇은 유리창은 쩡쩡 금이 갔고, 창틀 너머론 모진 바람이 송곳처럼 내리꽂혔다. 그와 나는 털모자에 목도리까지 했지만, 덜덜 마주치는 이빨은 어쩔 수가 없었다. 양미리 가죽처럼 우글쭈글해진 그의 손등은 쩍쩍 금이 갔고, 헤벌어진 살갗에선 고추장 같은 피가 번져 나오고 있었다.

씨팔, 선생님도 이젠 미,믿을 수가 없어요. 아마 오늘 돌아가고 나면 다,다신 나타나지 않겠지요. 하긴 지,지옥보다 못한 이런 곳에 무슨 미련이 있다고…. 그는 어느새 책장과 책장 사이 미로 같은 그곳에 닥치는 대로 북북 책을 찢어 놓고 라이터를 빼 들었다. 선생님 눈빛을 보면 알 수 있지요. 서,선생님도 이젠 지친 겁니다. 내,내일부턴 이제 이윤기 혼자서 이 광활한 대륙을 지,지켜야겠군요. 핫핫핫핫.

불꽃은 찬란한 춤을 추며 홀을 데우기 시작했다. 훈훈한 공기가 두터운 옷자락을 비집고 들어와 언 살을 녹여주었다. 서,선생님 보십시오. 시,십 년 전만 하더라도 열람객들의 사랑을 독차지하던 책,책들이 아닌가요? 하지만 지금은… 보, 보십시오. 쥐새끼들 허기진 창자나 채,채워주는…. 그는 책장에서 책들을 빼 내게 불쑥 내밀었는데, 책의 삼분의 일은 이미 쥐새끼들의 날카로운 이빨에 달아나고 없었다. 그는 그것을 북북 찢어 미친 듯이 타오르는 불꽃 속으로 던져 넣었다.

어디 하나 서,성한 것이 있나요. 거미들이 내질러 놓은 또,똥물에다 쥐새끼들의 이빨 자국… 결국 선생님도 마찬가질 겁니다. 이따위 쥐,쥐새끼들 비상식량으로나 쓰일 걸 써,써서 뭐 한답니까. 공연한 짓이지요. 서,선생님, 결단을 내려야 합니다. 그 정성을 다른 데 쏟으십시오. 내일부터 이곳은 제 혼자 마,맡겠습니다. …저,정말 그러시겠습니까? 네? 우,우우움,네?….

그는 울고 있었다. 나마저 이곳을 떠날 것이란 생각에 그는 새파랗게 기가 질려 어깨를 잔뜩 세우고 있었다. 번쩍거리는 눈물을 불꽃 위로 마구 뿌려대고 있었다. 나는 가만히 그의 어깨를 감싸안았다. 그,그래서 더더욱 선생님이 필요한 겁니다. 서,선생님, 떠나지 마세요. 포기하지 마세요.

시간은 흘러 그해 겨울도 막바지로 치닫고 있을 때, 또 한 번 혹독한 추위가 찾아들었다. 거미줄처럼 금이 간 유리창이 창틀 밖으로 허물어져 내리고, 독한 거미들도 한기에 얼어 죽는 그런 나날 말이다. 그는 책장과 책장 사이 미로 같은 통로에 책을 수북이 쌓아 놓고 연신 불을 지펴댔고, 나는 나 때문에 허리가 꼬부라진 마누라를 생각하며 마지막 혼신의 힘을 다해 작업을 해나가고 있었다. 그러다가 불꽃에 어른거리는 그의 초라한 몰골을 흘깃거리곤 했는데, 그럴 때마다 그는 무엇엔가 쫓기기라도 하듯 안절부절못하며 검붉은 불꽃 주위를 서성거리고 있었다.

내가 그 넘실거리는 불꽃 주위로 왜 가게 되었는지, 불안에 떠는 그 초췌한 얼굴을 뒤로 하고 저주의 기운이 뻗쳐오르는 그 검붉은 불꽃은 왜 쬐고 있었는지, 지금으로선 명확히 설명할 순 없지만, 아마 한 사내의 파멸을, 우주로부터의 영원한 소멸을 외면하고 있을 수만은 없어, 그 비참한 의식에, 마지막 축제에 동참하기 위해, 그 끈적거리는 화염을 온몸에 처바르고 있었는지도 몰랐다.

확실히 그는 빨리 무너져 가고 있었다. 각오와 인내 같은 개인적 요소들은 제쳐 놓더라도, 그에겐 옴짝달싹할 수 없는 짐들이 나보단 많았다. 정신 질환을 앓는 그의 아내가 그랬고, 바윗돌보다도 더 무거울 두 아이가 그랬다. 그 숨 막히는 장애물들을 두고 어찌 멀쩡한 정신으로 버텨 나간단 말인가.

그러고 보면 난 행운아인 셈이었다. 생계를 책임지는 마누라가 있어 가끔은 꾀를 부릴 수도 있고, 남들처럼 아이가 있는 것도 아니어서 어깨가 무거울 것도 없었다. 확실히 그가 나보다 빨리 무너져 내린 건 그런 차이였다. 그 차이밖에 없었다. 내가 그 처지에 놓여 있었다고 해도 맨정신으로 그해 겨울을 넘기기는 힘들었을 것이었다.

어쨌든 그가 내 목에 칼을 들이댄 건, 그 넘실거리는 불꽃 옆에서 내 목을 끌어안고 번쩍이는 칼날을 들이댄 건, 그런 사정이 있었기 때문이었다. 개,개새끼! 칵 죽여 버릴 거야. 배,배신자!

그는 내가 결국 자신을 버릴 거란 피해의식에 사로잡혀 어느새 칼까지 준비했던 것이다. 내,내가 수없이 일러줬지. 날 배신하면 끄,끝까지 쫓아가 죽여버리겠다구. 개새끼!

이미 그는 제정신이 아니었다. 번들거리는 그의 두 눈엔 불꽃이 철철 넘쳐흐르고 있었다. 하,하지만 어림도 없지. 네놈이 도망치기 전에 내가 먼저 네,네 멱을 따 놓을 테니까. 어때, 어,억울하냐? 핫핫핫핫.

만약 그때 내가 그의 발목을 걸어차지 않았다면, 가느다란 팔목을 비틀지 않았다면, 그는 아마 내 목을 틀림없이 찌르고 말았을 것이다. 날름거리는 불꽃 위로 그의 꾀죄죄한 몰골을 쓰러뜨리지 않았다면, 나는 정녕 이 하찮은 목숨이나마 보전키 어려웠을지도 몰랐다. 그처럼 그의 광기는 절박하고 위협적이었다.

번쩍이는 칼이 어디론가 튕겨 나가고, 불꽃을 흩트리며 우리의 몸뚱이가 바닥을 몇 번인가 구르는 동안, 검붉은 화마는 혀를 날름거리며 요리조리 잘도 번져 나갔다. 원귀 같은 연기가 천장으로 머리를 풀고, 요괴 같은 화마가 겅중겅중 뜀을 뛰며 커튼으로, 허물어진 책더미로, 부서진 책장으로 옮겨 가는 것을 지켜보면서, 나는 젊은 사서 이윤기 씨의 손을 끌어 쥐었다. 하지만 그는 내 손을 세차게 뿌리치며 출입문과는 반대되는 쪽으로 달아나 버리고 말았다. 서,선생님, 정말 아름답군요! 서,선생님, 드디어 아름다운 세상이 오고 만 거예요! 우리들 세상이….

화염 저 너머에서 울먹이는 듯한 그의 고함이 내 귓전을 때리며 연기 속으로 사그라져 갔다. 이 선생! 이 선생! 나는 사력을 다해 그를 불러 보았지만, 그의 모습은 이미 자욱이 깔린 연기 속에 묻혀버리고 말았다. 서,선생님, 전 서고로 들어가렵니다! 거,거기에 십만 권의 책이 있잖습니까! 그곳으로 불꽃을 몰아넣을 작정입니다! 정말 볼만할 겁니다! 핫핫핫핫…. 뒤이어 기침 소리와 함께 삐거덕 철문 열리는 소리가 내 고막 속으로 잦아들었다. 어디 책뿐이겠습니까! 이곳엔 세,세상을 통째로 날려 버릴 만한 비밀이 꾸,꿈틀거리고 있는걸요! 두,두고 보십시오! 좋은 구경거리가 될 겁니다. 핫핫핫핫….

그리고 나는 그와 마지막 작별을 고해야 했다. 서고 안으로 그의 웃음소리가 잦아드는 사이, 혜성 같은 불기둥이 번쩍 주위를 비추며 내 가슴을 덮쳐 눌렀기 때문이었다. 책장에서 떨어져 나온 합판이 씨름이라도 하듯 나를 넘어뜨린 것이다. 불꽃은 삽시간에 내 두꺼운 털옷을 태우며 번져갔다.

이 선생! 이 선생!…. 나는 창틀을 기어오르면서 그의 이름을 불러 대고 있었다. 다행히 구경꾼들이 몰려들어 나를 구하는 바람에 내 몸의 불은 꺼졌지만, 나는 서고 안으로 들어가 마지막 처절한 춤을 추고 있을 그를 생각하며 가물가물 정신을 잃어갔다.

하지만 신기한 것은 가물거리는 의식 속에서도 나는 그날의 비극을, 그 장엄한 시간을 또렷이 지켜보고 있었다는 것이었다. 그것은 마치 세상의 끝이나 시작 날의 시간처럼 슬프고도 장엄했다. 오 층 건물을 온통 장미꽃으로 수놓은 듯한 그날의 불꽃은 과히 축제에 가까운 죽음의 의식이었다.

그리고 폭발이 일어났다. 지축을 뒤흔드는 굉음과 함께 타아타닉호처럼 거대하던 건물이 삽시간에 무너져 내렸다. 하늘을 수놓는 불똥과 함께 여기저기서 터져 나오는 비명. 아, 그것은 세상의 끝인가 시작인가. 빅뱅보다 더 무시무시하던 그날의 대폭발은 과연 새로운 날의 시작인가 꿈의 영원한 단절인가.

아직 미궁에 빠져 있긴 하지만, 가스 충전소나 화학 공장도 아닌 그곳에서 대폭발이 일어난 걸 두고 사람들은 어떻게 해석하고 있을까. 도서관 관계자들도 진술했다시피, 그곳에는 폭발을 일으킬 만한 아무런 매개물도 없었는데 말이다.

하지만 난 이미 오래전에 마누라한테 얘기했었다. 그곳에는, 그 저주받은 붉은 벽돌집 이 층 서고에는, 벌써 오래전부터 세상을 무너뜨릴 만한 독한 화학물질이 차곡차곡 쌓여 갔노라고. 세상에서 버림받은 한 가엾은 영혼이 끓어오르는 분노를 주체할 길이 없어, 자신의 온몸을 불사르고 싶을 때마다 아무도 모르는 그곳으로 숨어들어, 다이너마이트보다 더한 울음을, 한숨을, 절규를 토해내곤 했노라고. 그 곰삭은 물질들이 불꽃과 어우러지며 한바탕 찬연한 군무(群舞)를 펼쳐 보였노라고. 혹, 그 서고 속에 휘발유나 엘피지 통이 숨겨져 있었다고 해도 그것 때문에 폭발이 일어난 것은 절대 아니라고.

폭삭 내려앉은 건물 잔해들을 두 대의 굴착기가 끌어내고, 거적에 덮인 몇 구의 시체들이 도로변에 놓였지만, 끝내 그의 주검은 발견되지 않았다. 내 믿음대로 그는 스스로 핵융합을 일으켜 공중에서 찬연히 산화하고 만 것일 테니까.

그리고 그 붉은 벽돌집이 있던 자리는 여전히 공터로 남아 있었다. 외롭고 쓸쓸했던 한 영혼이, 기울어져 가는 자신의 왕국을 지키다가 홀연히 사라져 버린, 한 가닥 세모細毛 같은 추억만 간직한 채. 그리고 이따금 실성한 여인이 두 아이를 앞세우고 눈시울을 적시다가, 누더기 옷소매에 눈언저릴 밀며 어디론가 추적추적 사라져 가는 안쓰러운 풍경만이 그 공터를 지킬 뿐이었다.

벌목으로 인해 벌겋게 알몸을 드러낸 안산 기슭으로 희끗희끗 눈발이 비치기 시작한 것은 아침나절이 지나서였다. 지난여름, 시어머니가 온 산비탈을 헤매며 한 줌 두 줌 뜯어말린 몇 가지의 산채를 더운물에다 숭숭 풀어 놓고 있던 정임은 문득 이상한 예감에 부엌을 빠져나왔다. 환청은 아니리라.

정임은 토방에 우두커니 서서 담 너머 한길을 바라보았다. 제법 굵은 눈발 속으로 통나무를 잔뜩 실은 트럭 한 대가 심한 매연을 뿜어내며 비실비실 마을 어귀를 돌아나가고 있었다. 산에서 벌목한 재목들을 읍내 목재소로 실어 나르는 모양이었다.

"저것들은 설도 안 쉬나! 난 택시 소린 줄 알고 뛰나갔다디…."

대문을 들어서면서 시아버지가 말했다. 누구를 기다리고 있었을까? 누구를 기다리고 있었기에 그토록 그렁대는 몸을 일으켜 남몰래 대문을 뛰쳐나갔을까? 정임은 생각했다.

"아침에 나섰시만 지금쯤은 도착할 낀데… 길이 미끄라서 그런가…."

그랬다. 당신이 기다리고 있는 것은 그이가 아니라 둘째였다. 당연한 일인지도 몰랐다.

남편은 교도소에 있었다. 출소 날까지는 아직 서너 달도 더 남았다. 그런 남편이 택시를 타고 불쑥 들이닥칠 리는 만무했다.

둘째 내외는 엎어지면 코 닿을 거리에 산다. 버스로 두 시간 거리에 있는 안동에서 단란한 가정을 꾸리고 산다. 당신 말처럼 아침밥 해 먹고 곧장 달려왔다면 지금쯤은 충분히 도착하고도 남을 시간이었다.

정임은 시아버지가 사랑방으로 들어가는 것을 확인하고는 다시 부엌으로 들어가 음습한 어둠 앞에 웅크리고 앉았다. 고무 다랑이 가득 풀어헤쳐진 검은 산채가, 먼 해역에서 건져 올린 낯선 해초처럼 뒤엉켜 있었다. 정임은 그것들을 설렁설렁 흔들어 한 움큼씩 쥐어짰다. 물기가 채 가시지 않은 주먹만 한 덩이들을 소쿠리에 가지런히 담았다. 그러다가 정임은 문득 손을 멈추었다. 조금 전, 트럭 꽁무니를 따라잡던 두 아이의 모습을 떠올렸기 때문이었다. 매연과 뿌연 먼지 속으로 두 아이는 넘어질 듯 뜀박질을 하고 있었다. 정임은 조바심이 일어, 다시 토방에 나가 섰다. 마을 어귀에서 저 아래 언덕바지에 이르는 한길에는 뿌연 먼지만 눈발 속으로 흩어져 갈 뿐, 아이들의 모습은 보이지 않았다. 트럭은 단숨에 언덕바지를 넘어갔을 것이고, 아이들은 끝내 꾀죄죄한 얼굴을 훔치며 타박타박 동구 밖을 들어설 것이었다.

정임은 마음이 놓이지 않아 발돋움을 하고 담 너머 골목길을 유심히 살폈다. 두 아이는 손을 꼭 잡은 채 다른 아이들 틈에 섞여 담벼락 사이를 걸어오고 있었다. 정임은 그제야 한숨을 내쉬며 부엌으로 향했다.

"찬우는 지 애비를 빼다 꽂았어!"

마을 사람들은 큰아이를 볼 때마다 그렇게 한마디씩 했다. 그러면 이제 초등학교 2학년인 찬우는 사람들을 향해 눈을 흘겼다.

"왜, 애비를 닮은 기 싫나?"

사람들은 짓궂게도 아이를 추근댔다.

"난 그런 거 모른다!"

아이는 그만 울상이 되어 뒤꼍으로, 대문 너머로 도망치곤 했다.

"어이구, 우리 찬별이는 에미를 닮아 얌전하기 이를 데 없지. 니 오래빈 파이다. 지 애비를 닮아 가지고… 무뚝뚝 하기가 황소 저리 가라다."

이제 막 일곱 살 들어서는 그 어린것이 무얼 안단 말인가. 정임은 고무 다랑이에서 건져 올린 산채를 쥐어짜다 말고 천장을 멍하니 바라보았다. 그랬다. 남편만 나무랄 수는 없는 일이었다. 얼마나 착실했던 사람이었던가. 그러던 그가….

정임은 다시 고무 다랑이에 손을 담갔다. 천천히 손을 휘저어 남은 찌꺼기들을 건져 올렸다.

정임이 남편과 함께 마을을 떠난 것은 4년 전이었다. 큰아이가 다섯 살, 작은 아이가 두 살 먹던 해였다. 첫째 시동생은 이미 결혼해 안동으로 살림을 난 뒤였고, 막내 시동생도 고등학교를 졸업하고 청주에서 직장을 잡고 있었다. 집안에는 환갑 줄에 접어든 시부모만 남게 되었다. 안동 권씨 7대 종손에다가 한 집안의 장남인 그가 고향을 등진다는 게 쉬운 일만은 아니었다. 하지만 농사에 신물이 난 남편은 정임과 두 아이만 달랑 데리고 고향을 떠났다.

그들이 도착한 곳은 동해안의 조그만 도시였다. 남편은 손바닥만 한 시글셋방에 식구들을 몰아넣고 새벽 4시면 일어나 부두로 나갔다.

여름에는 오징어잡이를, 겨울에는 명태잡이를 나갔다. 일 년 열두 달 파도에 시달리는 남편을 그냥 지켜만 볼 수 없어, 정임은 아이들을 방에 남겨 놓고 부둣가로 나가곤 했다. 낯선 아낙네들 틈에 섞여 부둣가를 서성이다가 남편의 고깃배가 만선이 되어 돌아오면 정임의 손길을 바빠졌다. 그물에 달라붙은 놈들을 일일이 떼어내고, 큰 놈 작은 놈 키를 맞춰 골라내야 했다. 그러나 연안엔 고기 씨가 말라버린 것일까. 남편이 고깃배를 탄 지 이태째인 겨울, 남편의 명태잡이 배는 언제나 빈 채로 돌아왔다. 10월부터 이듬해 3월까지 계속되는 명태잡이인데 그해에는 12월이 다 가도록 고기 구경을 할 수가 없었다.

그래도 이듬해 한 달을 잘 참아 넘기던 남편은 결국 사표를 냈다. 정임은 섭섭했지만 어쩔 수가 없었다. 네 식구 밥이나 굶지 않고, 남편 몸이나마 상하지 않은 게 다행이라고 생각했다.

정임은 고향으로 돌아가고 싶었지만 남편의 생각은 달랐다. 어디서든지 몇 년 더 버텨보자는 것이었다. 남편의 마지막 자존심이었는지도 몰랐다. 결국 남편은 옛 친구의 소개로 부두 하역장을 택했다. 생전 입어보지 않던 작업복을 입고 남편은 배에 짐을 싣고 부리는 하역부가 되었다.

정임은 마당을 뛰어오는 아이들 소란에 퍼뜩 정신을 차렸다. 실팍하게 쌓인 눈 위를 두 아이는 뜀박질하며 달려오고 있었다.

"편지 왔대이. 우체부 아저씨가 주고 갔어."

"누구한테서 왔나?"

정임은 아이들 손에서 편지를 빼앗아 들었다. 숨이 가빠졌다.

"막내 삼촌 이름이 권해소 맞지?"

주소를 확인하기도 전에 작은 아이의 카랑카랑한 목소리가 정임의 은근한 기대를 깨트려버렸다. 그곳에서는 편지도 쓸 수 없는 것일까?

"우리 찬별이 똑똑키도 하지. 내년에 학교 가만 공부 일등 하겠는데. 글자도 다 알고…."

정임은 복받쳐 오르는 서러움을 삼키기 위해 작은 아이의 등을 껴안았다. 얼마나 지났을까.

"뭐라고 썼는지 뜯어봐, 엄마."

그제야 정임은 자신이 울고 있었다는 것을 깨달았다.

"할배한테 먼저 봬 드려야 옳지."

정임은 작은 것을 둘러업고 시아버지가 있는 사랑방으로 향했다. 진한 담배 냄새와 함께 눅진한 어둠이 시아버지의 웅크린 몸을 내리덮고 있었다. 하루에도 몇 번씩 드나드는 방이었지만 정임은 매번 정을 붙이지 못했다.

"막내 도련님한테서 온 편지라요."

정임은 시아버지의 앙상한 무릎 앞에 쪼그리고 앉아 편지를 내려놓았다. 당신은 또 선반 어딘가를 뒤져 탱탱 고무줄로 동여맨 돋보기안경을 찾을지도 몰랐다.

"에미가 읽어 보거라. 설 연휴라서 회사도 쉴 낀데, 집엔 안 오고 편지는 무슨 편지라."

이젠 아들의 편지를 읽기에도 기력이 다한 걸까. 정임은 시아버지의 쇠잔함을 느끼며 봉투를 뜯었다.

막내 시동생은 회사 일로 집에 내려갈 수가 없다고 적고 있었다.

"이번 설엔 급한 회사일 땜매 내려올 수가 없다 카네요 아버님."

정임은 시동생의 사연을 대변하면서 찬찬히 시아버지의 안색을 살폈다.

"그래, 할 수 없는 기지 뭐, 우쨰겠노."

시아버지는 더 이상 말이 없었다.

"막내 도련님께서 못 오신다 카이 저도 섭섭하네요."

그래도 남편을 가장 많이 닮은 막내 시동생이 아니던가. 정임은 왠지 허전함을 느끼며 사랑방을 나섰다.

마당엔 눈이 제법 쌓이고 있었다.

안동 둘째 내외가 도착한 것은 저녁상을 막 물리고 난 뒤였다.

"막차를 타고 왔어요. 그래도 눈이 와서 어둡지는 않더라구요."

사랑방과 시어머니가 누워 있는 건넌방을 차례로 둘러본 동서가 방문을 들어서며 말했다.

"어휴, 이놈의 골짝! 버스에서 내려 오리 길은 걸어야 하니…."

뒤따라 들어온 둘째 시동생이 정임 곁에 눌러앉으며 말했다.

"그래도 요새는 마이 나아졌어요. 산판 덕분에 트럭까지 들어오고…."

아랫목에서 떡을 쓸고 있던 정임은 시동생을 바라보았다. 자전거를 타고 읍내로 통학하던 때가 엊그제 같은데 벌써 두 아이의 아버지라니.

"애들은 안 데리고 오셨어요?"

"마침 친정 여동생이 집에 와 있어 떼어놓고 왔어요."

정임은 자신도 저처럼 냉정할 때가 있었으면 좋겠다 싶었다.

"형님 면회는 한번 댕겨 왔어요?"

양복 호주머니에서 담뱃갑을 집어내며 시동생이 말했다. 정임은 뜻밖의 질문에 얼굴이 화끈 달아올랐다.

"아들 때매… 그나마 혼잣손이라 놔서…."

"그렇지요. 어머니도 저래 대소변을 받아내야 하이…. 하여간 죽어나는 건 형수님인기라. 형님도 인제 출소하시면 정신 좀 차리겠지요. 저도 공무에 시달리다보이… 아직은 말만 앞설 뿐이지요."

"말씀이라도 고맙네요."

정임은 가마솥에 지펴 놓은 불을 보기 위해 방을 나섰다.

"아주버님이 정신을 차려야 집안 꼴이 되지. …참, 아주버님도 딱해서. 아무리 사회가 썩었다지만 그게 어디 칼부림 가지고 될 일인가요. 집안도 좀 생각해서야지."

정임은 문틈을 새어 나오는 동서의 목소리를 뒤로하고 뒤꼍으로 향했다. 깨진 가마솥 뚜껑을 밀어내며 펄펄 물이 끓고 있었다. 정임은 세숫대야에 물을 퍼 찬물을 섞었다. 그러고는 손을 담가 온도를 확인하고는 건넌방으로 향했다.

시어머니의 몸은 서서히 무너져가고 있었다. 정임은 시어머니의 발치에 놓여 있는 대야에서 수건을 집어 들어 두 손을 비틀었다. 주룩, 물이 빠지면서 미지근하게 데워진 수건이 정임의 손아귀에 단단히 쥐어졌다.

"낼이 설이라요 어머님."

모를 리 없건만, 정임은 그렇게 첫마디를 꺼내고는 시어머니의 몸에서 이불을 걷어냈다. 역한 지린내와 노린내에 눈살을 찌푸리면서도 물러서지 않던 정임은 순간 섬찟 몸을 움츠렸다. 대소변을 받을 기저귀를 시어머니는 어디론가 빼돌려버렸다. 마른 수수깡처럼 말라비틀어진 허벅지와, 가랑잎처럼 건조한 뱃가죽 사이에서 유독 그것만이 까만 윤을 내며 독초처럼 무성하게 자라 있었다. 기저귀를 갈 때마다 어쩔 수 없이 맞닥뜨리곤 하는 거였지만 정임은 새삼 곤욕스러움을 느끼며, 시어머니가 어디론가 빼돌렸을 기저귀를 찾기 위해 여기저기 이불을 들추어냈다.

기저귀는 노랗게 오줌에 젖은 채 시어머니의 종아리 근처에 널브러져 있었다. 거듭 지린 오줌이 식으면서 몹시 꿉꿉했던 모양이었다.

시어머니가 아랫도리를 가리지 않은 것은 정임 탓이 아니었다. 번번이 일을 치를 때마다 빨래를 해야 하는 며느리의 고충을 헤아려서인지, 해괴망측한 노망기 때문인지, 시어머니는 언제부턴가 아랫도리에 무슨 옷이든 걸치기를 거부했다. 정임도 그것이 편했다. 처음엔 역겹고 곤욕스러워 이불을 들추어낼 때마다 구역

질이 치밀곤 했는데, 날이 갈수록 정임도 익숙해졌다.

정임은 금세 식어버린 수건을 곱게 펴 시어머니의 얼굴을 문질렀다. 눈곱을 떼어내고, 입가에 희뿌옇게 끼어 있는 침 자국도 닦아냈다.

"…주, 준이한테서 무슨 기, 기별이라도….."

시어머니는 눈을 감은 채 간신히 토막 난 말들을 흘려보냈다. 첫 자는 빼먹고 끝 자만 간신히 발음한 그 이름이 누굴 뜻하는 것인지 정임은 알 수 있었다.

"찬우 아빠는 아직 넉 달은 있어야 나온대요. 그리고 막내 도련님은 회사 일이 바빠서 못 내려온다 카네요 어머님."

정임은 자꾸만 손등에 달라붙는 수건을 대야에 집어넣고 힘껏 뒤채였다.

"가, 감옥에서 설을 지내다니… 으으음….."

잘 헹군 수건을 손바닥에 옹골지게 펴 감은 정임은 마치 껄끄러웠던 시간을 씻어내기라도 하듯 시어머니의 목덜미를 훑어냈다.

부두 하역장 생활도 별다를 게 없었다. 하지만 남편은 부지런했다. 일 년 삼백육십오일 결근 한번 하지 않았다. 덕분에 일을 시작한 지 일 년 만에 남편은 조장이 되었다.

정임은 남편의 월급은 몽땅 적금에 쏟아붓고 보너스만 가지고 가계부를 꾸려나갔다. 정임 또한 낮이면 리어카를 끌고 시장으로 나갔다. 여름에는 냉차를 겨울에는 커피를 팔았다.

그러던 이듬해 봄, 남편은 결국 일을 저지르고 말았다. 정임은 어처구니가 없었다. 남편이 살인 미수범이라니.

남편은 언제부턴가 잠꼬대처럼 중얼거렸다. 뭔가 잘못되어 가고 있는 기라. 말로만 노동자의 권익을 보호하고, 생활을 개선하고 어쩌고저쩌고 떠벌리지… 순 날강도 같은 놈.

다행히 남편의 칼날은 지부장의 심장을 비껴갔다. 남편은 살인 미수범으로, 그것도 정상을 참작해서라는 단서 아래, 징역 2년을 선고받았다. 그것으로 네 식구의 삼 년 남짓한 객지 생활은 마침표를 찍었다.

잘 데워진 수건이 후끈한 김을 뿜어내며 목덜미를 지나 가슴으로 미끄러져 가자, 시어머니는 연신 신음을 흘렸다. 정임의 다부진 손놀림에 황폐한 가슴이 무너져 내리는 소리일까.

소문은 참 빨랐다. 정임이 남편을 교도소로 보내고 두 아이를 데리고 고향 집으로 돌아왔을 때, 시어머니는 이미 병원으로 실려 간 뒤였다. 중풍이라고 했다. 고혈압에다가 당뇨까지 앓고 있던 시어머니는 아들의 소식에 충격을 받고 뇌출혈을 일으켰다.

반신불수의 시어머니를 집으로 옮겨 놓고 어느 정도 분위기가 가라앉자, 남편의 면회를 운운하던 두 시동생 앞에서 시아버지는 고래 같은 고함을 질렀다. 면회는 무슨 면회! 다 지 못나서 감옥살이하는 걸…. 처자식까지 둔 놈이 그래 그기 무슨 짓인고! 챙피

해서 마실도 못 나가겠구만.

정임은 가슴이 복받쳐 왔지만 시아버지 앞에서 마음대로 입을 열 수도 없었다. 찬우 아빠보다 그 사람들이 더 나빴다 카대요, 아버님. 정임은 입가를 맴도는 그 말을 차마 하지 못했다.

소문은 마을에서 부락으로 옮겨갔다. 읍내 장이 서는 날이면 버스에서 마주치는 사람마다 남편의 안부를 물었다. 고생이 심하지? 그래, 면회는 다녀왔고? 참, 알다가도 모를 일이지. 그래 무던하던 사람이….

정임은 울컥 화까지 치밀어 올랐다. 이유야 어떻든 알려고도 않고 남편을 그저 살인 미수범으로 몰아가는 저들의 단순함이 정임을 화나게 했다.

아이들이 겪는 고충 또한 그녀 못지않았다. 학교에서 돌아오는 큰아이를 붙들고 사람들은 말했다. 니 애빈 지금 어딨노? 너들 놔두고 딴 데로 돈 벌러 갔는갑다. 그래도 새끼라고 지 애비를 빼다 박았구만.

큰아이는 알고 있었다. 아버지가 사람을 죽이려다가 교도소에 들어갔다는 사실을. 때론 학교에서도 같은 반 아이들한테 놀림을 당하는 모양이었다. 니 아부지, 무서운 사람이지? 사람을 칼로 찔렀다 카던데.

그래도 아이는 사람들의 눈총과 아이들의 놀림에 주눅 들지 않고 꼬박꼬박 학교를 잘 다녀주었다. 정임은 그것이 대견스러워

아이 몰래 눈물을 훔친 적이 한두 번이 아니었다.

작은 것은 아직 뭐가 뭔지 몰랐다. 다만 정임이 가르친 대로 아버지는 고깃배를 타기 위해 다시 바다로 갔다고만 알고 있었다. 그러나 머잖아 학교를 가게 되면 제 오라비처럼 놀림을 당할지도 몰랐다.

남편이 수감된 지 여덟 달이 지나도록 정임이 면회를 가지 않은 것은 시아버지의 불호령도 불호령이었지만, 사실은 남편의 애원 같은 당부 때문이기도 했다. 더러운 꼴 보이기 싫으니 면회 같은 건 제발 오지 말거래이. 정임은 남편의 자존심을 건드리고 싶지 않았다.

정임은 시어머니의 발끝에서 수건을 걷어냈다. 시어머니는 어느새 잠이 들었는지 두 눈을 감은 채 고른 숨소리만 내뱉을 뿐이었다. 정임은 물끄러미 시어머니를 바라보았다. 막 허물을 벗고 난 누에처럼 시어머니는 곤한 잠에 빠져 있었다.

정임은 대야를 들고 방을 나섰다. 눈은 그쳤다. 정임은 마당을 가로질러 우물곁으로 갔다. 제법 쌓인 눈 위를 다람쥐 한 마리가 곤두박질치며 달려가고 있었다.

수챗구멍에다 대얏물을 쏟아부은 정임은 문득 골방을 건너다보았다. 두 아이는 잠이 들었는지 기척이 없었다. 정임은 문득 아이들이 보고 싶어졌다.

방문 여는 소리에 잠들은 척 누워 있던 큰아이가 고개를 내밀었다.

"찬별이는 자나?"

작은 것은 제 오라비 무릎에 한쪽 다리를 얹고 이불을 걷어붙인 채 잠에 빠져 있었다.

"여태껏 안 자고 뭘 생각하고 있나?"

정임은 작은 아이의 가슴 위로 이불을 끌어당기며 말했다. 큰아이는 두 눈을 멀뚱거리며 거뭇거뭇 거미줄이 지나간 천장을 올려다보고 있었다.

"또 엉뚱한 생각을 하고 있었구나."

큰아이는 초저녁잠이 없었다. 작은 것을 다독거려 재우고 정임도 한 차례 꿈속에서 헤매고 난 뒤에도 큰아이는 늘 두 눈을 말똥거리며 골똘한 생각에 빠져 있곤 했다. 어느 날 밤이었던가. 그런 아이를 되잡아 이유를 캐물은 정임은 자신도 모르게 울컥 목이 메었다. 큰아이는 눈물을 글썽거리며 말했다. 여기도 이래 추운데 아부지가 계시는 덴 얼마나 추울까. 거기엔 이불도 없다 카든데.

"내일 설 쇠려면 일찍 자야지. 자, 찬별이처럼 한숨 자 두거라."

정임은 큰아이의 목까지 이불을 끌어당겨 주고는 자신도 팔베개를 하고 누웠다.

"아까 찬별이가 묻더라. 작은아버지도 오셨는데 아버지는 설이 돼도 왜 안 오시냐고."

큰아이가 말했다.

"그래서?"

"그래 내가 대답 안 했나. 아버진 배를 타야하기 때문에 설이 돼도 못 오신다고. 바다에 떠 있어야 한다고. 내년엔 돈 많이 벌어 우리 옷도 사고, 자전거도 사고, 그래 오실 끼라고 안 했나."

정임은 큰아이를 덥석 끌어안았다. 설인데도 남들처럼 옷 한 가지 제대로 사 입히지 못한 자신이 서러웠다.

정임은 큰아이를 부둥켜안고 오랫동안 그러고 있었다. 얼마나 지났을까. 정임도 큰아이를 따라 잠이 들었다.

꿈속이었다. 화창한 봄날, 온 산비탈엔 진달래꽃이 흐드러지게 피어 있었고, 정임은 남편을 따라 보리밭에서 김을 매고 있었다. 밭둑을 넘어오는 바람이 제법 매서웠다.

남편은 말도 없이 서너 걸음 앞서 이랑을 추슬러 나가고 있었다. 도랑 너머 언덕배기엔 아지랑이가 피어올랐고, 새순이 움트는 굴참나무 가지 사이로 언뜻언뜻 비치는 한길에는 뿌연 햇살만 쌓여갈 뿐 인적 하나 없이 고즈넉하기만 했다. 쌀쌀한 바람이 밭둑 너머에서 불어왔고, 정임은 눈이 시려 손등으로 눈언저리를 밀었다. 그때 횡하니 돌아 나오는 눈물 속으로 웬 낯선 남자가 다가오고 있었다. 남자는 언덕바지를 넘고 밭둑을 건너 파릇한 두둑 사이를 걸어오고 있었다. 순간 정임은 몸서리를 치며 호미를 떨어뜨리고 말았다. 남자의 왼쪽 가슴에 칼이 꽂혀 있었던 것이다. 남자의 흰 셔츠는 붉은 핏물로 얼룩져 있었고, 남자는 정임의 옆에서 걸음을 멈추었다. 정임은 몸을 일으키려고 했지만 꼼짝도 할 수 없었다. 남자는 다시 걸음을 옮겼다. 소리 없이 남편 쪽으로 걸어가고 있었다. 정임은 남편을 소리쳐 불렀지만 좀처럼 입이 떨어지지 않았다. 남편은 귀가 먹고 눈이 멀었을까. 남편은 고개 한번 돌리지 않고 밭이랑을 추슬러 나갔다.

어느새 남자는 남편 곁에 우뚝 서 있었다. 남편은 기다렸다는 듯 호미질을 멈추고 몸을 일으켰다. 남편은 남자의 피 묻은 셔츠를 벗겼다. 남자의 가슴에서 칼을 걷어내고 자신의 윗도리를 벗어 남자에게 걸쳐주었다. 남자는 이제 남편 대신 밭이랑을 타고 앉아 김을 매기 시작했다.

남자의 피 묻은 셔츠를 걸쳐 입은 남편은 소리 없이 밭이랑을 건너가기 시작했다. 도랑을 건너고 언덕바지를 넘어 남자가 걸어 온 길을 되돌아가고 있었다. 남편은 빼곡한 굴참나무 사이를 지나 뿌연 햇살 속으로 멀어져 가고 있었다. 정임은 벌떡 몸을 일으켜 두 팔을 휘저었다. 남편이 건너간 밭이랑을 달려가기 시작했다. 하지만 남편의 모습은 간 곳이 없었고 거친 밭이랑엔 아지랑이만 아른거릴 뿐이었다. 정임은 밭고랑에 엎어져 울부짖기 시작했다.

안방에서 시동생 내외가 달려온 것은 그때였다. 정임은 누군가 자신의 어깨를 흔들고 있다는 것을 느끼며 눈을 떴다.

눈앞엔 시동생 내외가 근심스러운 표정으로 앉아 있었고, 방문 앞엔 시아버지가 궐련을 빼 물고 서 있었다. 정임은 몸을 일으키려다 말고 허리에 거머리처럼 달라붙어 있는 두 아이를 보았다. 정임의 잠꼬대에 놀라 깨어난 두 아이는 아직도 목을 껄떡거리며 울음을 삼키고 있었다.

"악몽을 꿨나 봐요. 전신에 땀이에요."

동서가 수건으로 정임의 이마를 찍어내며 말했다. 정임은 수건을 건네받아 눈가로 얼룩진 눈물을 닦아냈다. 시아버지에게 괜한 걱정만 끼쳐드렸다, 싶어 정임은 쉽사리 고개를 들 수가 없었다.

"큰일은 큰일이라. 하루 이틀도 아이고…."

시아버지가 궐련을 비벼 누르며 말했다. 정임은 낯이 화끈 달아올랐다.

"내 오래전부터 에미가 잠꼬대하는 걸 알고 있었다. 별 대수롭잖게 여겼는데 날이 갈수록 더하니…."

밤마다 악몽 속을 헤매다가 밑도 끝도 없이 외마디 소리를 지를 때면, 당신은 칠흑 같은 어둠 속에서 남몰래 궐련을 피워 물었을지도 몰랐다.

"인제 할 수 없다. 사람부터 살려 놓고 봐야지. 낼 차례 모시고 한번 댕겨 오거라. 명절날은 유독 사람이 기다려지는 법인 기라.

애비도 사람인데… 얼마나 보고 싶겠나."

그 말을 남기고 시아버지는 덜렁 방문을 나섰다. 정임은 끈적하니 남아 있는 손바닥의 땀을 수건으로 닦아내며 시동생을 바라보았다.

"그렇게 하세요. 집안일은 이 사람한테 맡겨 놓고 댕겨 오세요. 형님도 말씀만 그렇게 했을 뿐이지 속으로 얼마나 보고 싶겠어요. 저도 마침 연휴고 해서 댕겨 올라 캤는데… 잘됐네요, 형수님. 같이 가지요 뭐."

하지만 쉬이 고개를 끄덕일 수 없는 것은 왜일까?

"걱정 말고 다녀오세요, 형님. 어머님이랑 아이들은 제게 맡겨두시구요. 이럴 때 저도 효부 소리 좀 들어보게요."

새침데기 동서가 애써 웃음까지 지어 보였지만 정임은 쉽사리 웃을 수가 없었다.

동서 내외가 안방으로 돌아가고 두 아이마저 잠든 지 오래였지만, 정임은 좀처럼 눈을 붙일 수가 없었다.

환청일까? 잠든 두 아이의 얼굴을 무심히 내려다보고 있던 정임은 또 한 차례 이상한 예감에 빠져들었다. 아침나절의 자동차 엔진음 같은 육중한 소리가 끈덕지게 정임의 귓전을 맴돌고 있었다. 이 밤중에 목재를 실어 나르는 트럭은 분명 아니리라.

정임은 무엇엔가 이끌리듯 방문을 열고 밖으로 나왔다. 눈 덮인 마당엔 나뭇가지의 앙상한 그림자가 지표의 균열처럼 어우러져 있었고, 식구들은 모두 잠 들었던지 불 꺼진 처마 밑엔 짙은 어둠만 우물처럼 패여 있었다. 마당 가운데로 걸어 나온 정임은 다시 귀를 기울였다. 은근하고 끈덕진 소리는 마을 어귀 어디쯤에서 들려오는 게 분명했다. 정임은 숨을 죽이고 대문을 걸어 나갔다. 아직 아무도 밟지 않은 눈 쌓인 골목길을 서너 걸음 걷던 정임은 담벼락에 손을 짚고 동구 밖을 바라보았다. 마을로 들어서는 한길에는 택시 한 대가 후진하며 방향을 돌리고 있었고, 막 택시에서 내린 웬 사내는 마을 어귀로 접어들어 분주히 발걸음을 옮겨 놓고 있었다. 정임은 숨을 몰아쉬었다.

사내는 두 손을 바지춤에 찔러 넣고 어깨를 웅크린 채 성큼성큼 골목길을 걸어오고 있었다. 사내의 모습을 유심히 지켜보고 있던 정임은 자신도 모르게 두 손을 말아 쥐었다. 익숙한 걸음걸이, 실팍하게 불거져 나온 어깨살…. 정임은 지그시 입술을 깨물었다.

어느새 택시는 동구 밖을 돌아 육중한 엔진음만 남겨 놓고 언덕바지 너머로 사라져 버렸다.

사내는 이제 담벼락 사이를 걸어오고 있었다. 정임은 자꾸만 옥죄어드는 가슴을 억누르기 위해 새삼 사내의 모습을 살폈다. 사내는 무언엔가 쫓기기라도 하듯 자주 뜀박질을 해댔고, 늦은 밤길에 인기척을 남기지 않기 위해서인지 무던히 조심하는 모습이었다. 정임의 온몸엔 땀이 흘러내렸다. 아련한 현기증이 눈앞을 가물거리며 지나갔다.

 사내가 걸음을 멈춘 것은 그때였다. 사내는 눈길 위에 장승처럼 버티고 서서 오랫동안 정임을 바라보고 있었다. 정임은 목구멍 너머로 마른침을 꿀꺽 삼켰다. 얼마나 지났을까. 사내는 다시 걸음을 떼어놓기 시작했다. 마치 이쪽의 정체를 파악하기라도 한 듯, 사내는 이제 긴 다리를 부지런히 움직이며 뛰기 시작했다. 정임이 한숨을 내쉰 것은 그때였다. 사내는 다름 아닌, 청주에 사는 막내 시동생 해소였다.

 "아니 형수님, 여기서 뭘 하는 거요? 오밤중에…. 난 누군가하고 한참 서서 봤지, 뭐요."

 막내 시동생은 입김을 뿜어내며 정임의 곁으로 다가섰다. 어쩌면 남편을 저렇게 닮을 수 있을까, 정임은 생각했다.

 "도련님이야말로 이 늦은 밤에 우엔 일이라요? 편지에 못 온다고 썼길래 생각도 안 했는데…."

 "토목공사장이라 하루도 쉬는 날이 없어요. 그래도 낼이 설이라고 하루 놀려준대요. 집엔 안 올라 캤어요, 시간도 없고… 대구 교도소에나 잠깐 들러보고 바로 올라갈라 카다가…. 편지는 받았지요?"

 "안 그래도 아버님께서 편지 받고 얼마나 섭섭해하셨다고요."

 정임은 시동생을 바라보았다. 거뭇한 구레나룻 사이로 흘러나오는 입김 속에 시큼한 누룩 내가 섞여 있었다. 정임은 그것이 싫지가 않았다. 그것은 이미 오래전, 밤마다 피곤한 기색으로 돌아와 잠 속으로 곯아떨어지곤 하던 남편의 입에서 수없이 맡았던 냄새였다.

"아무래도 아버지가 걱정하실 것 같아서 그냥 갈 수가 없더라구요. 읍에 도착하니까 버스가 끊겼더군요. 그래, 할 수 없이 택시를 탔지요."

정임은 시동생과 나란히 골목길을 걸었다. 벌목으로 인해 민둥산이 되어버린 안산 비탈에는 이따금 풀썩거리며 눈이 미끄러져 내리고 있었다.

"형님은 잘 계시니 걱정하지 말아요. 저도 간다간다 하다가 오늘 처음 면회 하러 갔어요. 생각보다 얼굴색도 좋으시고 건강하시더라구요."

정임은 토담 위에서 눈 한 줌을 움켜쥐었다.

"형님도 보기에는 꿋꿋해 보이지만 속은 참 여린 분이세요. 형수님 얘기 나오고 찬우, 찬별이 얘기 나오니까 맘이 안 됐는지 자꾸 말문이 막히데요."

대문을 들어섰다. 마당으로, 지붕 위로 덮여 있는 눈 더미는 희다 못해 푸르게 빛나고 있었다. 하지만 처마에서 토방에 이르는 저 눅진한 수직의 공간은 아직 숨 가쁜 어둠으로만 깊어 있었다. 어쩌면 저것은 남편의 몫인지도 몰랐다. 남편이 나서지 않으면 쉽게 물러서지 않을 해묵은 어둠인지도 몰랐다. 정임은 추위를 느끼며 부르르 몸을 떨었다.

"하매 다 주무시는 모양이네요?"

마당 가운데서 시동생이 말했다.

"모두들 피곤하시겠지요…."

정임은 쉬이 잠이 올 것 같지 않았다. 어마어마한 어둠이 섬뜩하게 여겨지기도 했지만, 실은 저 숨 막히는 어둠 속에 아무런 생각 없이 잠들어 있을 가족이 불안했기 때문이었다. 자신마저 잠들어 버린다면 환각과도 같은 저 깊고 깊은 어둠의 수렁에서 누가 그들을 흔들어 깨워줄 것인가.

"너무 걱정하지 말아요. 인제 얼마 안 있어 출소할 낀데요 뭐. 그리고 형수님도 한번 댕기 오세요. 형님도 은근히 기다리는 눈치던데."

어둠을 향해 우두커니 서 있는 정임에게 시동생이 말했다. 내일은 기필코 그이의 모습을 보고 말리라. 정임은 속으로 다짐하면서, 가깝고도 아득한 무형의 어둠 속으로 성큼성큼 걸어 들어갔다.

고향 마을을 떠올릴 때마다 나는 여자의 자궁을 생각하곤 했다. 아늑하고 은밀하기로 말하자면 다른 것들도 있을 테지만, 그렇다고 여자의 자궁만큼 절실하지는 않았다. 좁은 숲길을 오래도록 걸어야만 닿을 수 있는 곳.

고향 마을로 가는 길은 초록이 짙어 한층 그렇게 느껴졌다. 면사무소 옆 초등학교 뒷길을 조금 걸어 올라가면 누구나 할 것 없이 흐음, 하고 호흡을 가다듬게 된다. 어디서부터 시작됐을지 모를 야트막한 산줄기들이 좁다란 길 하나만을 내어주고 양쪽으로 와락, 다가서기 때문이다.

당신이 얘기하던 길이 이 길 맞죠?

차가 초록으로 우거진 산길로 들어서자 조수석에 앉아 있던 아내가 입을 열었다. 나는 조심스레 앞길을 살피며 차창을 내렸다. 순간, 숨죽이며 우리를 기다리고 있던 5월의 초록 내음이 와락, 차 안으로 밀려들었다. 아내가 음, 하고 신음을 냈다.

잘 왔다 싶었다. 몇 년 만에 와보는 고향인가. 아내와 결혼한 그해 봄, 고향 마을 일가붙이들에게 인사차 들른 것이 고작이었으니 스무 해를 훌쩍 넘겼다. 농사에 넌덜머리가 난 부모님은 일찌감치 고향을 떴기 때문에 그해 봄, 우리 부부는 다 허물어져 가는 고향 집에서 옷도 벗지 않은 채 한기에 오들오들 떨며 하룻밤을 보냈다. 그래도 신혼의 설렘 때문이었는지 그다지 춥다는 생각은 들지 않았다. 몸은 추웠어도 마음만은 따뜻했다.

그땐 험한 길이었는데 이젠 말끔하게 포장되었네요.

아내는 차창 너머로 스쳐 지나가는 이름 모를 나뭇잎에 눈길을 주며 혼잣말처럼 중얼거렸다. 그해 봄, 우리는 읍내에서 택시를 잡아타고 이 길을 갔었다. 칠흑같이 어두운 밤이었다. 운전기사도 혀를 내두를 정도로 험한 비포장 산길이었다. 택시 안에서 하릴없이 들까불대던 아내는 얼마나 무서웠던지 내 한쪽 손을 두 손으로 부여잡고 있었다.

그 뒤로 고향 얘기가 나올 때면 나는 자궁이니, 질이니, 하며 여자의 생식기를 입에 담곤 했다. 어릴 땐 몰랐는데 성인이 되고부터 이따금 고향 마을을 들를 때마다 느끼곤 하던 감정이었다. 아닌 게 아니라 마을을 깊숙이 묻어두고 있는 길고 긴 산줄기는 여성의 외음부 같기도 했다. 그 산줄기 사이로 좁다랗게 이어지는 산길을 걷고 있노라면 또 여성의 은밀한 질을 떠올리게 되는 것도 사실이었다. 그런 어둡고 좁은 길을 오래도록 걸으면 마침내 태반처럼 둥그런 땅이 나오는데, 그곳이 바로 나의 고향 마을이었다. 그러니 자궁이니, 질이니, 떠들지 않을 수 있을까.

나는 평소 자궁 얘기를 하며 '소중한 것은 깊숙한 곳에 있다'라는 개똥철학을 풀어 놓곤 했는데, 사실 소중한 것을 얻으려면 세상 깊숙한 곳까지 가서 꺼내오지 않으면 안 되었다. 석유나 보석 같은 광물도 그럴 테지만, 우리 마음 깊은 곳에 있는 사랑을 구하기란 그 어느 것보다 어려우리라.

아내는 말없이 창밖을 응시했다. 나는 초록으로 이어지는 산길을 운전하며 무엇이 나에게 스무 해 남짓 만에 고향 마을을 찾게 했을까, 생각했다. 자궁처럼 깊숙이 숨어 있는 그곳을 나는 왜 한 마리 정자처럼 열심히 헤엄쳐 가고 있는 것일까.

그것은 꿈이었다. 몇 달 전에 꾼 꿈 한 토막이 나를 오랜만에 고향 땅으로 내몰고 있었다. 어찌나 짠했던지 나는 한밤중에 일어나 어둠 속에 오도카니 앉아 있었다.

고향 마을 뒷산 골짜기에 할아버지 대부터 부쳐 먹던 밭뙈기가 있었다. 뒤는 산이고 앞으론 얕은 개울이 흐르고 있었다. 그 밭뙈기 한쪽에 아름드리 오동나무 한 그루가 서 있었는데, 할머니는 어린 나를 등에 업고 밭뙈기에 올라 오동나무 아래 자리를 펴곤 했다. 그리고 물 주전자 옆에 나를 내려놓고 하루 종일 밭에 엎드려 있었다. 그날 꾼 꿈은 바로 그 밭에서 일어난 일이었다. 겨울이었는지 밭뙈기는 온통 흰 눈에 덮여 있었다. 그런데 사람들이 꾸역꾸역 산등성이를 넘어와 그 밭으로 몰려들고 있었다. 그러고는 무언가를 두리번거리며 찾았다.

부처님, 부처님 못 봤어요?

누군가가 나를 쳐다보며 묻기도 했다.

부처님이 분명 여기 어디 있을 텐데….

사람들이 밭으로 몰려들어 이리저리 서성거리는 바람에 쌓인 눈이 녹아 질척거렸다. 나는 못 봤다고 고개를 흔들어 보였다. 그러자 사람들이 웅성거리며 밭을 내려가 개울물을 건넜다.

나는 사람들이 사라지고 나자 밭 한가운데 놓여 있던 오동나무를 바라보았다. 누군가 밭 가장자리에 있던 아름드리 오동나무를 토막토막 잘라 밭 한가운데 놓아두었다. 나는 그중 가장 굵은 토막을 골라내 한쪽으로 밀쳐냈다. 그리고 톱으로 가운데를 잘랐다.

그 속에 부처가 앉아 있었다. 가부좌를 틀고 앉은 아기 부처였다. 나는 오동나무 속에서 부처를 꺼내 밭 한가운데 앉혀 놓았다. 눈을 지그시 내려감은 아기 부처는 추운 줄도 모른 채 명상에 든 듯 말이 없었다.

잠에서 깬 나는 어둠 속에 오도카니 앉아 꿈을 되새기고 있었다. 사람들이 그토록 찾고 싶어 하던 부처가 왜 하필이면 우리 집

밭뙈기 오동나무 속에 숨어 있었을까. 숨어 있었다기보다는 처음부터 오동나무가 자신의 뱃속에 부처를 잉태해 키우고 있었다는 표현이 옳을지도 몰랐다. 참으로 신비롭기 그지없는 꿈이었다. 나는 도무지 잠을 이룰 수가 없었다. 산골짜기 눈밭에 가부좌를 틀고 앉아 있는 아기 부처를 생각하니 가엾기도 했고 생뚱맞기도 했다. 그러다가 나는 부처 얼굴이 서서히 다른 사람 얼굴로 변해 가는 것을 보았다. 할머니였다. 어릴 적 나를 오동나무 그늘에 내려놓고 하루 종일 뙤약볕 아래서 밭일하던 할머니. 부처님 얼굴은 어느새 할머니 얼굴로 바뀌어 있었다. 신기한 일이었다.

그 꿈을 꾼 뒤로 나는 거의 매일 눈 쌓인 밭에 가부좌를 틀고 앉은 아기 부처나 혹은 할머니 모습을 떠올리곤 했다. 그리고 마침내 용기를 내어 고향 땅 그 밭뙈기를 찾아보기로 마음먹었다.

우리가 마을에 도착했을 때는 점심때가 지나 있었다. 오랜만에 본 고향 마을은 많이 변해 있었다. 초가에서 지붕만 슬레이트로 바뀐 꼴사나운 농가들이 말끔히 사라지고 대신 세련되고 산뜻한 조립식 주택들이 네댓 채 서 있었다. 원래 마을은 그리 크지 않았다. 여남은 채 정도의 초가가 옹기종기 모여 있던 산골 마을이었다.

우리 집은 마을 초입에서 두 번째 집이었지만 지금은 헐리고 터만 남아 있었다. 오래전, 고향을 떠나면서 아버지가 집터까지 옆집에 팔았기에 지금은 옆집에서 텃밭으로 가꾸고 있었다. 나는 텃밭 가장자리에 차를 세우면서 왠지 마음이 허전해졌다.

옆집 먼 친척 할아버지, 할머니한테 인사를 하고 우리는 다시 텃밭으로 나와 주변을 서성거렸다. 한때 여덟 명이나 되던 식구들의 도란거리던 이야기 소리는 어디로 갔을까. 할머니가 내 밥그릇을 묻어두던 따뜻한 아랫목은 어디로 갔으며, 어머니가 바느질하던 볕 바른 마루는 어디로 갔을까.

그날, 우리가 여기서 하룻밤 묵은 거죠?

아내가 내 촉촉해진 눈시울을 힐끔거리며 물었다. 나는 대답 대신 고개를 끄덕이며 밭이랑에 쪼그리고 앉았다. 그날 우리는 불도 넣지 않은 빈방 아랫목에 쪼그리고 앉아 신혼의 하룻밤을 보냈었다.

여기쯤 될 거야. 안방 아랫목이었으니까.

나는 소복한 밭이랑에 엉덩이를 붙이고 앉아 아내의 손목을 잡아끌었다. 아내는 다소곳이 어깨를 내밀어 내 품에 기대어 앉았다. 나는 스무 해 전 그날 밤처럼 아내의 손을 잡고 침묵하고 있었다. 사나운 바람 소리 대신 산들바람이 불어와 텃밭의 옥수수 잎사귀를 흔들어 놓고 갔다.

인제 그만 가요. 할머님인지, 부처님인지 계신다는 곳으로.

아내가 내 심란한 마음을 읽기라도 한 듯 재촉하고 나섰다. 우리는 텃밭을 걸어 나와 마을을 등지고 뒷산 쪽으로 걸음을 옮겼다.

　마을을 떠난 이들 중에 특별히 일이 잘 풀려 고향을 찾는 사람은 드물었다. 잘 되기는 고사하고 고생고생해서 겨우 대도시 변두리에 안착하는 경우가 대부분이었다. 나 역시 마찬가지였다. 서울에서 대학을 근근이 졸업한 뒤 이리저리 직장을 옮겨가며 결혼하고, 아이 낳고, 부모 형제 돌보며 하루하루 살다 보니 훌쩍 쉰 살이 넘어버렸다. 그리고 이제 머리가 벗겨진 중년의 모습으로 고향길을 헐떡거리며 찾아온 것이다. 대부분이 그랬다. 하지만 나보다 좀 못한 경우도 더러 있었다. 사업에 실패해서, 또는 중한 병에 걸려서 마지못해 고향 땅을 밟는 이들의 소식을 들을 때면 마음이 그리 편하지는 않았다.

　우리 명태도 머잖아 내려온다는구먼. 명태뿐만 아니여. 앞집 한태, 뒷집 인태도 내려온다는구먼.

　조금 전 인사차 들른 옆집에서 할아버지가 꺼내 놓은 얘기였다. 모두 내 또래의 이름들이지만 항렬이 높아 내게는 모두 아저씨 벌 되는 친구들이었다. 이제 머잖아 마을이 벅적벅적해질 거라며 옆집 할아버지는 좋아했다.

　마을을 뒤로 하고 논과 밭 사이로 난 길을 조금 걸어 올라가니 차에서 맡았던 초록 냄새가 한층 가까이서 느껴졌다. 또 조금 더 걸음을 옮기니 어느새 길은 산속으로 숨어들었고, 길옆으로 흐르는 맑은 개울물은 예나 다름없이 낮은 소리로 재잘거리고 있었다. 개울을 건너뛰어 오르막길을 오르자 꿈에 보았던 그 밭뙈기가 눈앞에 펼쳐졌다.

밭엔 고추가 한창 자라고 있었다. 밭둑에 올라선 나는 한쪽 가장자리에 서 있던 아름드리 오동나무부터 찾았다. 하지만 언제 베어졌는지 오동나무는 야트막한 그루터기만 남기고 간곳없이 사라져 버렸다. 나는 갑자기 밀려드는 허전한 마음에 쪼그리고 앉아 시커멓게 썩어가고 있는 그루터기를 두 손으로 어루만졌다. 옆집 할아버지에게 전화를 걸어 자초지종을 물어볼까, 하다가 어렴풋한 한마디가 문득 떠올랐다. 오래전에 어머니로부터 전해 들은 얘기였다.

그 오동나무는 네 아버지가 파셨다. 얼마나 돈이 궁했으면…. 몇 푼이나 받았겠냐만 읍내 누군가가 와서 베어갔다고 하더라.

참으로 궁핍한 시절의 얘기였다. 그 시절 아버지는 한우를 무리해 사들여 키우다가 빚을 져 옴짝달싹할 수 없는 지경까지 내몰렸다. 내가 군대에 가 있을 적 얘기였다. 얼마나 돈이 아쉬웠으면 밭둑의 오동나무까지 베어 팔 생각을 했을까. 그 뒤로 아버지와 어머니는 대대로 살아오던 정든 고향을 떠났다. 서울 어느 변두리로 도망치듯 숨어든 아버지와 어머니는 십 년 가까운 세월을 지하 단칸방에서 지냈다.

할머니 홀로 고향 집에 남았다. 번듯한 전셋집이라도 마련해야 할머니를 모셔갈 수 있다고 아버지는 둘러댔지만, 정작 할머니를 모셔갈 수 없는 데는 그만한 이유가 있었다. 빚 때문이었다. 여기저기 끌어 쓴 빚을 고스란히 남겨 둔 채 온 식구가 거처를 옮긴다면 다들 빚 떼어먹고 야반도주한 가족이라며 우리를 고발할 것이 뻔했다.

아버지와 어머니가 십 년 가까운 세월을 지하 단칸방에서 버터가며 빚을 다 갚을 동안, 할머니는 홀로 고향 집에 남아 조용한 나날을 보냈다. 새벽에 일어나 찬물로 세수하고 밭에 나가면 해가 훤히 떠서야 집으로 돌아와 늦은 아침을 먹었다. 그리고 서늘한 마루에 새우처럼 등을 꼬부리고 낮잠을 잤다.

가끔은 이웃에서 점심은 드셨냐고 찾아와보기도 했지만, 할머니는 대부분 점심을 거른 채 찬물 한 바가지만 들이키고 밭으로 향했다. 아버지가 베어 낸 오동나무 그루터기에 걸터앉은 할머니는 가쁜 숨을 몇 번 고르고는 이내 밭이랑으로 걸어가 초록 잎사귀들 사이로 꼬부라진 등을 감추곤 했다.

이곳까지 올라오신 할머니는 숨이 차신 게야. 이 오동나무 그루터기에 앉아 가쁜 숨을 고르곤 하셨지. 그래서 내가 그런 꿈을 꾼 건지는 모르겠지만.

나는 시커멓게 썩어가고 있는 오동나무 그루터기에 앉아 5월의 푸른 하늘을 바라보았다. 너울너울 이어지는 산마루에 에워싸인 하늘은 손바닥만 했지만, 그래서인지 더욱 맑고 푸르게 다가왔다.

할머니는 이곳을 좋아했었다. 젊었을 적 할아버지와 함께 일군 밭이라 그랬을까. 할아버지가 돌아가시고 난 뒤에도 할머니는 이 밭이랑을 떠나지 않았다. 빚에 허덕이는 아버지가 선대에서 물려받은 전답을 다 팔았지만 이 밭뙈기만은 내놓지 않았다. 가장자리의 오동나무마저 베어 팔아야 할 궁지까지 내몰렸지만 아버지는 끝내 이 손바닥만 한 밭뙈기만은 지켜주었다. 덕분에 고향 집에 홀로 남은 할머니가 이곳에 의지하며 외로운 나날을 견뎌낼 수 있었다.

여기다가 집을 지으면 어떨까?

내가 말했다. 아내가 뜬금없다는 표정으로 나를 바라보았다.

황토집이든 통나무집이든 아무래도 좋아. 조그맣고 아담한 집. 이를테면 부처님이 사는 집 말이야.

아내가 또 나를 쳐다보았다. 부처님이 사는 집이라는 말에 아내는 눈을 동그랗게 뜨고 나를 골똘히 바라보았다.

할머니는 부처님이셨으니까. 적어도 내게는.

할머니는 아버지가 빚을 다 갚고 서울 변두리 동네에 번듯한 전셋집을 마련할 때까지 잘 버텨주었다. 그리고 식구들이 있는 서울 집으로 옮겨 가기 이틀 전, 바로 이 밭뙈기에 앉아 김을 매다가 돌아가셨다. 정말 이곳을 떠나기가 싫었던 모양이었다. 나는 할머니의 무덤을 이곳 밭 가장자리 어느 한 곳에다 썼으면 하고 내심 바랐지만, 집안 어른들은 무심하게도 선대의 산소가 모

눈 속의 아기 부처 179

여 있는 먼 선산에다가 할머니를 모셨다. 나로서는 아쉽고 안타 깝기가 그지없었다.

정작 당신은 모르고 사셨겠지만 할머니께서는 부처님처럼 사셨어. 다들 부처님 가운데토막이라고 말씀들 하셨으니까.

내 기억 속의 할머니는 꿈속의 아기 부처처럼 조그맣고 귀엽게 생겼다. 몸집도 작았고 얼굴도 작았다. 그런 작은 사람이 여자의 자궁처럼 깊숙한 산골로 시집와 나지막한 목소리로 평생을 살았으니, 누가 그녀를 사람이라 할까. 한 그루 나무나 이름 모를 풀 한 포기라면 모를까.

어려서 병치레 잦고 고집이 세었던 나를 키운 건 할머니였다. 열이 펄펄 끓는 나를 등에 업고 읍내 의원으로 뜀박질해 간 것도 할머니였고, 비 오는 날 우산을 들고 교실 창밖에 서 있던 사람도 할머니였다. 어쩌다가 늦으면 손전등을 들고 밤길에 서 있는 이도 할머니였고, 고등학교 때 읍내 자취방으로 쌀자루를 이고 오는 이도 할머니였다.

갈뫼댁은 부처님 가운데토막이여. 당장 내일 먹을 쌀이 없어도 이웃에서 손을 벌리면 마다하지 않은께.

이웃에서는 다들 할머니를 부처님 가운데토막이라고 불렀다. 할아버지 또한 할머니 못지않게 마음이 고와 대소가의 어려움을 마다하지 않았다. 정작 자신의 논배미는 말라비틀어져도 앞집 당숙 어른 논배미 물부터 대놓고 본다든지, 자신의 보리밭은 내팽

개치고 옆집 재종 형님네 보리타작부터 하고 본다든지…. 그래도 부부싸움 한번 하지 않고 평생 산 걸 보면 할머니는 남들이 얘기하는 부처님 가운데토막이었음이 틀림없었다.

갈뫼댁 화내는 꼴 보기란 날아가는 참새 똥구멍 보기보다 어려운 일인께.

어렸을 적 마을 모내기 판에서 들은 얘기를 나는 여태껏 간직해 오고 있지만 하나도 틀린 말은 아니라고 생각했다. 나 역시 당신이 죽는 그날까지 화를 낸다거나 큰소리로 누구를 나무라는 일을 본 적이 없었기에.

갈뫼댁은 몸집은 작지만 젖이 흔했어. 동네에서 젖동냥을 가면 한 번도 마다하지 않고 젖을 물렸은께.

할머니는 마을 아이들에게 젖을 물려가면서도 자신의 배로 낳은 삼남삼녀 육 남매를 굶기지 않고 잘 키워냈다. 자신의 흔한 젖과 부지런한 발품으로 자식들 배를 채워주었기 때문이다. 폭탄이 터지고 폭격기가 쌩쌩 날아다니는 피난처에서도 젖통을 내놓고 얼굴도 모르는 낯선 아이들에게 젖을 물렸다는 할머니였다.

할머니는 화도 낼 줄 몰랐지만 소리내어 웃거나 드러내놓고 기뻐하지도 않았다. 어지간해서는 눈물도 흘리지 않았다.

어머님도 참 어지간한 분이시지, 목석이 아니고서야….

어릴 적, 어머니가 마을 사람들에게 했던 말을 나는 아직도 기억하고 있었다. 대동아전쟁(태평양전쟁) 때 온 부락 남자들이 보국대로 끌려갔다고 했다. 할아버지도 마찬가지였다. 할아버지가 끌려간 곳은 일본 북해도 어느 탄광이었다. 이태 뒤 함께 갔던 이들이 돌아오고 서너 달이 지나도록 할아버지는 돌아오지 않았다고 했다. 위로 고모 두 명과 세 살 난 아버지를 둔 삼십 대 초반의 젊은 할머니는 그래도 눈물 한 방울 흘리지 않았다고 했다. 몇 날 며칠을 끙끙 앓다가 찾아간 아랫마을에서 남편 친구에게서 전해 들은 얘기는 날벼락이나 마찬가지였다.

삼만이는 아주 먼 곳으로 갔슈. 일본에서도 가장 멀다는 북해도라는 곳으로다. 제대로 찾아나 올는지 모르겄네유.

그리고 이듬해 봄에 할아버지는 돌아왔다고 했다. 아카시아꽃이 지고 밤꽃이 흐드러지게 핀 늦은 봄날, 할머니는 그날도 밭뙈기에 앉아 김을 매고 있었다. 누군가 어깨를 툭 치는 바람에 돌아다보니 얼굴에 검은 수염이 덥수룩한 할아버지가 환하게 웃고 있었다. 웬만한 사람 같았으면 와락 남편 품에 안기기라도 했으련만, 할머니는 그저 굳어있던 오금을 펴며 왜 이렇게 늦었슈, 한마디 하고는 이어 밭이랑을 타고 앉아 김을 매 나갔다.

이거 읍내에서 한 뿌리 구해왔어. 오동나무요. 저쪽에 심었다가 나중에 아이들 시집 장가갈 때 살림에 보탭시다.

그리고 할아버지는 밭 가장자리에다가 오동나무 한 그루를 심었다. 오동나무는 무럭무럭 자라 아름드리가 되었고, 그동안 육남매도 쑥쑥 자라 시집 장가를 갔지만 오동나무는 베어지지 않았다. 덕분에 나는 어린 시절 한때를 오동나무 그늘에서 빈둥거리며 할머니의 땀내 나는 등을 지켜볼 수 있었다.

결국 오동나무가 살림에 보탬은 된 셈이네요? 아버님께서 베어 파셨으니….

시커먼 오동나무 그루터기에 앉아 한동안 잠자코 있던 아내가 입을 열었다. 그런 셈이지, 나는 대답을 하면서도 한 생각에 골똘히 빠져 있었다. 도대체 어떻게 된 일일까. 오동나무 속에 부처가 들어앉아 있다니. 아니, 할머니가 앉아 있다니. 도대체 어떻게 된 영문일까.

그렇다면 오동나무가 스스로 잉태를 하였다는 말밖에 할 수 없었다. 사람을 잉태한 것이 아니라 이야기를 잉태하였다는 말이 옳을까. 젊은 할아버지가 일본에서 귀국하면서 심은 한 그루 오동나무는 그냥 식물로서의 나무가 아니라 영혼을 가진 영물로서의 나무였던 것이다. 할아버지와 할머니의 소소한 이야기들을 죄다 주워들어 몸속에 지니고 있다가 부처의 형상으로 새롭게 빚어낸 전설 같은 이야기 말이다. 그런 생각을 하자 나는 이 조그만 밭뙈기가 더욱 소중하게 여겨졌다. 비록 오동나무는 사라지고 없었지만 영험했던 그 나무는 꿈을 통해 나에게 스스로 말을 걸어오지 않았던가. 할머니는 부처였다고. 부처가 손수 일군 이 조그만 밭뙈기는 바로 금당 터가 아니겠느냐고. 그런 생각을 하자 나는 이곳에다가 조그만 초막이라도 한 칸 지어놓고 싶은 마음이 간절해졌다.

 아내의 깊숙한 곳에 마련된 촉촉한 땅. 두 아이의 생명이 싹튼 은밀한 공간. 그리고 내 욕망의 분신들이 밤낮없이 항해를 일삼던 희망의 만. 그런 아내의 자궁이 없어진 건 이태 전이었다. 생리할 때가 아닌데 피가 비친 것이 미심쩍어 산부인과에 간 아내는 며칠 뒤 큰 병원으로 옮겨갔고, 의사는 아내에게 자궁을 떼어 내야 한다고 했다. 자궁 경부에 염증이 생겨 더 이상 뒀다가는 암으로 진행될 수 있다고 했다. 그래도 이쯤에서 발견한 게 얼마나 다행이냐며 수술을 권했다.

 세 시간 수술 끝에 자궁을 도려내고 회복실로 돌아온 아내의 두 뺨엔 맑은 눈물이 흐르고 있었다. 나는 아내의 싸늘한 손을 잡고 속으로 다짐했다. 더 이상 이렇게 살지 말자. 아등바등 아귀다툼하듯 살다가 하루아침에 저세상 가는 사람 많이 보지 않았나. 그동안 고생한 것만으로도 충분하다. 다행히 우리는 이만큼이라도 살고 있지 않나. 집도 한 채 있고, 아이들도 다 컸고, 두 사람 연금이면 그럭저럭 생활은 이어가지 않겠나. 이제 남은 삶은 자신을 위해 살자. 당신이 원하는 전원생활을 하든, 아니면 어디 낯선 곳으로 가서 텃밭 가꾸고 산나물 뜯으며 그렇게 촌부로 늙어가든.

 가진 것 없는 집안에서 태어난 우리 부부는 지하 월세방에서 신혼생활을 시작했다. 첫 아이를 낳고 맞벌이 때문에 아이를 어머니 댁에 맡겼는데, 퇴근길에 아이를 찾으러 들르면 아이는 지하방에 안 가겠다고 떼를 쓰며 울곤 했다. 한번은 그런 아이를 울려가며 억지로 데려오자, 아이는 밤새 자지 않고 방구석에 오도카니 서서 발을 동동 굴렀다. 할머니 집으로 데려다 달라고 졸랐다. 냄새나고 어두컴컴한 지하방이 무서웠던 모양이었다.

그런 아이를 대학에 보낼 때까지 우리 부부는 입을 것 안 입고 먹을 것 안 먹으며 알뜰살뜰 살림을 늘렸다. 아내는 구두 한 켤레 옷 서너 벌로 몇 해를 나곤 했다. 머리는 혼자 거울 앞에서 잘랐고 화장품은 누군가에게서 얻은 샘플로 대신했다. 그래도 살결이 고운 아내는 얼굴이 맑고 깨끗했다. 덕분에 아이들이 고등학교 들어갈 무렵에는 아파트도 한 채 장만 했고 통장에 여유 자금도 있었다. 그러다가 그만 아내에게 병이 생긴 것이다.

자궁을 잃은 뒤로 아내는 예전처럼 아등바등 살지는 않았다. 먹을 것 먹고 입을 것 입어가며 자신을 다독였다. 나는 그런 아내를 차에 태워 주말이면 산으로 강으로 바람을 쐬러 나갔다. 그러면서 어디가 좋을까, 하고 훗날 우리가 살 곳을 봐두기도 했다.

아내가 좋아하던 곳은 절터였다. 이름 모를 폐사지. 아내는 금당이 들어서 있었을 풀밭에 앉아 파도처럼 굽이쳐 흐르는 산등성이를 올려다보곤 했다. 마음이 편하다고 했다. 거기에 어쩌다 반쯤 허물어진 부도나 석등, 석탑이라도 발견하는 날엔 마치 황금이라도 손에 쥔 것처럼 좋아했다.

옛 절터를 빠져나오는 기나긴 산길을 달리며 내가 또 질이니, 자궁이니, 개똥철학을 풀어 놓으면 아내는 내 허벅지를 꼬집으면서도 대꾸는 하지 않았다. 대신 이런 대답을 내놓곤 했다.

역시 소중한 건 깊숙한 곳에 있나 봐. 저 절터를 누가 알겠어. 하지만 난 저런 곳에 머물다 가면 며칠은 머리가 맑아져. 새로 태어나는 기분이랄까.

나는 고개를 끄덕였다. 아내는 이제 서서히 내 제자가 되어가고 있는 것일까.

깊숙하고 은밀한 곳에서 새 생명이 탄생하는 법이지. 자궁이 그렇고, 절터가 그렇지. 또한 누구든 홀로 간절히 외로워하면 새로운 물음이 나오는 법이거든. 나는 누구인가? 왜 사는가? 하고 말이야. 내 안에서 나오는 물음은 간절한 법이지. 세상의 어떤 학문이든 바닥까지 파다 보면 단 하나의 물음과 만나게 된대. 나는 누구인가?

나는 누구인가? 여기에서부터 새로운 삶이 시작될 것이다. 나는 오동나무 그루터기에 앉아 있는 아내를 일으켜 세웠다. 그리고 손으로 주위를 가리키며 한 바퀴 휘둘러보았다.

여기가 바로 당신이 새로 태어날 곳이야.

아내는 의외로 무덤덤했다. 이미 자신도 그렇게 느꼈다는 뜻일까.

여기에 당신과 내가 살 집을 짓는 거야. 자궁 같은 이곳에 말이야.

그러면서 나는 쿵쿵 밭이랑을 발로 밟았다. 아내의 얼굴에 한 가닥 맑은 빛줄기가 스쳐 지나갔다. 빛줄기는 이내 미소로 바뀌었고 희고 고운 아내의 얼굴은 어느새 또 누군가의 얼굴로 바뀌어 갔다.

그렇다고 여기에 줄곧 살자는 얘기는 아니야. 이따금 머물다 가자는 얘기지.

이런 곳을 놔두고 아내와 나는 이태를 여기저기 발품만 판 꼴이 되고 말았다. 아내도 이내 마음을 정했는지 화사한 얼굴로 여기저기를 둘러보고 있었다.

이곳은 부처님이 사시다가 돌아가신 곳이야. 그러니 금당 터나 마찬가지지.

나는 또 할머니 얘기를 하려는 것이었다. 아주 오래전, 남인으로 몰린 선조들이 세상을 피해 숨어 들어온 곳이 우리 마을이었다. 그런 오지로 시집와 평생 한 그루 나무처럼, 풀 한 포기처럼 소리 없이 살다 가셨으니 과연 부처님 가운데토막 소리를 듣고도 남을 만했다. 소리 없는 삶을 살면서도 할머니는 나무처럼 아낌없이 자신을 내주었다. 내준다는 생각도 없이 자신을 내주었으니 부처라고 할 수밖에.

당신 자신은 몰랐을 테지만 할머니는 부처님이셨어. 돌 하나,

풀 한 포기에도 무심하지 않으셨으니까.

아내가 눈을 감았다. 나는 그런 아내 어깨를 잡고 한동안 숨죽이고 있다가 살며시 걸음을 떼어 놓았다.

밭을 내려오면서 나는 오래전에 꾼 꿈을 다시 꾸기 시작했다. 흰 눈이 소복이 쌓인 밭으로 많은 사람들이 몰려오고 있었다. 그들은 하나같이 무언가를 찾는 듯 두 눈을 두리번거리며 주위를 살피고 있었다. 그중 누군가 내게 불쑥 물었다.

부처님 못 봤어요? 분명 여기 어디 있을 텐데….

나는 못 봤다고 고개를 가로저었다. 그러나 사람들은 떠날 생각을 하지 않고 쌓인 눈을 짓이기며 밭이랑 여기저기를 서성거리기 시작했다. 그때 누군가 밭 한가운데 놓여 있던 오동나무 토막 하나를 톱으로 잘랐다. 그러자 그 속에 무언가 웅크리고 있는 게 보였다. 부처였다. 가부좌를 틀고 앉은 아기 부처였다. 마치 자궁을 떠나기 전 태아처럼 몸을 웅크린 채 두 손을 가지런히 모으고 앉아 있었다.

사람들이 부처를 꺼내 밭 한가운데 앉혀 놓았다. 자그마한 아기 부처는 두 눈을 지그시 내리감고 미동도 하지 않은 채 눈 위에 앉아 있었다. 다시 눈발이 날리고 있었다. 나는 안쓰러운 마음에 부처를 조심스레 내려다보고 있었는데, 어느새 부처의 얼굴은 서서히 할머니 얼굴로 변해가고 있었다.

천안행 마지막 전동열차

천안행 마지막 전철이 병점역을 지나는 시간은 밤 11시 30분이다. 남자는 핸드폰을 켜고 시간을 확인했다. 12시 25분이었다. 남자가 타려던 전철은 이미 한 시간 전에 이곳을 지나가 버렸다. 남자는 옆구리에서 덜렁거리는 낡은 가방을 한 손으로 부여잡고 전철에서 내렸다. 전철은 이내 종착역인 서동탄을 향해 서서히 움직이기 시작했다.

남자가 천안행 마지막 전철을 타기 위해서는 적어도 한 시간 전에 술집을 나서야 했다. 충무로역에서 4호선을 타고 금정역까지 와서 천안행 마지막 전철을 기다리려면 적어도 9시 40분에는 술집을 나서야 했다. 하지만 오늘은 그러지를 못하고 퍼질러 있다가 10시가 넘어서야 자리를 떴다. 동료들이랑 성긴 작별 인사를 나누고 전철역 계단을 내려오면서 남자는 오늘 밤 귀갓길이

평탄치 못할 것이란 생각에 발걸음이 무거워졌다. 그러자 조금 부아가 치밀었고 또 서글퍼졌다.

충무로역에서 천안역까지 몇 정거장인지 세어보진 않았지만, 탑승 시간만 따져도 꽤 먼 거리였다. 대충 잡아도 두 시간은 꼬박 서 있거나 앉아 있어야 했다. 거기에다가 전철에서 내려 집에까지 가는 데 또 30분이 걸렸다. 이렇게 왕복 5시간 거리를 마다하지 않고 나들이를 하는 데는 다 그럴만한 이유가 있었다.

외로움 때문이었다. 이태 전에 직장을 퇴직하고 평생 살아오던 서울을 떠나 수도권에도 들지 못하는 지방의 한 소도시로 내려온 남자는 낯설고 물선 타향에서 아는 사람이 없었다. 그렇다고 환갑을 넘긴 나이에 새로 사람을 사귀는 것도 수월찮았다. 그래서 그는 여전히 만나오던 이들이라도 놓치지 않기 위해 한 달에 한두 번은 꼭 서울 나들이를 하곤 했다.

다행히 남자는 금정역에서 내려 서동탄행 1호선은 무사히 갈아탈 수 있었다. 그래, 병점역까지만이라도 가 둬야 집으로 가는 길이 한결음 수월할 수가 있다. 병점역에서 내려 택시라도 잡아타면 늦게나마 귀가는 할 수 있을 테지. 마누라 잔소리만 없다면 그나마 지친 몸을 편히 뉠 수도 있을 테고….

자리가 차도록 손님을 모아 출발하자면 적어도 30분은 기다려야 했다. 오산이나 평택, 아산 등으로 가는 손님들과 합승을 해야 했다. 천안까지 택시비는 무려 5만 원이 넘었다. 그래도 혼자 모텔 방에서 죽치는 것보다는 덜 비참했다. 남자는 금정에서 서동탄행으로 갈아타며 오늘도 천안행 마지막 전철을 놓친 것에 대해 심한 자괴감을 느꼈다. 그리고 다시는 이런 구질구질한 삶을 살지 말아야겠다고 다짐했다. 그러고 보니 2차 호프집에서 남자는 동료들과 어떤 대화를 나눴는지, 누구누구와 합석했고 자신의 옆에는 누가 앉아 있었는지, 기억이 가물가물했다. 남자는 병점역 역사를 걸어 나오며 다시 한번 후회했다. 입에서 시궁창 냄새가 났다.

"자, 오산, 평택, 천안, 아산 방면으로 가실 분, 여기로 오세요!"

중년의 택시 기사가 합승 손님을 끌어모으고 있었다. 남자는 다소곳이 택시 기사가 외치는 곳으로 다가갔다. 전철역에서 쏟아져 나온 사람들이 택시를 타기 위해 택시 승강장 앞에 길게 늘어서 있었다. 남자는 저 무리에도 끼지 못하는 자신을 한탄하며 이곳 병점역 근처에 사는 이들이 한없이 부럽기만 했다. 어디 가십니까? 하고 택시 기사가 물었다. 남자는 천안이요, 하고 대답했다. 천안 어디요? 하고 택시 기사가 다시 물었다. 불당이요, 하고 남자가 대답했다. 불당까지는 오만 원입니다, 하고 택시 기사가 확답이라도 받으려는 듯이 소리쳤다. 그러는 사이 젊은 청년이 다가왔다.

"평택이요!"

"평택 어디?"

"고덕이요. 고덕 신도시!"

"삼만 원입니다! 좀 기다리세요."

택시 기사는 청년과 남자를 택시 안으로 밀어 넣고 다시 호객을 했다. 오산이나 평택, 천안, 아산으로 가는 손님….

뒷좌석에 앉은 남자는 젊은 청년의 얼굴을 힐끔 쳐다보았다. 어두컴컴한 차 안에서 담배 냄새와 함께 오랜 세월에 찌든 사람들의 체취가 스멀스멀 기어 올라왔다. 역겨운 냄새는 뱀처럼 남자의 종아리를 감고 허리와 가슴을 더듬어 기어 올라와 콧속으로 스며들었다. 남자는 코를 실룩거리며 청년의 나이는 많아야 서른쯤 되었을 거라고 어림짐작했다. 열어놓은 차창 너머로 초가을 바람이 시원하게 불어왔다. 호객을 하던 택시 기사의 목소리가 점점 시들해지더니, 이쪽으로 성큼 다가와 열린 창 너머에서 소리쳤다.

"삼십 분 정도 더 기다리셔야 되겠는데요? 다음 차가 들어와야….”

배짱이었다. 두 사람 태워서는 수지가 맞지 않는다는 심산이었다. 30분 뒤에 서동탄행 막차가 도착하는데, 그때까지 기다렸다가 인원수를 채워서 떠나겠다는 거였다. 에이, 씨펄! 하고 청년이 내뱉었다. 흐음, 하고 신음을 흘리며 남자는 핸드폰을 들여다봤다. 어디냐는 아내의 물음에, 병점에서 택시 타는 중이니 먼저 자라고 답을 보내며 남자는 머리를 긁적거렸다. 내 그럴 줄 알았어. 그 버릇 어디 가겠어? 남자는 핸드폰을 가방 깊숙이 집어넣었다.

"…어디까지 가세요?"

그때 생각지도 않게 옆에 앉아 있던 청년이 말을 걸어왔다. 적당히 술에 전 목소리였다.

"천안이요."

남자는 짧게 대답하며 청년에게로 고개를 돌렸다. 청년은 어둠 속에서 두 눈을 빠끔히 뜨고 남자를 쳐다보았다. 천안이라는 남자의 대답에 청년은 아휴, 하고 한숨을 내쉬었다.

"택시비가 꽤 나오겠네요? 천안이라면…."

청년이 물었다.

"오만 원이요. 거금 오만 원!"

자신도 모르게 부아가 치밀어 남자는 퉁명스럽게 내뱉었다.

"삼만 원 더하기 오만 원이면 팔만 원… 하, 팔만 원이라…."

청년은 어둠 속에서 고개를 숙이고 무슨 계산을 하는지 한동안 침묵 속으로 빠져들었다. 서동탄행 막차가 병점역에 닿으려면 아직 20분은 더 기다려야 했다. 찌든 담배 냄새와 곰삭은 인간 냄새가 차 안 구석구석에 숨어 있다가 스멀스멀 주인이라도 만난 듯이 기어 나왔다. 남자는 코를 벌름거리며 된숨을 내쉬었다. 그때 젊은 청년이 어둠 속에서 소리쳤다.

"선생님! 우리 포기합시다! 귀가를 포기하고 술집으로 가는 게 어떻습니까? 두 사람 택시비를 합치면 새벽까지 거나하게 마시고도 남습니다. 첫차가 다섯 시에 있으니 그걸 타고 가는 거죠. 어떻습니까?"

청년은 갑자기 술에서 깬 것처럼 카랑카랑한 목소리로 재촉하듯이 물었다. 남자는 혼란스러웠다. 과히 나쁘지 않은 아이디어란 생각에 그의 머리는 잠시 혼란스러워졌다. 그리고 그의 고민은 오래가지 않았다.

"좋수다! 그렇게 합시다!"

남자가 쉽게 결정을 내린 데에는 아내에 대한 반감도 한몫했다. 서울의 비싼 아파트를 팔고 경기도를 지나 천안 불당이란 곳의 조그마한 아파트로 이사를 간 게 아내 때문이라고 그는 생각했다. 당신 퇴직도 했으니, 앞으로 생활비 마련이 걱정이네. 우리 두 사람 어디 가면 못 살까? 아파트 판 돈으로 조그만 상가라도 하나 사자고. 당신 연금으로는 노후 자금이 모자라니.

아내는 서울 아파트를 팔아 인천 변두리에 있는 열댓 평짜리 상가를 사들였다. 그리고 남은 돈으로 천안의 조그마한 아파트를 매입해 이사를 했다. 남자는 자신이 이렇게 고생하는 게 다 아내 탓이라고 여기며, 오늘처럼 술에 취한 날은 아내가 더욱 얄미워졌다.

"길 건너면 먹자골목이에요. 새벽까지 하는 술집이 꽤 있어요."

택시에서 내린 두 사람은 횡단보도 쪽으로 걸어가며 벌써 친한 사람처럼 어깨를 맞대고 입을 모았다.

"술 마시기 좋은 날이구먼. 선선한 게…."

뒤에서 택시 기사가 에잇 빌어먹을, 하며 빈 깡통을 걷어찼다. 남자와 청년은 횡단보도를 건너 곧 술집 거리에 닿았다. 그들은 별 망설임도 없이 곧장 어느 술집으로 들어섰다. '천사와 나무꾼'이라는 술집인데 홀은 텅 비어 있었다.

창가 쪽으로 자리를 잡으며 남자는 네 시간만 죽치면 첫차가 자신을 실어 가리라는 희망에 표정이 조금 밝아졌다. 남자는 택시비 5만 원을 지갑에서 꺼내 탁자 모서리에 탁, 하고 놓아두었다. 청년도 만 원짜리 세 장을 꺼내 그 위에 포개었다. 얼큰하게 취해있던 두 사람의 얼굴에서 차츰 술기운이 사라지고 있었다. 맨정신으로는 도저히 이 낯선 사내와 네 시간이라는 기나긴 밤의 터널을 건너기는 힘들겠다는 생각에 그들은 누가 먼저랄 것도 없이 메뉴판을 건너다보며 술을 시켰다. 소주와 맥주를 시키고 고기 안주를 시켰다. 그때였다. 주방 쪽으로 나 있는 쪽문을 열고 웬 여자가 들어섰다. 20대 중반의 백인 여자였다. 어깨 위로 길게 늘어뜨린 금발을 보며 두 사내의 눈이 휘둥그레졌다. 그러고 보니 주방 쪽 구석 자리에 맥주병이랑 마른안주가 놓여 있는 걸로 보아 여자는 술을 마시다가 화장실을 다녀오는 듯했다.

술잔을 채워 놓고 불판 위에서 고기가 익어가는 동안 두 사람은 힐끔거리며 건너편 백인 여자를 확인하곤 했다. 여자는 주방 쪽을 향해 다소곳이 앉아 무언가 골똘히 생각하는 표정을 짓다가는 이따금 맥주를 홀짝거렸다.

"선생님, 우리 건배하죠!"

그때 젊은 청년이 남자를 향해 소리쳤다. 남자는 그제야 백인 여자에게서 눈길을 거두고는 잔을 들었다. 건배! 하고 외치다가 남자는 이렇게 덧붙였다.

"이것도 다 인연 아니겠어? 인연치고는 좀 웃기는 인연이긴 하지만…."

시원한 맥주를 단숨에 들이켜고 입가에 묻은 거품을 손등으로 훔치며 남자는 청년을 바라보았다. 조금 전 남자가 한 말을 생각하는지 청년은 혼자서 피식 웃으며 잔을 내려놓았다. 그러다가 청년도 문득 테이블 저쪽으로 눈길을 던졌다. 백인 여자는 여전히 골똘한 표정을 지은 채 맥주를 홀짝거렸다. 그리고 길게 한숨을 내쉬다가는 하릴없다는 듯 핸드폰을 들여다보기도 했다.

"선생님은 무슨 일을 하세요? 저는 평택 고덕에서 노가다를 하고 있어요. 삼성전자 반도체 공장 아시죠? 그걸 짓고 있어요, 제가. 하하."

청년은 긴 머리카락을 두 손으로 쓸어 넘기며 남자를 진지한 눈빛으로 쳐다보았다. 남자는 익은 고기를 뒤적이다가 청년에게 되물었다.

"젊은이가 그걸 짓는다고? 반도체 공장을? 대단한 기술잘세 그려!"

남자는 이름을 물어보려다가, 네 시간만 써먹고 폐기할 이름을 구태여 외워본들 무슨 소용이 있을까, 하는 생각에 그냥 '젊은이'로 부르기로 마음먹었다. 남자의 물음에 청년은 웃으며 잔을 비웠다.

"기술자들은 따로 있고 저는 그냥 보조예요. 저 같은 남자들이 전국에서 벌떼처럼 모여들고 있어요. 평택은 지금 옛날 미국 서부 개척 시대 같다고나 할까요. 별 기술 없어도 현장에서 얼쩡거리기만 하면 한 달에 사오백 벌기는 쉬워요. 그러고 보면 삼성, 참 대단한 기업이에요. 그 많은 월급을 주고도 저런 공장을 몇 년째 짓고 있으니. 평택 고덕에 짓고 있는 공장 하나에 들어가는 철근 양이면 파리 에펠탑 서른 개를 지을 수 있다고 하니 그 규모가 어마어마하지요. 그런 공장을 여섯 개씩이나 짓는다고 하니… 아무튼 와 보시면 아시겠지만, 공장용지만 해도 끝이 안 보일 정도예요. 축구장 사백 개 넓이래요. 사십 개가 아니고 사백 개요!"

청년은 한참 만에 말을 멈추고 잔을 들며 또 저쪽 테이블을 힐끔 쳐다보았다. 백인 여자는 여전히 맥주를 홀짝거리거나, 핸드폰을 들여다보거나, 문득 골똘한 표정이 되어 긴 한숨을 내쉬거나 했다. 순간 그쪽으로부터 눈길을 거둔 청년이 불쑥 물었다.

"선생님은 무슨 일을 하고 계세요? 아, 참… 지금쯤이면 퇴직하셨을 수도 있겠네요….”

남자는 청년의 물음에 침묵할 수만은 없었다. 그래서 그는 찬 술로 목구멍을 적시고 입을 열었다.

"출판사를 정년퇴직한 지 이태가 지났지. 지금은… 전업 작가라고 할까….”

"…작가라면 방송작가? 아니면 시나리오작가? 아니면 웹툰? 웹소설?”

남자는 고개를 저었다.

"오라, 수필을 쓰시나보다. 아니면 여행작가?”

남자는 또 고개를 저었다. 그리고 나지막한 소리로 내뱉었다. 소설을 쓰고 있다고. 그러자 청년이 큰 소리로 외쳤다.

"워매, 소설가! 내 인생 영광이어라! 이런 귀한 분을 만나다니. 평생 만나지 못할 분을 오늘 만났으니, 저로서는 감개무량. 오늘 술은 제가 쏩니다!”

청년의 호들갑에 남자는 무안해져 얼굴이 달아올랐다. 그리고 자신도 모르게 저쪽을 힐끔 쳐다보게 되었다. 청년의 시끌벅적한 태도에 놀란 백인 여자가 이쪽으로 고개를 돌리다가 남자와 눈이 마주치자, 고개를 되돌렸다. 남자는 문득 저 백인 여자는 어느 나라 사람일까, 하고 생각했다. 미국일까, 영국일까, 아니면 호주일까. 청년이 다시 너스레를 떨었다. 벌써 취한 걸까.

"소설, 하면 황순원 아닙니까! 소나기! 교과서에서 그 소설을 읽고 나도 초등학교 여학생을 한번 사랑해 볼까, 하고 생각했던 적도 있었지요. 그 바람에 또 알퐁스 도데의 별이란 소설도 읽게 되었고요. 하지만 내게 그런 여자 주인공 같은 인물은 나타나지 않았어요. 거짓말 같지만, 서른 살이 되도록 연애 한 번 못 해봤다니까요!"

남자는 내심 흐뭇했다. 이 정도 수준의 젊은이라면 이 낯선 밤을 함께 보내기에는 부족함이 없는 상대라고 여기며 남자는 청년의 빈 잔에 술을 채웠다. 그때 청년의 강한 펀치가 남자의 가슴을 강타했다.

"그런데 수입은 어떻게 되십니까? 소설 쓰면 돈 많이 버나요? 그런 것 같지는 않은데. 사실 소설가 하면 순수하고 귀하다는 느낌은 있는데 구체적으로 어떻게 사는지 감이 잡히지 않아서⋯ 사실 시인이나 신부님이나 다 지고지순한 분들 아니에요? 제겐 소설가도 그런 부류거든요. 이상이나 김유정처럼⋯."

젊은이가 내지른 펀치에 가슴을 맞은 남자는 숨도 제대로 쉴 수가 없어 심호흡을 하고는 애꿎은 잔을 높이 쳐들었다. 그리고 큰소리로 외쳤다.

"오늘 밤을 위하여 건배!"

청년이 웃으며 잔을 들었다. 남자는 다시 수정해서 외쳤다. 오늘 밤 젊은 남자와 젊은 여자를 위하여! 그리고 남자는 또 저쪽을 바라보았다. 백인 여자가 이제 이쪽을 바라보며 웃고 있었다. 남자도 따라 웃었다. 갑자기 취기가 올라왔다. 남자는 왠지 젊은이의 느닷없는 펀치를 맞고도 기분이 좋아졌다. 황순원과 소나기와 알퐁스 도데와 별을 알고 있는 젊은이와 하룻밤을 지새운다는 것도 과히 나쁘지는 않을 것 같았다. 그래서 예순두 살 남자는 조금 용기가 났다. 다시금 올라오는 취기 때문이었을까. 남자는 앞에 앉아 있는 청년에게 다소곳이 물었다. 진정성 있는 물음이었다.

"우리… 저 백인 여자와 합석하면 어떨까? 혼자인 것 같은데. 여기로 오라고 할까?"

느닷없는 남자의 제안에 청년은 저쪽을 힐끔거리며 갑자기 귓속말로 소곤거렸다.

"…선생님, 여, 영어 할 줄 아세요? 저, 전 전혀 못 해요."

청년은 말까지 더듬거렸다. 남자는 비교적 여유를 부리며 느긋한 목소리로 대답했다. 저 정도면 한국말을 할 줄 알 거야. 이 시각에 혼자 술 마실 정도면 한국에 대해서 문외한은 아닐 거야. 그리고 남자는 저쪽 테이블로 건너가 정중하게 제안했다. 혼자이신 것 같은데 실례가 되지 않는다면 저희 쪽으로 오셔서 함께 하는 게 어떻겠느냐고. 백인 여자는 단번에 웃으며 좋다고 했다.

백인 여자가 백을 들고 자리를 옮겨오자 잠시 분위기가 어색해졌다. 때를 놓치지 않고 남자가 물었다.

"어느 나라에서 왔어요?"

청년은 속으로 '알유프롬?'하고 영어를 떠올렸다. 유치원에서

부터 대학교 때까지 배운 영어가 다 어디로 갔는지 알 수 없는 일이었다. 부모님 덕살에 그렇게 하기 싫은 공부를 해서 서울에 있는 꽤 이름 있는 대학교 경영학과를 나와서는 중견기업 영업부에서 한 해 동안 근무한 것 빼고는 이렇다 할 경력이 없는 그였다. 이태를 빈둥거리며 노는 그에게 부모님은 편의점을 차려주었지만, 그것도 이태를 채우지 못하고 넘겨버렸다. 열 평 남짓한 공간에서 하루 종일 갇혀 지내기가 그렇게 힘들 줄은 몰랐다. 친구의 소개로 평택에 내려와 단순노동을 하고 보니 그만한 스트레스는 쌓이지 않았다. 대충대충 근무시간을 때우고 저녁마다 벌어지는 술과 고기 파티가 그렇게 즐거울 수가 없었다. 그래도 수입은 편의점 점주로 있을 때보다 나았다. 앞으로 10년은 쭉 공사가 이루어진다고 하니, 삼성전자가 망하지 않는 한 그 또한 실업자 신세는 면할 수 있으리라 생각했다. 그리고 10년 뒤의 일은 그때 가서 생각하자. 이것이 서른 살 한국 남자의 삶이었다.

"프랑스요!"

그때 맞은편에 앉아 있던 백인 여자의 웃음 섞인 목소리가 청년의 정신을 화들짝 일깨웠다. 유난히 맑고 고운 여자의 목소리가 프랑스요! 하고 울려 퍼지자, 두 사내는 자신들의 예상이 완전히 빗나간 데 대해 낭패감이 몰려왔다. 왜 여태껏 백인 여자들을 보면 그들은 늘 미국이나 영국, 호주 같은 나라들만 떠올렸을까. 이태리나 프랑스, 독일 같은 나라들은 다 어디로 가고. 아무튼 프랑스라는 뜻밖의 호칭에 두 사람의 호기심은 한층 고조되었다.

"그럼 혹시 파리지엔?"

남자의 물음에 백인 여자는 고개를 가로저으며 농, 하고 대답했다.

"저 프랑스 시골 여자예요. 혹시 오베르뉴론알프라고 들어보셨어요?"

여자가 서툴기는 했지만 비교적 정확한 발음으로 두 사내를 쳐다보며 물었다. 모두 고개를 흔들었다. 여자가 뭔가 생각하는 듯한 표정을 짓다가 한참 만에 입을 열었다.

"한국으로 말하자면 경상북도쯤 된다고 할까… 어쨌든 그런 지방 행정구역이 있는데, 거기에 클레르몽페랑이란 도시가 있어요. 인구는 십오만쯤 되고요, 한국으로 치면 김천 정도 되는 규모일 거예요."

남자는 속으로 놀랐다. 이 정도 지식이면 한국 사람 못지않다고 생각했다. 거기에다가 진지하게 무언가를 생각하며 뱉어내는 한국어가 한국 사람 못지않았다. 남자는 감탄했다. 여자가 계속 입을 열었다.

"우리 집은 클레르몽페랑 외곽에 있는데 아버지는 시청 공무원이세요. 저는 파스칼 대학에서 관광학을 공부했지만 사실 제가 관심을 가진 것은 한국이에요. 서울 북촌마을, 명동, 인사동, 조계사… 다 가봤어요."

여자의 열변에 젊은 청년은 호기심 어린 눈을 치뜨긴 했지만, 그렇다고 여자를 정면으로 바라보지는 않았다. 대신 남자가 용기를 내어 여자를 쳐다보며 물었다.

"한국을 좋아하게 된 무슨 특별한 동기라도 있나요?"

남자의 물음에 여자는 탁자 위에 놓여 있던 핸드폰을 집어 들고 버릇처럼 만지작거리다가 다시 탁자 모서리에 내려놓았다. 아이폰이 아니라 삼성폰이었다.

"물론 한국을 좋아하는 대부분의 유럽 사람처럼 저 역시 케이팝이나 드라마, 영화 같은 것을 먼저 접하게 됐어요. 비티에스는 물론 요즘 핫한 뉴진스 공연까지 다 챙겨 봤어요."

여자의 얼굴이 발갛게 달아올랐다. 한국에 대해서 얘기하자니 자신도 모르게 감정이 격해지는 모양이었다. 남자는 여자의 흥분을 조금 누그러뜨리려 말문을 돌렸다.

"이름은 뭐예요? 저는 수건이라고 해요. 이수건."

그러자 여자가 아참, 하는 표정으로 조금 뜸을 들이다가 제 이름은 오랑 말곳이라고 해요, 하고 대답했다. 그때 남자의 옆에 앉아 있던 청년이 입을 막고 킥킥거리며 웃었다. 남자의 이름이 우스웠는지 백인 여자의 이름이 우스웠는지 알 수 없는 일이었다. 이수건, 저수건, 손수건… 남자는 평생 놀림을 받으며 살아왔다. 어릴 때부터 지금까지. 며칠 전에는 아내마저 남자에게 이수건 저수건 다 써 봐도 난 손수건이 제일 좋아, 하고 놀려댔다.

"오랑 말곳 양 고향이…."

남자가 무언가 물어보려고 그렇게 운을 떼자, 청년이 다시 입을 막고 웃었다. 억지로 웃음을 참느라 눈물이 흘러나왔다. 아마 청년은 백인 여자의 이름 오랑 말곳을 호랑 말코로 애써 듣고 싶었던 모양이었다. 남자는 개의치 않고 다시 물었다.

"오랑 말곳 양 고향이 클레르…."

기억이 나지 않아 말끝을 흐리자 여자가 클레르몽페랑요, 하고 재빨리 기억을 환기해 주었다.

"아 맞아. 클레르몽페랑 자랑 좀 듣고 싶어서요. 아무거나…."

그러자 여자가 기다렸다는 듯이 한국어를 떠듬거리며 고향 자랑을 하기 시작했다. 클레르몽페랑은 오베르뉴론알프 레지옹의 중심 도시로서 오랜 역사와 전통을 지니고 있다. 원래 클레르몽이란 도시와 몽페랑이란 도시가 나란히 있었는데 언제부턴가 두 도시가 합쳐져 지금의 클레르몽페랑이란 도시가 형성되었다. 예전에는 십자군 전쟁의 출발지이기도 했고, 근방에 퓌드돔이란 화산이 있는데 여기에서 분출된 화산재 때문에 흙이 한국의 제주도처럼 검다. 그래서 검은 화산석으로 지은 클레르몽페랑 대성당은 이 도시의 명물이기도 하다. 그리고 무엇보다 중요한 것은 철학자이자 수학자인 파스칼이 태어나서 평생을 산 곳이기도 하다. 그래서 그를 기념하기 위해 대학 이름도 파스칼 대학이라고 붙였다. 바로 제가 졸업한 대학교이다. 또 한 가지 유명한 것은 미쉐린 타이어 본사와 공장이 있는 산업 도시이기도 하다. 더욱이 빼놓을 수 없는 것은 거기에도 어김없이 한국어 학교가 있다는 것이다. 한국인 선생님들이 한글도 가르치고 부채춤도 가르치고 태권도도 가르치는데, 저도 거기에서 일 년 넘게 한글을 배워 몇 년 전에 처음 한국에 왔었다. 단기 코스로 이화여대 한글학당에서 한국어를 배우고 서울 관광을 하고 돌아간 적이 있었다. 제가 이번에 한국에 온 것은 두 번째이다. 그런데 이번 여행은 매우 슬프다. 왜 이런 일이 일어났는지 자신도 모르겠다. 아무리 아무리 생각해 봐도 정말 모르겠다….

여자는 쉼 없이 지껄이다가 이내 한숨을 내쉬고는 오랜만에 맥주잔을 집어 들었다. 갑자기 그녀의 눈에서 두 줄기 푸른 눈물이 주르르 흘러내렸다. 순간 분위기가 어색해졌다. 남자와 청년은 영문도 모른 채 여자를 따라 술잔을 기울였다. 청년이 맥주 두 병을 시켰다. 계산대에서 졸고 있던 아주머니가 찬 맥주 두 병을 냉장고에서 꺼내와 탁자 모서리에 내려놓으며 늘어지게 하품을 했다. 벽시계가 새벽 3시를 가리키고 있었다. 거리엔 인적이 끊겨 더 이상 손님은 들어오지 않았다. 선녀와 나무꾼이란 술집엔 60대 초반의 남자와 서른 살 안팎으로 뵈는 청년과 20대 중반으로 보이는 금발의 백인 여자가 마주 보고 앉아, 울거나 인상을 찡그리거나 다소곳이 술잔을 내려다보거나 하며 시간을 보내고 있었다. 남자는 이제 두 시간만 지나면 지하철을 타고 집으로 돌아갈 수 있다는 희망에 용기를 내어 여자를 쳐다보았다.

"오랑 말곳 양, 대체 무슨 일인데 그래?"

남자의 진지한 물음에 백인 여자는 픽, 웃음을 보이며 저, 바람맞았어요! 한국 남자한테 바람맞았어요! 하고 대답했다. 그러자 청년의 두 눈이 반짝하고 빛났다. 무척 궁금해하는 표정이었다.

"…그래? 아니 어떤 남자가 이렇게 잘생긴 프랑스 여자를…."

남자는 일부러 큰소리로 떠들며 여자를 위로하러 들었다. 청년은 여자의 입만 쳐다보고 있었다.

"몇 년 전에 처음 한국에 왔을 때 누군가의 소개로 한국 남자를 알게 됐어요. 수원에 사는 대학생이었는데 우리는 한 달 동안 거의 매일 만났어요. 남자랑 남산에도 가고 한강에서 유람선도 타고 북촌, 인사동 등 많이 돌아다녔어요. 아, 경복궁, 창경궁에도 갔었어요. 수원 화성에도 갔었고요."

여자는 말을 멈추고 길게 한숨을 내쉬었다. 여자가 한숨을 쉬는 동안 두 남자는 약속이나 한 듯이 술잔을 벌컥벌컥 들이켰다.

"제가 프랑스로 돌아가고 몇 달 동안은 거의 매일 화상통화를 하며 사귀었어요. 제가 돌아갈 때 인천 공항에까지 따라와 주었어요. 그리고 헤어질 때 얘기했었어요. 다음번에는 자기가 프랑스로 가겠다고. 하지만 언제부턴가 연락이 뜸해지더니 일 년 전부터 아예 연락이 끊어졌어요. 그래도 저는 창한이를 믿고, 아, 그 사람 이름이 창한이었어요. 이창한. 창한이를 믿고 일 년 동안 아르바이트를 해서 모은 돈으로 한국을 오게 된 거예요. 다시 한국에서 만나면 웃으면서 나를 반겨줄 것 같았거든요. 그런데….”

여자는 또 두 뺨 위로 흘러내린 두 줄기 눈물을 손등과 손가락으로 훔쳐내며 가쁜 숨을 몰아쉬었다. 남자와 청년은 하릴없이 맥주를 들이켰다. 마치 자신들이 무슨 죄를 짓기라도 한 듯 얼굴을 붉히며. 여자는 말했다.

“너를 만나러 수원으로 간다고 일방적으로 카톡을 남기고 비행기를 탔어요. 그리고 열두 시간 만에 공항에 내려 카톡을 확인해 보니… 다른 여자가 생겼다고… 우린 장래까지 약속한 사이라고… 양쪽 부모님께도 이미 다 소개했다고… 환영하지만 나를 만날 수는 없을 거라고… 너는 정말 착하고 예쁘지만 나는… 한국 여자가 좋다고….”

남자는 여자 대신 휴, 하고 한숨을 내쉬었다. 청년도 휴우, 하고 주먹을 쥐었다가 폈다가 하며 인상을 그었다.

“공항에서 내려 무작정 수원으로 내려왔어요. 수원역 근처에서 하룻밤 묵고 창한이와 놀던 수원 화성에 들렀다가 더 이상… 더 이상 수원에 머물기가 힘들 것 같아 무작정 서울로 올라가려다가 차를 반대 방향으로 타는 바람에 그만….”

여자는 캐리어를 끌고 늦은 밤 모텔에서 나와 서울행 전철을 타려다가 그만 천안행 마지막 전철을 타고 말았다. 병점역에서 잘못 탄 것을 알아차리고 내렸지만 이미 서울행 전철은 운행이

끝난 뒤였다. 할 수 없이 병점역 근방 낯선 거리를 헤매다가 이 술집에 들어오게 되었다. 서울행 첫차가 오는 새벽 5시까지 혼자 맥주를 홀짝거리며 창한이와의 추억을 정리하기로 마음먹었다. 서울로 올라가면 새로운 삶을 시작하리라. 아무 일도 없었던 것처럼 지하철을 타고 명동이며 이태원으로 돌아다닐 것이다.

"창한인지 착한인지 참 나쁜 놈이네!"

청년이 불현듯 내뱉었다. 조금 취한듯했다. 취기 때문에 용기가 났을까. 그는 또 대뜸 이렇게 외쳤다.

"그런 놈은 잊어야 해요. 의리도 사랑도 없는 놈. 대한민국에 널리고 널린 게 총각들입니다. 결혼 하지 못한 총각들이 차고 넘쳐요. 다시 시작해요, 호랑 말코… 아, 아니, 오랑 말곳 양!"

청년의 생각지도 못한 외침에 남자와 여자는 의아한 표정으로 서로를 힐끔 쳐다보았다. 청년은 술병을 들고 오랑 말곳의 빈 잔에 술을 채웠다. 남자는 갑자기 오줌이 마려웠다. 생각해 보니 서울에서 차를 탈 때부터 참아오던 오줌이었다. 남자는 자리에서 일어나 화장실로 가기 위해 걸음을 옮기면서 비틀거렸다. 저녁때부터 줄곧 마셔오던 술이 머리 꼭대기까지 뻗쳐올랐다. 화장실 벽을 짚고 오줌을 갈기면서 남자는 생각했다. 자신에게도 아픈 청춘이 있었다고. 지금 생각해도 울컥해지는 20대가 있었다고. 남자는 자신도 모르게 눈물이 찔끔 흘러나왔다. 배신당한 저 프랑스 여자처럼 자신에게도 그런 슬픈 날이 있었기에. 뜻밖의 배신을 당하고 까만 밤을 하얗게 지새우던 그런 젊은 날이 있었기에.

프랑스…. 남자는 생각했다. 프랑스…. 한때 프랑스는 남자의 전부였다. 대학교 1학년 때 만났던 첫사랑 여자는 센스 있고 키가 크고 얼굴이 예쁜 여학생이었다. 영문학과 신입생이었는데 그녀가 정작 좋아하는 건 프랑스어와 프랑스 문화였다. 국문학과에 다니던 남자 또한 프랑스 문학을 좋아하던 탓에 둘이 만나면 프랑스 영화를 보고 카세트테이프로 샹송을 듣기도 했다. 특히 그때 좋아하던 프랑스 가수는 세르쥬 갱스부르와 제인 버킨이었는데 그들이 부른 '라데카당스'란 노래와 '주땜모아농프뤼'란 노래는 늘 그들의 이어폰 속에서 흘러나왔고, 그들은 달콤하고 다소 퇴폐적인 그 음악을 들으며 시인 보들레르와 랭보, 베를렌, 또는 소설가 로맹 가리나 알베르 카뮈의 글을 읽기도 했다.

대학교 2학년을 마치고 휴학한 남자가 군에 입대할 무렵, 여학생은 돌연 프랑스 유학을 선언했다. 전공을 바꾸어 디자인을 공부해 보겠다는 것이었다. 먼저 파리로 건너가 어학을 익힌 뒤에 에콜 데 보자르(미술학교)에 입학하겠다는 계획이었다. 남자는 훈련소에 입소하기 전에 여학생과 헤어졌다. 여학생은 울지도 않았다.

나중에 휴가를 나와서 학교 친구에게 들은 얘기로는, 그 여학생은 파리에서 프랑스 남자와 사귀는 것 같다고 했다. 그리고 몇 년 뒤 남자가 군에서 제대하고 복학했을 때는 또 다른 소식이 그를 찾아왔다. 그 여학생은 프랑스 현지 남자와 결혼해 리옹에 살고 있다고 했다. 여학생은 에콜 데 보자르를 졸업하고 리옹에 있는 의류회사에 취직해 디자이너로서의 새로운 삶은 살아가고 있다고 했다.

남자는 잔인하고 가혹한 배신감에 밤마다 울었다. 울면서 그녀와 함께 이어폰을 끼고 듣던 세르쥬 갱스브루와 제인 버킨의 '라데카당스'와 '쥬땜모아농프뤼'란 노래를 들었고 보들레르의 퇴폐적인 시를 읽었다. 그리고 조르주 무스타키의 '일에토타'란 노래를 들으며 로맹 가리의 '새들은 모두 페루에 가서 죽는다'를 읽었다.

첫사랑 여자는 프랑스를 사랑했다. 그리고 프랑스로 떠났다. 프랑스 남자와 결혼해 그곳 리옹에 살고 있다. 남자는 그녀가 똥처럼 갈기고 간 프랑스 잔해에 서서히 묻혀가며 나락으로 떨어지고 있다. 패배자가 되어가고 있다. 프랑스는 일류 국가다. 프랑스인은 멋쟁이다. 프랑스인은 문화인이다. 프랑스인은 승자다. 그런 생각을 하며 남자는 한때 젊음을 포기하고 살았다. 한때는 그렇게 낙오자로 살았다. 몇 년을 그렇게 침몰하는 배처럼 자학하며 살았다. 돌아오지 않는 그녀를 생각할 때마다 프랑스가 야속했고 이름도 얼굴도 알 수 없는 그녀의 애인이 얄미웠다. 어찌어찌해서 대학을 졸업하고 취직하고 결혼하고 아이를 낳고 하는 사이, 그녀에 대한 추억은 조금씩 씻기고 씻겨 겨우 그의 머릿속에서 희석되긴 했지만, 문득 오늘 같은 날이 불쑥 찾아오면 잠시 밀려나 있던 뼈아픈 추억들이 강렬한 빛으로 되살아나 그의 얼굴을 마구 쏘아대곤 했다. 결국 지금까지 첫사랑 여자에 관한 소식은 더 이상 알 수 없었지만, 그녀 역시 프랑스 어디쯤에서 초로의 여자가 되어 자신처럼 늙어가고 있으리라 여기며, 남자는 바지 지퍼를 올리고 술자리로 돌아와 앉았다.

남자가 오줌을 누러 간 사이 청년과 백인 여자는 많이 친해져 있었다. 여자가 한국어를 능숙하게 구사하는 까닭에 두 사람 간의 대화는 거침이 없었다.

"저는 서울 사람이고요, 지금 평택 고덕이라는 곳에서 일하고 있어요. 어제는 휴일이라 집에 다녀가는 길이었는데, 중간에 친구들을 만나는 바람에 그만 막차를 놓쳐서…."

청년이 거침없는 목소리로 얘기하자 백인 여자가 편하게 웃으며 맞받았다.

"어머, 저, 서울 남자 좋아하는데…."

프랑스 여자는 어느새 얼굴 가득 홍조를 띠고 앞에 앉아 있는 청년을 뚫어지게 쳐다보고 있었다. 남자는 다행이라 생각했다. 만리타국에서 혈혈단신으로 오로지 남자 하나만 믿고 건너왔는데, 매정한 남자는 새 여자를 찾아 돌아오지 못할 길을 떠났고, 낯선 타지에 홀로 남은 여자는 낯선 이방인들과 찬술을 마시며 울고 웃고 하는 이 상황이 문득 남자의 마음을 아프게 했다. 술집 저 구석에 놓여 있는 그녀의 때 묻은 여행 캐리어처럼 불안하고 지친 그녀의 모습이 문득 자신의 과거를 되돌아보게 했다. 남자는 이 가냘픈 여자가 한없이 가엾어졌다. 마치 자신의 20대를 돌아보는 것 같아 마음 깊은 곳이 아렸다. 생각 같아서는 자기 집으로라도 데리고 가 더운밥과 따스한 차를 대접하며 한국에 대해서, 또 프랑스에 대해서, 사랑에 관해서 얘기하고 싶었지만, 옆에 앉아 있는 청년 때문에 그럴 생각이 금세 식어버렸다. 이 젊고 예쁜 프랑스 여자는 서른 살 안팎의 서울 청년에게 관심이 쏠려있었다.

남자는 슬그머니 가방끈을 한쪽 어깨에 걸었다. 아무도 남자의 의도를 눈치채지 못하는 듯했다. 남자는 무겁고 지친 몸을 의자에서 일으키며 두 사람을 향해 나지막이 내뱉었다.

"오줌이 자주 마렵네. 술을 너무 많이 마셨나…."

그러고는 소리도 나지 않게 가벼운 걸음으로 출입문을 나섰다. 남자의 의도를 아는지 모르는지 두 젊은 남녀는 그들만의 대화에 정신이 팔려 있었다. 남자는 오랜만에 휴대폰을 켜고 시간을 확인했다. 새벽 4시 20분이었다. 이제 조금만 기다리면 천안행 첫 전동열차가 새벽안개를 헤치며 자신을 향해 달려오리라. 남자는 터벅터벅 전철역을 향해 걸으면서 오래전에 미지의 땅으로 날아가 버린 한 마리 야속한 파랑새를 떠올렸다. 그리고 용서

했다.

미지의 땅에서 날아온 파랑새 한 마리가 이제 눈물을 거두고 새로운 짝을 찾아 튼실한 나뭇가지에 앉기를 바랐다. 그러면서 남자는 '선녀와 나무꾼'이라는 조금 전의 술집 이름을 생각했다. 오늘 밤 한국의 우직한 나무꾼이 미지의 땅에서 날아온 선녀의 화려한 옷자락을 감추어 그녀를 이 땅에 꽁꽁 붙들어 매주기를 바랐다.

잠시 뒤 예순두 살 한국 남자는 왠지 뿌듯해진 가슴을 앞으로 쑥 내밀고 참으로 오랜만에 콧노래를 흥얼거리며 실곽한 역사 계단을 성큼성큼 걸어 올라갔다.

차 수병한테서 전화가 온 것은 며칠 전이었다. 포항함에서 통신관으로 근무했던 안충근 소위가 공기업에서 퇴직해, 현재 포항 동빈내항에 전시 중인 퇴역함에서 안보 해설사로 봉사하고 있다고 했다. 차 수병의 느닷없는 연락을 받은 나는 한동안 거실을 서성거려야 했다. 오랜만에 들어보는 포항함. 그리고 통신관 안충근.

해군 초계함(PCC)인 포항함 756에서 승조원으로 복무하던 때가 1984년이었으니, 햇수로 따지자면 37년 전 일이었다. 그때 나는 상륙함(LST)인 비봉함 673에서 암호사로 9개월간 복무하고, 막 한국형 신형 초계함인 포항함에 암호장으로 발령받아 근무를 시작하던 참이었다. 그때 직속상관으로 있던 사람이 바로 안충근 소위였다. 그리고 차 수병은 두어 달 뒤 육상 근무를 마치고 함상 근무로 옮겨 왔는데, 그곳이 바로 포항함이었다.

나는 다음날 차 수병한테 전화를 걸었다. 미처 물어보지 못한 궁금한 것들을 물어본 뒤, 언제 한번 시간 내서 포항에 내려가 보자고 했다. 차 수병도 좋다고 했다. 37년 전, 페인트 냄새를 풍기며 취역한 포항함이 어느새 퇴역해 포항 동빈내항에 전시되어 있다니, 기분이 묘했다. 막 해군사관학교를 졸업하고 전투함인 포항함에서 통신관으로 근무하던 안충근 소위가 어느덧 공기업을 퇴직하고, 까마득한 옛날 자신이 근무하던 군함에서 안보 해설사로 봉사하고 있다니, 그야말로 격세지감이 들었다.

나는 차 수병으로부터 전해 받은 번호로 전화를 걸었다. 전화기 저쪽의 목소리는 60대 중반의 중늙은이 목소리였다. 자초지종을 설명하자, 한참 뜸을 들인 뒤에야 아아, 하고 이쪽의 정체를 알아챘다. 시간 내서 한번 찾아뵙겠다고 하자, 당장 내일이라도 내려오라고 성화를 부렸다.

차 수병이 운영하는 옥외광고 회사는 안양시의 한 개천가 한적한 곳에 자리하고 있었다. 사무실은 빌딩 꼭대기 층인 5층에 있었는데, 직원 두 사람을 두고 영업하고 있었다. 마침 토요일이어서 사무실은 비어 있었다.

"간판에 글자를 새겨 허공에 다는 일이 꼭 돈 때문만은 아닙니다. 제겐 아주 보람 있는 일이지요. 수입도 수입이지만, 글자를 한 땀 한 땀 디자인해서 허공에 내거는 일이 제 적성에 아주 딱 들어맞거든요."

빙긋이 웃는 그의 얼굴에 굵은 주름살이 여러 줄 잡혔다.

"글자를 새겨 하늘 높이 내걸 때마다 그때가 생각나곤 하죠."

커피를 내온 그가 땀을 닦으며 창문을 열었다. 관악산 자락이 한눈에 들어왔다. 시원한 가을바람이 그의 희끗희끗한 머리카락을 흩어놓았다.

"문학청년 시절을 얘기하는 거로군."

나는 커피를 한 모금 마시고 내려놓았다.

"그때 우리는 저 나무처럼 싱싱하고 푸르렀죠."

그는 사무실 유리창 너머로 눈길을 던지며 말했다. 개천가에 늘어진 버드나무 가지가 바람에 어지럽게 흔들리고 있었다.

"혹시 배추 고갱이라고 들어보셨나요? 노릇하고 연한 그것을 한입 베어 물면 고소하고 달콤한 맛이 입안 가득 퍼지죠. 우리 인생에도 고갱이라는 것이 있을 겁니다."

"또 고등학교 문예반 시절을 얘기하는 거로구만. 무슨 문학회라고 했지? 그때 한 여학생을 좋아했다고 했었지? 아직 기억나네. 항해 당직 설 때마다 좁은 암호실에 틀어박혀 편지를 쓰곤 했었는데 말이야."

"다 지나간 일이지요."

그는 집안 형편상 대학에 진학하지 못하고 곧바로 해군에 자원입대했다. 제대 후에는 여러 회사를 옮겨 다니다가 십 년 전부터 옥외 광고회사를 차려 쭉 이곳에 눌러앉아 있다고 했다.

우리는 빌딩 1층에 있는 순두부집으로 갔다. 마침 점심시간이라 홀은 손님들로 붐볐다. 이 지역의 맛집인 모양이었다. 우리는 순두부 한 그릇씩을 시켜 놓고 마주 보고 앉아 한동안 말이 없었다.

"그러니까…."

펄펄 끓는 순두부가 식탁에 놓일 때야 그가 입을 열었다.

"…암호장님은 유조함으로 발령받아 떠나시고, 저는 계속 포항함에 남아 근무를 이어갔죠. 안충근 통신관님도 그대로 계셨고요. 덕분에 통신관님과 저는 꽤 친한 사이로 발전하게 되었죠."

그는 순두부 뚝배기에는 손도 대지 않고 있다가 갑자기 자신의 핸드폰 화면을 내게 불쑥 내밀었다.

"보세요. 삼십칠 년 전에 제가 쓴 시예요. 포항함 갑판에서 끼적거린 시인데, 그때 통신관님한테 그만 들켜버렸죠. 그런데 생각지도 않게 칭찬을 하시고는 제 시를 영원히 간직하겠다고 하시면서 가져가 버렸어요. 그 종이쪽지를 여태 간직하고 계셨던 거예요. 그리고 어느 날 문득 사진으로 찍어 제게 카톡으로 보내셨어요."

나는 차 수병의 핸드폰 화면을 뚫어져라 쳐다보았다. 구겨지고 색이 바란 줄 쳐진 노트에 이런 시가 적혀 있었다.

어부

이제 갈 수 없는 곳에
네가 있을 때
너의 이름은 더욱 그리웠다.
수평선 너머
놀 타는 너의 정원엔
헤어질 수 없는
초목들이 자라고
어젯밤 꿈속으로
떠난 바다
나의 그물엔
떠나버린 고기들의
빈 그림자뿐

오늘 하루
나의 낡은 그물을
꿰맨다
맑은 하늘 아래
꽃으로 풀잎으로
자라가는 너
너의 푸른 정원을 위하여

나는 이제 후회하지 않는
어부가 되리라
너의 섬을 지키는
태양 아래 어부가

차 수병이 스물한 살에 쓴 시였다. 포항함 갑판에서 가을 햇살을 쬐면서 쓴 시였다. 그가 사랑했다던 문학소녀를 떠올리며 쓴 시일지도 몰랐다.

"암호장님은 그때 비전투함인 유조함으로 가신다며 좋아하셨죠. 저는 제대할 때까지 포항함에 남아 고생 고생하면서…."

자신도 모르게 목소리가 커지는 바람에 그는 자신의 입을 틀어막고 주위를 둘러보았다. 다행히 우리 대화에 귀 기울이는 사람은 없었다.

"한 배에서 이 년을 함께 한 덕분에 통신관님이랑 저는 제대 후에도 이따금 연락하며 살았죠. 최근 십 년 동안은 연락이 끊어지긴 했지만. 그러다가 얼마 전에 느닷없이 전화가 걸려 온 거예요. 대령으로 예편하시고 공기업에서 십 년 동안 일하시다가 얼마 전에 퇴직하셨다며…."

나도 그동안 차 수병을 통해 안충근 통신관의 소식은 이따금 들어왔었다. 그러나 며칠 전에 들은 퇴역한 포항함 얘기며, 거기에서 안보 해설사로 활동하며 노년을 보내고 있다는 안충근 통신관 얘기는 정말 뜻밖이었다. 신선한 충격이라면 충격이었다.

"그래도 자네와 통신관님은 꾸준히 연락하며 살았구먼. 다행일세, 다행이야."

"사십 년이 다 돼가도록 서로 연락처만 알고 있었지, 한번 만나지도 못하고 살았는걸요. 뭐."

"그러니 더욱 반가운 거지. 어서 내려가 보세, 이 사람아!"

우리는 순두붓집을 나와 차에 올랐다. 그가 모는 SUV 차량은 육중하게, 그러나 날렵하게 직선과 곡선을 번갈아 주행하며 남으로, 남으로 내달렸다.

고속도로로 들어선 지 네 시간 만에 포항 시내에 접어들었다. 영일만대로를 지나 죽도 시장 쪽으로 우회전하자 얼마 안 가 동빈내항이 나타났다. 우리가 찾는 포항함 756이 그 부두에 계류되어 있었다.

우리는 차를 부두 주차장에 세워 놓고 주위를 두리번거리다가, 마침내 회색빛으로 하늘을 가리고 있는 한 물체를 발견했다. 포항함이었다. 회색빛 미끈한 함수 한쪽에 756이라는 숫자가 큼지막하게 새겨져 있었다. 순간 콧날이 시큰해졌다. 나는 괜히 차 수병에게 한마디 던졌다.

"자네도 처음인가?"

조용히 군함을 바라보고 있던 차 수병이 가라앉은 목소리로 대답했다.

"제대하고 처음이죠. 포항함이 저렇게 건재하다니… 다시 만나게 될 줄이야….”

그는 나보다 더 감격해 있었다.

"가보세!”

나는 무거운 발걸음을 가볍게 떼어놓으면서 말했다. 차 수병과 나는 그쪽으로 걸어가면서 군함으로 향하는 눈길을 거둘 수가 없었다. 자꾸만 걸음이 흐트러졌다.

얼마만큼 걸어가자 군함이 눈앞에 성큼 다가왔고, 갑판으로 올라가는 현문 사다리가 삐거덕거리며 나타났다. 거대한 함정이 물결에 일렁일 때마다 철제 사다리가 소리를 냈다.

내가 먼저 현문 사다리를 오르자, 차 수병이 뒤따라 올라왔다. 그리고 사다리를 다 올라갔을 즈음, 누군가 현문에 서 있다가 천천히 마스크를 벗었다. 검은색 해군 장교 근무복을 차려입은 남자는 육십 대 중반으로 보이는 중늙은이였다. 그러나 그의 한쪽 가슴에 달린 계급장은 소위였다.

안충근 통신관이었다. 37년이라는 세월의 저쪽 형상이 순식간에 다가왔다. 나와 차 수병은 누가 먼저랄 것도 없이 차렷 자세를 하고 거수경례를 붙였다.

"피일승!”

마스크를 벗은 우리를 그는 찬찬히 훑어보더니, 이내 잔잔한 미소를 지었다. 그의 한쪽 입술이 사르르 떨렸다.

"암호장… 김 하사… 정말 오랜만이데이!"

나는 눈물이 핑 돌았다. 안충근 통신관님, 그가 나를 끌어안자 나는 마치 친형님의 품에 안겨 있는 것처럼 따스하고 포근한 정을 느꼈다.

"차 수병… 전화로만 통화하다가 이래 만나이 더욱 반갑구만."

차 수병은 통신관 품에 안겨 소리 없이 울었다.

"통신관님…."

얼마나 지났을까. 고추잠자리 떼가 포항함 갑판 위를 분주히 날아다니다가 우리들 머리 위를 한 바퀴 돌고 76밀리 함포 너머로 날아갔다. 그중 일부분은 엑조세 미사일 발사대 위에 내려앉기도 했다.

"요즘 코로나 때매 단체 관람객이 없어 쉬고 안 있나."

어색한 침묵을 깬 건 통신관이었다. 예순 중반의 중늙은이 눈시울에도 예외 없이 축축한 것이 묻어나고 있었다.

"오늘은 내 특별히 이런 차림을 하고 나왔데이. 옛 생각이 나서."

그는 자신의 차림새를 내려다보며 멋쩍게 웃었다. 검정 단화에 검은색 근무복, 그리고 가슴과 모자에 달린 소위 계급장. 그는 머리에 쓰고 있던 모자를 벗어 손에 들고 함교 방향을 가리켰다. 공기업을 퇴직하고 자신의 첫 근무지였던 이곳 포항함에서 안보해설사로 봉사하며 말년을 보내고 있다는 그의 뒤를 따라 우리는 뚜벅뚜벅 갑판 위를 걸어갔다.

"우리 셋이 함께하던 그때가 천구백팔십사년이었제?"

우리는 계단을 올라 해치문을 열고 격실 안으로 들어갔다. 순간 환한 가을 햇살이 감쪽같이 사라지고 희미한 조명이 좁은 함내 통로를 비췄다.

"자네들이 떠나고 난 뒤로 이 포항함은 이십오 년 동안이나 바다를 지키다가 지난 이천구년에 퇴역했다카이. 그리고 바로 이곳으로 옮겨와 내캉 이래 노년을 보내고 있다 아이가."

국내 조선소에서 건조되어 막 해군에 넘어온 포항함은 마치 금방 구입한 차량처럼 번쩍거렸었다. 손댈 곳이 없었다. 깨끗한 밀대와 걸레로 닦기만 하면 더 이상 신경 쓸 곳이 없었다. 그런 쌩쌩하던 함정이 어느새 퇴역해 이곳 포항 동빈내항에서 안보 체험관으로 노년을 보내고 있다니, 감회가 새로웠다.

우리는 조타실과 전탐실을 거쳐 통신실로 올라갔다. 숱한 전선과 장비들이 빼곡히 들어찬 통신실. 그 한쪽에 암호실이 있었다. 나와 차 수병이 함께 근무하던 조그마한 격실이었다. 군사통제구역으로 설정되어 있는 암호실은 암호사와 암호병 외에는 함장과 작전관, 그리고 통신관만이 출입할 수 있는 곳이었다. 군사 2급 비밀 이상 취득자만 출입할 수 있었다.

"감회가 어떤고? 오랜만에 고향에 돌아온 느낌이?"

통신관이 출입문을 짚고 서서 웃고 있었다. 나는 또 눈시울이 뜨거워졌다. 조금 전 그를 만날 때처럼 콧날이 시큰거렸다. 조그마한 격실 한쪽에 놓여 있는 책상. 그리고 한쪽 벽면을 차지하고 있는 암호자재 보관함. 금속으로 된 육중한 보관함은 은행의 금고보다 더 견고했다. 저 속에 수많은 암호자재와 음어자재, 그리고 통신보안장비가 보관되어 있었다. 함장과 장교들이 내린 군사 비밀들이 모두 암호자재나 음어자재에 의해 암호문으로 변환된 뒤 통신사들에 의해 발신되었다. 수신 또한 마찬가지였다. 암호사나 암호병은 통신사들이 수신한 숫자로 된 암호문을 난수표를 이용해 해독해서 지휘관에게 올렸다. 그 직속상관이 바로 통신관이었다. 통신관은 또 작전관에게 올리고 작전관은 함장에게 보고하게 되어 있었다.

"아…."

"으음…."

나와 차 수병은 말이 없었다. 오랜만에 군 복무지로 돌아온 감회가 어떤지 묻는 옛 상관의 물음에 차 수병과 나는 똑같이 침묵하고 있었다. 또 그날을 떠올리려는 건가. 차 수병의 미간이 찌푸려졌다. 어느새 내 가슴도 쿵쾅거리며 뛰기 시작했다.

겨울, 동해였었다. 포항 호미곶이 앞바다 어디쯤이었을 것이다. 출동 나온 지 두 달이 지났지만, 경비함 교대 지시는 내려오지 않고 있었다. 임무 교대를 하기로 되어 있던 함정 기관실에 불이 나는 바람에 빚어진 일이었다. 함대사령부에서는 다른 함정을 물색하는 중이었고, 우리는 출동 기간이 열흘씩이나 지났지만 여전히 경비지역을 벗어나지 못하고 있었다.

내가 군함을 타면서 가장 가슴 졸인 것은 죽음에 대한 공포였다. 항해 당직이 끝나고 침실로 내려와 침대에 몸을 묶고 잠을 청할 때면 정신은 되레 말똥말똥 되살아났다. 내가 누워 있는 침실은 바닷속이었고, 거대한 파도가 선체를 때리는 소리는 천둥소리처럼 무거웠다. 억지로 감았던 눈을 살며시 떠 주위를 둘러보면 고래뱃속 같은 둥근 침실은 좌우로 흔들거리며 어디론가 마냥 흘러가고 있었다. 어쩌면 나는 지구에서 흔적도 없이 사라져 버릴지도 모른다, 이런 생각이 들 때면 입안이 마르고 손가락 발가락이 이유 없이 꼼지락거려졌다. 거칠고 어두운 밤바다 수천 길 아래로 군함 한 척 가라앉는다고 해도 세상은 아무렇지도 않은 듯 아침을 맞을 것이다. 가라앉은 군함 속의 나는 티끌만도 못한 존재가 되어 사람들 기억 속에서 사라져 가리라. 이런 생각이 들 때마다 나는 꼬박 뜬눈으로 밤을 새우기 일쑤였다. 그 악몽 같은 일도 그런 상황에서 벌어졌다.

오호츠크해에서 불어오는 겨울바람은 보일러까지 얼게 만들어 포항함 승조원들은 밤이면 모포를 열 장씩이나 뒤집어쓰고 자야 했다. 자고 나면 콧구멍 속으로 고드름 같은 얼음이 얼어붙곤 했다. 그러나 그 추위 속에서도 전투함인 포항함의 위력은 대단했다. 웬만한 파도 속에서도 미친 듯이 속력을 높여댔고 파도는 갈가리 찢어지며 갑판 위로 달려들었다.

그런 어느 날, 울릉도 근해 어디쯤 의아선박이 출현했다는 전탐관의 보고가 올라왔다. 함장은 곧 '총원 전투배치!'를 지시했고 군함은 무시무시한 속력으로 달려가기 시작했다. 나는 그때 당직을 교대하고 막 침실로 내려가 잠을 청하려던 참이었는데, 함교로부터 '암호장 함교 보고!'란 함내 방송이 흘러나왔다. 나는 귀찮은 생각에 모포를 뒤집어쓰고 막 당직 교대를 한 차 수병에게 은근히 기대를 걸고 있었는데, 마침 더 이상 나를 찾는 함내 방송은 나오지 않았다. 다음날에야 알게 된 사실이었지만, 그때 암호실에서 당직을 서고 있던 차 수병이 나 대신 함교로 올라갔던 것이다. 함장은 그에게 다짜고짜 소리쳤다.

"야 암호병, 네가 왜 왔어? 암호장 호출했잖아!"

"네, 암호장님께서는 지금 막 당직 교대하고 침실에서 취침 중이라…."

함장은 워낙 다급한 상황이었는지 더 이상 묻지 않고 명령을 내렸다.

"좋아. 그럼, 네가 가서 음어자재를 가지고 오라고. 지금 미군 함정과 음어로 교신해야 하니까 무슨 자재가 있어야 하는지 알겠지?"

"넷, 알겠습니다! 필승!"

필요한 것은 '갈매기 2호'였고 차 수병은 잽싸게 암호실로 내려가 자재 보관함을 열고 자재를 챙겨 들었다. 그러고는 부리나케 암호실을 나와 함교로 오르는 노천 수직 계단을 올라갔다. 그때 갑자기 함정이 한쪽으로 기울면서 그를 내동댕이쳤다. 그는 바다로 떨어지지 않기 위해 간신히 계단 난간에 매달렸다. 그러나 이미 들고 있던 음어자재는 어디론가 날아가 버린 뒤였다. 그는 주위를 살폈지만 '갈매기 2호'는 보이지 않았다. 그는 식은땀을 흘리며 함교로 올라가 함장에게 보고했다.

"필승! 가지고 오던 음어자재를 바다에 빠뜨렸습니다. 배가 롤링을 치는 바람에…."

함장은 냉철했다.

"전탐관!"

"넷!"

"현 위치를 잘 표시해 두라고. 스컹크(의아선박) 검색하고 다시 돌아올 테니까."

군함은 그대로 삼십 분을 달려 목표 지점에 도착했다. 그러나 그곳엔 아무것도 없었다.

"어떻게 된 거야? 레이더 상엔 분명 이 지점이었잖아."

함장의 목소리가 터져 나왔다. 그제야 레이더 속으로 고개를 숙이고 있던 전탐관이 입을 열었다.

"새 떼였습니다. 저 표류물 위에 모여 앉은 새 떼가 그렇게 잡혔습니다, 함장님."

"빌어먹을….”

함장은 다시 함정을 지휘해 사고 지점으로 돌아왔다. 그리고 함정의 모든 조명을 비춰 바다를 훑어나갔다. 얼마나 지났을까.

"저기 뭔가 있습니다!”

누군가 그렇게 소리쳤고, 탐색병들이 소리 나는 쪽으로 몰려갔다. 그때 차 수병은 보았다. 함수 우현 사십오도 방향 오십 미터 전방에 유유히 파도 위를 떠다니는 음어자재 갈매기 2호의 형체를. 함정은 그쪽으로 미끄러져 갔고 함장은 곧 '단정이함'을 지시했다. 그러자 갑판사관이 제동을 걸고 나섰다.

"위험합니다, 함장님! 지금 같은 파도에서 단정을 내리는 것은 불가능합니다.”

하는 수 없이 갑판 선임하사가 긴 갈고리를 가지러 함수 창고로 내려가자, 갈매기 2호는 파도를 타고 멀어져 가기 시작했다. 그때 누군가 훌쩍 라이프 라인을 넘어 바닷속으로 뛰어내렸다.

"통신관님이 바다에 빠졌다!”

누군가 소리쳤고 함장은 다급한 목소리로 함내 방송을 지시했다.

"함수 우현 조난자 발생! 인명 구조요원 배치!”

캄캄한 바다 위로 울려 퍼지는 조타 수병의 함내 방송을 들으며 차 수병은 파도 위로 급하게 눈길을 던졌다. 누군가 헤엄을 치며 갈매기 2호를 움켜쥐었다. 그러자 고래등 같은 파도가 그를 어디론가 휩쓸고 갔다. 그는 차가운 파도와 싸우면서도 자재를 놓지 않기 위해 안간힘을 쓰고 있었다. 때마침 군함 우현 라이프라인 너머로 무수한 구명환이 바다 위로 던져졌고 그는 있는 힘을 다해 그중 하나를 움켜쥐었다. 그는 온몸이 동태처럼 꽁꽁 얼어붙은 채 갑판 위로 끌어올려졌다. 통신관이었다. 해군사관학교를 갓 졸업한 소위였다. 그는 어디에 있다가 나타났던지, 자신이 책임지고 있던 부서에 사고가 나자 자신도 모르게 바다 위로 몸을 던진 것이다. 통신관은 그때 저체온증으로 사흘 밤낮을 의무실에 누워 끙끙 앓아야 했다. 나와 차 수병은 죄책감 때문에 당직 근무가 끝나는 대로 의무실로 달려가 그의 옆에 붙어 있었다. 그는 쓰다 달다 말 한마디 없이 한숨만 내쉬곤 했다.

하마터면 자신이 뛰어내려야 했을 절체절명의 순간. 만약 그때 내가 뛰어내렸더라면 어떻게 됐을까?

"설마 그날 밤을 생각하는 건 아이겠지?"

오랜 침묵을 깨고 통신관이 말했다. 그의 나지막한 목소리에 우리는 모두 웃었다.

"만약 그때 음어자재를 못 건졌다카몬 우린 모두 고만 감방 가고도 남았을 끼다."

다시 침묵이 이어졌다.

"그런데 그날 밤에 암호장이 일찍 취침에 든 건 천만다행이었데이. 그 한 푼도 안 되는 알량한 책임감 때매 무턱대고 바다로 뛰어들었다 캐봐라… 아마 오늘 이런 만남도 없었을 끼다."

자신은 사관학교 다닐 때 감투수영을 많이 배워 그 험한 겨울 바다에 뛰어들었어도 무사히 살아남았을 거라고 얘기하면서 통신관은 희미하게 웃었다.

그날 이후 나는 자신이 함장의 부름에 응하지 않은 탓에 차 수병이 그런 실수를 했고 통신관이 그런 고초를 겪었을 것이라는 죄책감에 괴로운 나날을 보내야 했다. 다음날 차 수병으로부터 전해 들은 사건의 전말은 직별장으로서의 자존심에 크나큰 상처를 남겼다. 그날 밤, 침대에서 일어나 함교로 올라가 함장의 지시에 응했더라면 그런 일은 벌어지지 않았을 것을. 막 함상 근무를 시작한 차 수병이 벌벌 떨면서 음어자재를 바다에 빠트리는 일은 벌어지지 않았을 것을.

그해 겨울이 가고 이듬해 봄이 왔을 때, 포항함은 다시 구룡포 앞바다로 훈련을 나가게 되었다. 그때 세 사람은 함께 상륙(외출)을 나가게 되었는데, 송도 해수욕장과 영일대 해수욕장을 거쳐 죽도 시장으로 나들이를 갔다. 그리고 시장 골목 횟집에서 돌문어랑 과메기를 안주 삼아 술을 마셨다.

술은 상관인 통신관이 사고 취하기는 차 수병과 내가 취했다. 해수욕장에서 마신 맥주와 횟집에서 마신 소주가 짬뽕이 되어 우리는 거의 인사불성이 되어버렸다. 나는 자신의 죄를 탓하며 술잔을 기울였고, 차 수병은 또 자신의 부주의를 탓하며 독한 소주를 목구멍 너머로 털어 넣었다.

"통신관님, 정말 죄송합니다. 제가 게으르고 태만했던 탓에 통신관님께서 그 고초를… 얼음 바다에 뛰어내리시다니…."

"아닙니다, 암호장님. 제가 조심성이 없어서 그렇게 되었습니다. 암호장님은 아무 잘못이 없습니다. 통신관님, 잘못했습니다. 통신관님을 바다에 빠지게 한 건 다 저의 불찰 때문이었습니다."

우리는 비틀거리며 죽도 시장을 휩쓸었고, 그날 함정으로 어떻게 복귀했는지 도무지 기억이 나지 않았다. 다음날 차 수병에게 물어봤지만, 그 또한 필름이 끊겨 통 기억이 없다고 했다. 다만 며칠 동안 고개를 들지 못하고 다니는 우리에게 통신관은 웃으면서 중얼거렸다. 저번에는 나를 겨울 바다에 빠트리디, 그저께는 나를 또 수치심의 바닷속으로 빠트리대. 쯧쯧.

그 만취외출 사건에 대해서 우리는 더 이상 알려고도 하지 않았고 얘기해주는 사람도 없었다. 다만 통신관에 대한 믿음과 애정의 부피만 산더미처럼 쌓여갈 뿐이었다.

우리는 암호실을 나와 통신실을 거쳐 함교로 올라갔다. 함정의 제일 높은 곳에 위치한 함교는 함장과 장교들이 함정을 지휘하는 곳이었다. 그래서 바다가 한눈에 내려다보였다. 시원하게 펼쳐진 가을 바다와 포항 시내가 성큼 가까이 다가왔다.

"…그때 나는 여러분을 위해 기도를 마이 했지. 저 가엾은 주님의 백성들 좀 잘 돌봐 주십사, 하고 말이다! 허허."

함장석에 앉은 통신관이 형산강 하구와 강 건너 포항제철의 위용을 내려다보며 혼자처럼 중얼거렸다. 우리는 하릴없이 웃기만 할 뿐이었다. 통신관은 서울에서 신학대학을 다니다가 중퇴하고 해군사관학교에 입학했다는 얘기가 어렴풋이 떠올랐다. 그래서 동기 중에서 나이가 제일 많다는 얘기도 들었던 것 같았다. 조용하고 과묵한 성품을 타고났지만, 결정적인 순간에는 결단력과 용기를 발휘할 줄 아는 사람이었다.

"사실 내가 구룡포 사람 아이가! 동해는 내 앞마당이나 다름없제. 그래서 쉽게 뛰어내릴 생각을 한 것 같구만. 홈그라운드의 이점이랄까. 지금 같으면 어림도 없는 얘기제…."

함교에서 내려가는 계단을 밟으며 통신관이 운을 뗐다. 우리는 늙은 통신관을 따라 갑판으로 내려갔다. 그러자 76밀리 함포 앞 갑판에 웬 동상 하나가 우뚝 서 있는 것이 보였다.

"저분이 바로 한주호 준위라네. 백령도 앞바다에서 천안함 장병들을 구조하다가 그만…."

나는 순간 귀가 번쩍 뜨였다. 천안함. 침몰. 백령도 앞바다. 북한 잠수정….

"예전의 그 사관실을 안보 체험관으로 꾸며 이래 방문객들에게 개방하고 안 있나. 매년 이만 명이 넘는 관람객들이 다녀갔는데 요즘은 코로나 때매 썰렁하제."

우리는 통신관을 따라 사관실로 내려갔다. 장교들의 식사와 휴식, 그리고 회의가 열리곤 하던 사관실이 안보 체험관으로 꾸며져 있었다. 방문객 하나 없는 그곳에서 나와 차 수병은 넋을 잃고 46명의 천안함 용사를 지켜보고 있었다. 백령도 앞 바다에서 희생된 젊은 용사들의 영정이 모셔져 있었다. 한쪽 벽에는 시민들이 남기고 간 추모의 글들이 메모지에 빼곡히 적혀 있었다.

"…우짜면 우리들의 지난날 모습일지도 모르제."

통신관의 목소리에 다시 고개를 드니, 거기에 우리들의 젊은 날 사진이 걸려 있었다. 나와 차 수병은 할 말을 잃고 우리들의 슬픈 젊은 날 앞에 우두커니 서서 채 흐르지 못하는 눈물을 손마디로 찍어 눌렀다.

"침몰한 천안함과 우리 포항함이 동급 군함이었제. 사람으로 치면 친구 사이였다고나 할까. 그래서 우리 퇴역 포항함에다가 천안함 희생 장병들 영정을 모시고 추모의 넋을 기리고 있다 아이가."

2010년 3월 26일 밤, 북한 잠수정이 쏜 어뢰에 피격된 천안함은 동체가 두 동강 난 채 백령도 앞바다에 가라앉았다. 104명의 승조원 중 46명이 목숨을 잃었다. 그 희생자들을 구조하는 과정에서 UDT 한주호 준위도 순직했다.

나는 불현듯 잠 못 들고 뒤채이던 지난날이 떠올랐다. 어쩌다가 병원에서 야간 당직을 설 때면 꼭 내가 일하고 있는 공간이 군함의 격실처럼 느껴졌다. 숨이 막혔다. 마치 어둑한 공간이 무덤처럼 온몸을 옥죄어 왔다. 막 잠자리에 들려다가 깊은 바닷속으로 가라앉았을 그들을 생각하면 나도 모르게 자리를 박차고 일어나 두 손으로 가슴을 짚을 때가 한두 번이 아니었다. 차가운 바닷속, 서서히 들어차는 물, 칠흑 같은 어둠, 비명과 울음소리, 마치 비행하는 듯한 함체의 흔들림, 드디어 쿵 하고 바닥에 닿는 함체의 울림, 그리고 목까지 차오르는 찝찔한 바닷물….

나는 더듬거리며 근무실 밖으로 나가 휴게실 자판기에서 차가운 음료수를 빼먹곤 했다. 그리고 이곳은 군함이 아니라 병원이라는 사실에 안도하며 겨우 정신을 수습하곤 했다. 두 동강 난 군함을 싣고 남쪽 바다로 항해하는 대형 바지선의 모습을 뉴스로 지켜보고 난 뒤에 생긴 증상이었다.

"…고마 나가자꼬."

통신관의 울적한 목소리를 따라 우리는 안보 체험관을 나섰다. 그리고 그 옛날 우리들의 체취가 서려 있을 사병식당과 침실을 둘러보고 다시 갑판으로 나왔다. 짧아진 가을 해가 형산강을 물들이며 붉은 노을을 한껏 풀어놓고 있었다.

"김인혁 하사는 그때 보건대학을 졸업하고 입대했던 것 같은데, 그래 그동안 어떻게 사셨는고?"

포항함에서 하함한 우리 세 명은 그 옛날 외출 때처럼 송도 해수욕장과 영일대 해수욕장을 걸어 죽도 시장으로 향했다. 김인

혁, 이라고 또박또박 내 이름 석 자를 발음해 주는 그의 기억력에 만족해하며 나는 비릿하게 스며드는 바다 냄새에 허파를 잔뜩 열어놓고 있었다.

"차익상 수병은 간판 사업을 한다고 익히 들어 알고 있네만…."

차 수병 역시 자신의 이름 석 자를 기억해 주는 통신관의 애정에 흡족한 미소를 지으며 비린내 나는 재래시장으로 걸음을 옮겼다.

"차 수병을 통해 소식은 들었네만… 대학병원에서 병리사로 일한다 캤지?"

통신관이 내 어깨를 감싸며 나지막이 물었다.

"그렇습니다. 내년이면 저도 정년퇴직입니다."

"오, 벌써 그렇게 되었나… 퇴직하면 여기 내려와 살게. 우리들 고향이나 마찬가지 아이가. 포항함이 저기서 기다리고 있잖아. 하하하."

그는 우리나라 최고의 전투함인 호위함 함장까지 역임하고 대령으로 예편해 공기업 임원으로 십 년 동안 일하다가, 이태 전에 퇴직했다고 했다. 내가 3년 동안의 함상 생활을 끝내고 전역해서 대학병원 병리과에서 병리사로 생활하는 동안, 그는 바다에서 승진의 승진을 거듭해 대령까지 달고 마침내 전역했던 것이다. 전투함은 물론이고 군수 지원함이나 상륙함에서도 함장을 역임했다고 했다.

그날 우리는 까마득한 지난날을 얘기하며 오랜만에 폭음했다. 그리고 그날 밤 나와 차 수병은 구룡포에 있는 그의 집으로 가 잠을 잤다.

다음 날 새벽, 누군가 어깨를 흔들어 깨우기에 술이 덜 깬 얼굴로 일어나보니 통신관이었다. 어서 호미곶으로 가서 일출을 보자고 했다. 어제 술자리에서 미리 약속해 둔 터라 나와 차 수병은 세수도 하지 않은 채 그의 차에 올라탔다. 말로만 듣던 호미곶은 그의 집에서 30분도 채 걸리지 않았다.

호미곶 해맞이광장에 도착한 우리는 그 유명한 상생의 손과 마주했다. 새 천 년을 맞아 모든 국민이 서로 도우며 살자는 의미에서 조성되었다는 상생의 손. 육지에서는 왼손이, 바다에서는 오른손이 우뚝 뻗쳐올라, 서로 마주하며 기를 모으고 있었다. 그 상생의 손 너머로 붉은 덩어리 하나가 떠오르고 있었다. 아침 해였다.

"자, 우리도 저 태양처럼 새로 시작합시데이. 인생은 육십부터라캤으이…."

통신관이 먼저 운을 떼며 새로 떠오르는 태양을 가슴에 안았다.

"건강하게…."

"행복하게 새로운 인생을 시작합시다."

나와 차 수병도 한마디씩 던지며 각자 이글거리는 해를 한 아름씩 받아 안았다. 하늘과 바다를 물들이며 솟아오르는 태양은 마침내 온 누리를 밝게 비추며 수직으로 솟구쳤다. 우리는 상생의 손 너머로 떠오르는 붉은 해를 배경으로 하고 사진 몇 장을 찍었다.

아침은 시원한 포항물회로 하자는 차 수병의 의견에 따라 구룡포항으로 돌아오는 차 안에서 통신관으로부터 새로운 소식을 들었다. 저 퇴역한 포항함이 2천8백 톤급 호위함으로 거듭 태어난다는 사실이었다. 지난 9월 8일에 이미 대우조선 옥포조선소에서 진수식을 했다고 했다. 길이 122미터, 폭 14미터, 높이 35미터에 5인치 함포, 함대함유도탄, 근접방어무기체계를 갖추고 한국형 신형 호위함으로 다시 태어난다는 것이다. 앞으로 시험 운전 평가 기간을 거쳐 2023년 초에는 해군에 실전 배치될 예정이라고 했다.

"우리가 타던 저 포항함은 천이백 톤급 초계함이었는데, 인제 마 이천팔백 톤급 호위함으로 다시 태어난다카이 감개무량하구만 그래."

운전대를 잡고 있던 통신관이 기쁜 목소리로 말했다.

"한층 업그레이드돼서 태어나는군요."

차 수병이 웃으며 받았다.

"우리도 그래야 하는데…."

나도 한마디 거들었다. 통신관이 모는 승용차는 해안도로를 따라 달렸다. 조금 전에 떠오르던 이글거리는 태양이 우리를 한눈팔지 않고 호위하며 따라오고 있었다. 바닷물도 상기된 듯 어깨춤을 추며 우리를 지켜보고 있었다.

"더욱 반가운 건 침몰한 천안함도 다시 태어난다는 사실이제. 우리 포항함처럼 새로 말이제."

통신관의 말에 나는 지난날 두 동강 난 채 바지선에 실려 남쪽 바다로 내려가던 만신창이가 된 천안함을 떠올렸다. 그리고 백령도 앞바다에서 희생된 46명의 젊은 영혼을 생각했다. 그 젊디젊은 영혼들도 거듭나는 천안함과 함께 부활해 저 푸르디푸른 바다 위를 항해할 수 있다면 얼마나 좋을까.

"오랜만에 바다를 보니 눈물이 날 것 같습니다."

차 수병의 그 말에 나는 자신도 모르게 눈가에 맺힌 눈물을 손가락으로 찍어내고 있었다. 눈부시게 푸르던 우리들의 젊은 날이 시나브로 차창 너머로 밀려나고 있었다.

해설

인내의 바다에서 건져 올린 푸른빛의 예술혼

김성달(소설가·문학평론가)

1.

 채종인 작가가 11년 만에 펴내는 소설집의 원고를 두어 달에 걸쳐 꼼꼼히 읽었다. 그동안 여러 문예지에서 발표될 때마다 작품을 보기는 했지만 전체를 묶어 읽는 것은 달랐다. 작품을 두 번에 걸쳐 다시 읽는 내내 진지한 사명의식과 예술가로서의 자존심을 견지한 채 창작에 임하는 것이 얼마나 힘겹고 고통스러운 일인가의 증언으로, 예술가 개인의 내면 기록으로도 탁월하게 읽혔다.
 채종인 작가의 소설집 『유미의 바다』를 읽는 독자들은 정직한 예술가의 고백과 조우할 것이다. 여기서 고백이라 함은 액면 그대로의 고백이 아니라 훨씬 심층적이고 내면적이며 예술적인 의미에서의 고백이다. 작품 속 화자이거나 주변 인물인 예술가의 체험적 자아 속에서 그려지고 있는 젊은 날과 나이든 서술적 자아, 저 나름의 고백을 들을 수 있었다. 고백의 과정에서 자기 미화를 철저히 배격하는 작가의 정직성에 깊은 인상을 받지 않을 수가 없었다. 작가의 정직성은 젊은 날 뿐만 아니라 서술적 자아인 나이 든 사람에게도 있는 그대로 관철되고 있기 때문이다. 나이든 서술적 자아가 젊은 날의 체험적 자아를 바라보거나 대하는 태도는 젊은 날의 격정과 한계를 다 넘어 이제는 초연하게 푸르렀던 젊은 날을 관조하고 있다. 그렇게 오기까지의 외롭고 고독한 길을 얼마나 인내하면서, 또한 자기 나름의 한계를 끌어안고 있는 존재로서의 회의와 방황을 작품에서 여과 없이 보여준다. 바로 이런 정직성으로부터 작품의 독특한 변모가 배태되어 나오는 것이었다.

  작품집 인물들 대부분의 젊은 날은 오직 예술의 제단에 바쳐진 날들이라 할 수 있다. 그 제단은 고뇌와 방황으로 점철되고 있으며, 어찌 보면 그것은 당연한 일이고 바람직한 일이다. 예술의 제단에 자신의 삶을 바치면, 회오리처럼 밀려드는 각성의 길에서 벗어나기 어렵다는 것을 알기 때문에 당연하다는 것이다. 예술가의 이런 고뇌와 방황을 통한 각성은 늘 자신이 창조하는 예술작품의 무게를 감당해야 하기 때문에 더욱 고달픈 것이다.

  이런 예술가의 고민을 품은 채종인 작가는 실로 다양하고 복잡하며 상호모순되는 요소들을 포괄하고 있는 인간이라는 우주를 폭넓게 탐색해온 것이다. 인간을 대하는 작가의 태도는 상당히 신중하여 어느 것에 대해서도 성급하게 비판을 가하지 않고 차분하게 그 처지와 상황을 들여다보고 경청하고 그것의 의미를 찾아보려는 겸손한 탐구자의 그것이다. 비판보다 경청과 의미 부여를 앞세우는 작가의 이러한 태도는 소설 속 인물 이런저런 면모를 실감 나게 들려주는 길잡이의 역할을 성실하고도 훌륭히 수행하고 있다.

채종인 작가는 이런 인물들을 매개로 독자들과 심오한 의미에서 예술적 '만남'을 선택하고 있다. 그래서 이야기는 시종 말하려는 것의 핵심을 향해 있고, 그의 모든 문장은 일부러 표적을 흐리게 하는 얕은수는 좀체 사용하지 않는다. 그의 소설이 인생의 이치에 대한 인식과 각성으로 날카롭게 느껴지는 것도 바로 이런 예술적 만남 때문이다. 그 만남은 인내의 바다에서 채종인 작가가 건져 올린 푸른빛의 예술혼으로 승화되고 있다.

2.

채종인 작가의 소설집 『유미의 바다』에서 표제작인 「유미의 바다」 「섬」 「왼손잡이 아내」 「그 겨울, 불꽃 속으로」 「천안행 마지막 전동열차」 등 다섯 편은 소위 예술가 소설로 읽힌다. 예술가가 화자이거나 혹은 인물 이야기라는 것이다. 작가는 이들 작품에서는 일관되게 예술가의 소외와 고독, 그리고 내면적인 방황을 선연히 그리고 있다. 예술가로 살아왔거나 살아가려는 개인의 인간적이고 세부적인 차원의 삶과 내적으로 긴밀하게 소통하는 현실의 기록이 바로 『유미의 바다』인 것이다. 이 소설집에서 독자들은 인물들의 예술에 대한 집념과 열정, 고뇌가 구체적인 외피를 얻은 모습으로 되살아나는 것을 체험할 수 있다. 더불어 주인공 삶, 근간을 지탱하고 있는 고뇌가 예술가들에게만 한정된 것이 아니라 그들을 포함한 모든 인간 보편성을 집약하여 상징화하고 있는데, 그것이 바로 이 작품집의 미덕이기도 하다.

표제작인 「유미의 바다」는 사고로 아버지를 잃은 비정한 현실에 자아를 내어주지 않으면서 스스로 자기 자신의 개체적 가치를 정립하여 아버지의 바다를 자신의 바다로 만들어가려는 유미의 형상이 인상적이다. 해양경찰청 항공단 구조용 헬기를 몰던 유미의 아빠는 구조헬기 추락 사고로 10년 전 제주 바다에서 목숨을 잃었다. 한때 문학을 전공하고 어린 왕자로 불리던 아빠를 닮아 글을 잘 쓰지만 생활을 위해 병원에서 임상병리사로 일하는 유미는 그동안 아빠의 시신이 사라진 바다를 볼 용기가 없었다. 한번은 용기를 내어 엄마와 함께 아빠가 좋아하던 제주도 바닷가를 찾았지만 검은 바다를 보며 현기증에 주저앉는 엄마 때문에 집으로 돌아가고 말았다. 일 년 후 다시 찾은 유미와 엄마는 아빠가 좋아하던 제주도 남쪽 해안의 산방산에서 송악산으로 이어지는 사계 해안을 승용차로 달린다. 그러면서 유미는 비록 힘겹더라도 아빠가 꿈꾸던 작가의 길로 들어서야겠다고 스스로 다짐한다.

언젠가 유미는 아빠랑 차를 세워두고 하염없이 바다를 바라본 적이 있었다. 파도는 일정하게 밀려왔다가 밀려가고, 파도가 뿌려놓고 간 소리는 코발트 빛 하늘이 쉼없이 거두어갔다. 아빠는 차에서 내려 모래밭을 거닐며 말했다. 저 수평선 너머 낯선 곳으로 쫓겨 간 삼별초 군사들. 그들은 낯선 이국 땅에서 어떻게 살아갔을까? 어떤 이는 기와를 굽고, 어떤 이는 성을 쌓으면서 목숨을 이어가겠지. 그걸 생각하면 서글퍼져. 하지만 그게 바로 인생이겠지. 참고 또 참는 것.

갑자기 옛 삼별초 이야기를 끄집어낸 작가는 낯선 이국땅에서 살아갔을 그들 인생이 너무 서글프고 아프지만 그게 바로 인생이라고, 참고 또 참는 것이 인생이라고 말한다. 먹고 살기 힘든 냉정한 현실 속에서도 한사코 인간의 운명을 읽어내야 하는 예술가적인 인내의 시간을 견뎌야 한다는 표현이다. 내면의 강렬하고 뜨겁기 그지없는 예술에의 욕망을 위해서 참고 견디는 것, 바로 이런 상태의 예술가 정신이 작품 속에서 불꽃으로 뜨겁게 피어오르고 있다는 것을 작가는 말하고 싶은 것이었다. 글이 쓰고 싶은 작가, 그는 낯선 곳에 표류하는 삶을 살면서도 글을 쓰고 싶은 욕망을 뿌리치지 못하고 어떻게든 그 끝을 잡으려고 안간힘을 쓰면서, 기와를 굽고, 성을 쌓으면서 글을 쓸 그날을 학수고대하며 참고 또 참는다.

유미는 엄마와 같이 아빠의 시체가 녹아 있는 제주도의 바다에 온전히 몸을 담근다. 그토록 무섭고 서럽기만 했던 바다가, 지난 10년 동안 유리조각처럼 사각거리며 자신의 몸을 해칠 것만 같던 바다가, 지금은 마치 달구어진 온돌처럼 따스하게 자신을 안아주고 있다. 유미에게 이 바다는 그냥 바다가 아니라 '아빠의 바다'이다. 아빠의 바다는 유미가 글을 쓸 수 있는 근간이고 영토이다. 그동안 영 낯설고 무섭기만 했던 그 영토가 이젠 온돌처럼 따뜻해지면서 '유미의 바다'로 천천히 바뀌고 있다. 고단한 삶의 고통과 슬픔에 침해되지 않고 견디고 헤쳐나가려고 하는 유미와 엄마의 긍정적인 제스처가 깊은 여운으로 연결되는 작품이다. 그 긍정의 원천이 다름 아닌 유미의 '글쓰기'와 엄마의 '그림'과 같은 예술이라는 것이 각별하게 와 닿는다.

「섬」은 액자 소설형식이다. 소설가인 화자는 어느 날 가족 속에서 문득 외톨이가 된 자신을 발견하고서는 '이것이 인생인가. 운명인가' 싶어 입맛을 다시며 소설 심사를 위해 응모작에 눈길을 돌린다. '섬'이라는 제목의 작품이었다. 주인공인 해군 통신수병은 풍란도에서 명자라는 열일곱살 벙어리 여자아이를 만난다. 섬 학교 여선생은 명자를 가리키며 집에서 벙어리라고 학교에도 보내지 않아 평생 섬에서 외톨이로 늙어 죽을지도 모른다면서 쓸쓸히 웃었는데, 수병의 눈에는 그 여선생이 더 외로워 보였다. 수병은 적막한 섬 어느 낡은 집 빈방에서 그 벙어리 소녀와 관계를 갖는다. 여기까지 읽던 소설가는 문득 떠오르는 얼굴이 있어 소설을 덮는다. 통신 수병 차익수. 그는 소설가와 같은 군함을 탔고 함께 문학을 지향하던 문학도였다. 40여 년 전 국어국문학과를 다니다가 입대한 그는 제대를 불과 한 달 정도 남겨놓고 어느 섬에 상륙했다가 돌아와 벙어리 섬 처녀를 건드렸다고 괴로워하다가 전역했다. '섬'의 응모자가 차익수 수병이고, 풍란도에 살고 있다는 것을 잡지사를 통해 확인한 소설가는 다시 소설을 읽었다. 군함으로 돌아와 전역 통보를 받고 바다를 빠져나오는 수병의 눈앞에 "바다에 무수히 떠 있는 여느 섬처럼 소녀 또한 하나의 섬으로 남아"있었다. 이쯤에서 아예 소설 읽기를 접은 소설가는 주소를 들고 집을 나섰다. 중늙은이가 된 차 수병은 소설가를 풍란도 자신의 집으로 이끌면서 "이 집이 아내와 첫사랑을 나누던 집"이라며 말끝을 흐렸다. 그는 이 집에서 벙어리 소녀와 가정을 이루어 살았는데 아쉽게도 아내는 오래전에 세상을 떠나 벌써 십수 년째 혼자 살면서 시를 쓰고 있다고 했다. 복학한 후에도 섬에 대한 기억 때문에 괴로워하던 그는 결국 다시 섬을 찾았고, 다시 만난 여선생으로부터 벙어리 소녀가 임신을 했는데 부모가 낙태시켰다는 말을 들었다. 그날로 섬 주민이 된 그는 돌아가신 장인이 물려준 배로 고기를 잡아 생활하면서 나름으로 행복했다.

하지만 장모에게 아주 고약한 치매가 와서 자신이 보살피게 되었는데, 말 못 하는 아내가 자기 남편을 힘들게 한다며 장모를 죽였다. 대신 자수하고 징역 10년을 만기복역하고 오니 아내는 보름달이 훤히 바다를 비추던 날 부두로 나간 후 돌아오지 않았다고 했다.

> 그저 이런 섬처럼 묵묵히 견디며 평생 살 각오를 하니까 오아시스가 따로 없고 지옥이 따로 없습디다. 섬이란 게 때로는 꿈이 되었다가 지옥도 되었다가… 내가 짓는 시처럼 노래가 되기도 하고 눈물이 되기도 하고… 아내가 떠난 지 벌써 십수 년이 되었수다. 찾지 못한 시신 대신 바다에서 건져 올린 분홍 구두 한 켤레로 무덤을 만들었지. 저 뒷산 부모 산소 옆에 묻고 여태 말 한마디 안 하고 살아온 세월이 이렇게 되었수다.

묵묵히 견디는 삶이란 무엇일까를 생각하는 소설가의 눈에 술에 취해 모로 쓰러져 자는 차 수병이 마치 40년 전 상륙함에서 자신이 바라보던 '풍란도' 같았다. 출소하던 날 차 수병은 중년이 된 여선생을 다시 만났다. 많이 늙은 여선생은 차 수병에게 어떻게 그런 삶을 사는지 이해할 수 없다고 하고, 차 수병은 그런 여선생을 이해할 수 없었다. 아내가 죽고 몇 년이 지난 후 차 수병은 초등학교가 폐교되어 섬을 떠나려는 여선생을 다시 만났다. 늙은 여선생이 함께 떠나자고 하자, 차 수병은 이곳을 떠날 수 없으니 여기서 함께 살자고 하는 데도 그녀는 떠났다.

　　가방을 배 위에 올려주며 나는 그녀의 눈 속에 고인 눈물을 보았다. 그녀는 먹은 나이만큼 잘 참았다.
　　배는 떠났다. 오래전 나를 실은 배가 부두를 떠나듯 그녀를 실은 배가 하염없이 밀려오는 물결만 남긴 채 섬에서 점점 멀어져 갔다. 나는 섬이 되어 섬을 바라본다.
　　하나가 되지 못하고 섬이 되어 서로 멀어져 갈 때 섬들은 저마다 숨죽이고 울게 마련인 모양이다. 나는 아내를 생각하며 흘린 눈물을 또 오랜만에 그녀를 보내며 흘리고 있었던 것이다.

풍란도를 떠나 집에 도착한 나는 여전히 홀로 밥을 해 먹고 책을 읽고 술을 마시며 하루하루를 견디는데 섬에서 차 수병이 전화를 걸어와서 평생 한 여자만 사랑했듯 평생 한 가지 일, 시만 쓰며 살겠다고 한다. 나는 그가 사람이 아니라 마치 하나의 거대한 섬처럼 느껴졌다. 감히 다가갈 수 없는 검고 단단한 바위섬.
　어떤 규범이나 권위에도 얽매이지 않으며 어떤 명분이나 환상도 없이 불필요한 감정의 낭비도 없이 자기 자신을 기준으로 삼아 자기 자신에게만 의지하며 나아가려는 예술가적 태도가 돋보이는 작품으로 차 수병과 섬의 여선생이 바로 그런 상징으로 읽힌다. 이 작품에서 섬은 일견 환상 같기도 하지만 지극히 현실적인 공간에서 비일상적인 체험을 사실적으로 전달하면서 어떤 깨달음의 보편성을 끌어올리는 상징이다. 이 소설이 액자형식을 가진 것은 작가의 예술가적 기질, 즉 세상사의 어떤 이치를 스스로 이해하려는 것이고, 자신이 이해한 바를 남에게 들려주려는 욕망 때문이다. 길을 잃고 헤매다가 마침내 길을 찾으면 그 경위를 스스로 설득하고자 이야기 하는 것이면서 또한 누군가와 공감하고자 한다. 그래서 이야기를 누군가에게 들려준다는 생각, 이야기를 통해 누군가와 교감한다는 예술가적 정신으로 늘 처음과 끝을 관통하는 하나의 태도를 유지하고 있는 작품이다.

「왼손잡이 아내」는 집에 돌아 오지 않는 아내를 기다리는 남편의 심리를 왼손잡이에 얽힌 사연과 함께 극적이면서도 효과적으로 그려내고 있다. 오늘 아침 승용차를 몰고 통영으로 간 아내는 시간이 지났는데도 돌아오지 않고 전화를 받지 않는다. 벽시계가 정확히 자정을 가리키고 있다. 그는 아내에게 차를 맡긴 것을 후회하고, 왼손잡이 그녀에게 운전을 가르친 것을 더욱 후회한다. 하지만 그가 아내와 결혼하게 된 것은 오로지 그녀의 왼손 때문이었다. 아내의 왼손에 얽힌 이야기는 가난했던 어린 시절 얘기와 뒤섞이며 연민의 정으로 그를 울컥하게 만들어 그녀의 싸늘한 왼손을 잡고 결혼하자고 한 것이었다. 새벽 1시 20분이 지나도 아내는 연락이 없었다. 언젠가 우연히 왼손잡이에 관한 책에서 왼손잡이 운전자들의 교통사고 사망률이 바른손잡이 운전자들의 다섯배가 넘는다는 것을 본 그는 아내에게 가정의 평화를 위해 운전을 포기하는 게 어떠냐고 했다. 그러자 아내는 자신이 정상인이 아니라는 것이냐며 따지듯이 물었다.

아내는 어느새 저쪽 사람이 되어 있었다. '우리 왼손잡이 들…' 아내는 분명 그렇게 얘기했다. '당신 같은 바른손잡이 들…' 그는 손으로 이마를 짚었다. 그가 바른손잡이로, 또는 정상인으로 살아오는 동안, 아내는 그른손잡이, 또는 비정상 인으로 살아오면서 알게 모르게 마음의 상처를 받았던 모양 이었다.

아내는 우리 왼손잡이 중에도 아리스토텔레스. 레오나르도 다 빈치, 나폴레옹, 베토벤, 아인슈타인을 비롯한 훌륭한 사람이 얼 마든지 있다는 것을 기억하라고 목소리를 높였다. 그는 불현듯 아내가 계속 전화를 안 받는 것이 오른손잡이들의 집단 이기주의 탓인 것 같아 신음을 토하며 두 귀를 움켜쥐었다. 시간이 흐를수 록 그는 아내를 교통사고의 끔찍한 희생자로 단정 짓는다. 그러 자 아내가 참을 수 없을 만큼 가엽게 여겨지며 몸속에 아내의 피 가 고이는 듯하는 그의 눈앞에 레오나르도 다빈치의 모나리자 그 림이 보인다. 레오나르도 다빈치를 모델로 한 영화가 개봉되어 아내와 함께 보러 갔다가 구입해 거실 벽에 걸었었다. 한동안 거 실을 서성이던 그는 자신을 모나리자 그림 앞에 서 있게 한 건 바로 아내에 대한 연민이라고 느꼈다. 그러면서 그 옛날 피렌체의 왼손잡이 레오나르도가 감당했을 불안과 고독. 온통 오른손잡이 중심으로 설계된 사회에서 이렇다 할 배려 없이 혼자 견뎌내야 했을 시대적인 아픔, 천재 예술가로 추앙받으며 살아온 그가 감내해야 할 선각자로서의 책임감, 피렌체인으로서의 소명감, 이런 것들이 아내의 삶과 겹쳤다. 마침내 두 사람을 한없이 가엾은 인물로 결부시킨 그는 영화에서 본 장면을 떠올렸다.

여자의 복부에서 꺼낸 자궁을 열어놓고 그 속에 앉아 있는 아이의 모습을 그리기 시작한 레오나르도 다빈치는 연필을 쥔 왼손이 파르르 떨린다. 그러나 세밀하게 선을 그어나간다. 그는 세상이 두려웠다. 까닭없이 불안하고 무서웠다. 특히 밤이 더했다. 그럴 때마다 그는 인체를 해했다. 자연을 빼닮은 인체를 들여다보며 세밀하게 묘사를 이어갈 때면 두근거리는 가슴이 진정되곤 했다. 그는 가장 께름칙한 소재를 택해 가장 아름다운 예술작품으로 승화시켰다.

이렇게 작가는 예술적인 무대를 하나 세우고 예술가인 인간이 어떻게 움직이고 생각하고 살아가는지 실존의 근본적인 상황을 탐구하고 있다. 아내를 기다리다 답답함을 견디지 못하고 유리문을 열던 그는 현기증을 느끼며 주저앉는다. 역한 비린내 때문이다. 레오나르도의 칼에서 풍겨 나오는 비린내인가 했더니 그의 몸속에서 터져 나오는 비린내이다. 새벽 3시가 가까워져 오고 있다. 출입문을 열고 밖으로 나간 그는 늙은 레오나르도처럼 어깨를 늘어뜨리고 아파트 단지를 걸어가며 드디어 아내의 왼손이 할 일을 멈춘 것인가? 생각한다. 레오나르도의 왼손이 이태리, 아니 세계의 어둠을 걷어냈듯, 부지런한 아내의 왼손은 친정과 시집, 두 집안을 일으켰다. 그때 전조등을 비추며 승용차가 주차장으로 들어오지만 기다리는 아내가 아니었다. 그는 칼을 사고 싶었다. 날 선 면도칼로 무언가를 자르고 싶었다. 그는 불 꺼진 문방구점 앞 콘크리트 계단에 웅크리고 앉아 레오나르도의 칼에 도려내어지던 젊은 여자의 자궁을 생각했다. 아내는 여전히 돌아오지 않고 있었다.

기다림의 극한 상황에서 왼손잡이를 둘러싼 여러 삶의 단면들을 모자라지도 넘치지도 않게 배치하고 있다. 외출을 나간 후 늦게까지 소식도 없이 돌아오지 않은 아내를 기다리는 걱정과 근심의 질곡과 왼손잡이로 겪어야 하는 억울함의 세심한 연결이 삶의 단면들을 이루어 인상적인 풍경화로 독자들 앞에 나타나고 있다. 작가는 이것으로 만족하지 않고 그 풍경화의 내면 공간을 더 확대하기 위해 왼손잡이 레오나르도 다빈치의 이야기를 인용한다. 이 대목에서 얼핏 작가가 메시지를 너무 직접적으로 드러낸 것이 아닐까 싶었지만, 전체적으로 소설의 기본구도와 잘 어울리고 소설의 육체를 이루고 있는 왼손잡이 아내 사연과도 접목해 충분히 작품의 내면 공간을 확장시키는 효과를 거두었다. 왼손잡이 아내가 바로 작가 자신의 분신일 수도 있다는 생각을 가지도록 하는 강렬한 푸른 빛의 예술혼을 엿볼 수 있는 매혹적인 작품이다.

「그 겨울, 불꽃 속으로」는 시립 도서관을 배경으로 벌어지는 일을 그리고 있다. 자신의 자리를 찾지 못한 채 왜소해지는 남성들을 다룬 이 작품은 현실과 환상의 경계가 모호하다. 도서관 사서와 화자의 모습 역시 모호하다. 하지만 포기할 수 없는 삶에 대한 열망을 드러내는 목소리는 절규에 가깝게 표출되고 있다. 그것은 예술을 사랑하는 작가이지만 삶 전부와 맞먹을 무게인 "먹고 사는 것에"의 가치를 얼마나 중요하게 부여하는지를 역설적으로 보여주는 장면이다. 나는 건물 외벽까지 빨간 벽돌로 마감한 태양 시립 도서관 이 층 자료열람실 이용자인데, 구조조정으로 은행에서 쫓겨난 후 그곳을 드나들었다. 내 퇴직금과 명퇴금을 가지고 아내가 김밥집 개업을 준비하는 사이 도서관을 찾은 나는 오랜만에 종이 냄새를 맡으며 편안했다. 작가가 꿈이었던 나는 늦게라도 꿈을 펼치고 싶어 그곳에서 2년을 보내고 있었다. 그동안 사람을 사귈 기회가 없어 도서관 젊은 사서 이윤기 씨 정도와 인사를 주고받을 정도였다. 어느 날 소주잔을 사이에 두고 마주 앉은 이윤기 씨는 도서관 이용객이 줄어서 사서들이 사라지고 혼자 남았다며 끊었던 담배를 다시 피워 물었다. 취해서 따라간 동인천 그의 집에는 고추장을 벌겋게 푼 양미리 매운탕이 기다리고 있고, 그의 아내가 남편 옆에 두 손을 모으고 서서 마치 스튜어디스처럼 "가암살합니다"하고 인사를 했다. 이윤기 씨는 아내가 결혼 전에는 저런 증세가 없었는데 결혼하고 생긴 병이라고 했다. 눈이 잦은 겨울, 열람객이 일곱 명밖에 없다고 두려워하며, 나를 믿는다는 이윤기 씨의 눈에서 푸른 광기와 독기가 번쩍였다. 날씨가 유난히 추워지자 그는 닥치는 대로 통로에 책을 쌓아두고 불을 지폈다. 나는 김밥을 마느라 허리가 꼬부라진 아내를 생각하며 마지막 힘을 다해 소설작업을 해나갔지만, 정신 질환을 앓는 아내와 두 아이를 둔 이윤기 씨는 무거운 책임감에 무너져 내리고 있었다. 그는 결국 내가 자신을 버릴 거라는 피해의식에 사로잡혀 내 목에 칼을 들이대다가 화염 너머 연기 속으로 사그라졌다.

서,선생님, 전 서고로 들어가럽니다! 거,거기에 십만 권의 책이 있잖습니까! 그곳으로 불꽃을 몰아넣을 작정입니다. 정말 볼만할 겁니다! 핫핫핫핫…. 뒤이어 기침 소리와 함께 삐거덕 철문 열리는 소리가 내 고막 속으로 잦아들었다. 어디 책뿐이겠습니까! 이곳엔 세,세상을 통째로 날려 버릴 만한 비밀이, 꾸,꿈틀거리고 있는걸요! 두,두고 보십시오. 좋은 구경거리가 될 겁니다. 핫핫핫핫….

폭발이 일어나면서 건물이 삽시간에 무너져 내렸다. 폭삭 내려앉은 건물 잔해에서 끝내 이윤기 씨의 주검은 발견되지 않았다. 화자인 나는 결국 괴팍하다고 할 수밖에 없는 성격 때문에, 그 알량한 한 가닥 자존심 때문에 일찍 그곳에서 뛰쳐나오지 못하고 그해 겨울을 정신병동에서 보낸 자신이라고 자책한다. 또한 이윤기 씨가 책으로 피워 올리는 저주의 기운이 뻗쳐오르는 그 검붉은 불꽃을 왜 쬐고 있었는지 명확히 설명하지도 못한다. 그것은 아마도 인간의 '마음'과 '영혼'에 대한 예술적 질문 때문일 것이다. 내 삶에서 소중히 여기는 것, 내 삶을 가치 있게 만드는 것, 나를 나로 만드는 것이 무엇인지 화자는 진지하게 묻고 싶었던 것이리라. 그렇기에 여전히 빈 공터로 남은 도서관 자리의 여운이 오래도록 짙다.

「천안행 마지막 전동열차」 역시 소설가가 화자인 소설이다. 예술에의 숭고한 정신이 사라진 시대에 처음 보는 낯선 청년에게서 황순원의 「소나기」, 알퐁스 도데의 「별」을 듣는 예순이 넘은 소설가는 순간 가슴이 뛰는 희열을 느낀다. 개인의 조그마한 진정성을 지키기도 버거운 상실의 시대에 예술가는 자신의 삶에 가장 기본적인 조건과 화급한 과제가 무엇인가를 확인한 것이었다. 이럴 때는 보통 작품의 메시지가 지나치게 전면적으로 노출되게 마련인데 이 작품은 처음부터 그런 효과를 배제하고 출발해 서정적 분위기를 동반한다. 청년기의 기억이 끊임없이 되풀이되면서 강한 자기 연민의 감정에 지배되고 있는데, 순정한 젊은 시절부터 간직하고 있는 자기 연민의 감정이라, 그것만으로도 충분히 공감적이다.

집으로 가는 천안행 마지막 전철을 놓친 남자는 합승 택시 타는 곳에서 만난 청년이 택시비로 한잔하고, 첫차를 타고 집에 가자는 말에 선뜻 동의한다. 남자가 쉽게 결정을 내린 것은 아내에 대한 반감도 한몫했다. 남자는 그의 연금으로는 노후 자금이 모자란다면서 서울의 아파트를 팔고 천안으로 이사 가고 남은 돈으로 인천에 상가를 마련한 아내를 말릴 수 없었다. 그 덕분에 외로워진 남자는 이렇게 왕복 5시간 거리의 서울로 나들이를 하고 있었다. 남자와 청년은 '천사와 나무꾼'이라는 술집에서 혼자 술을 마시던 20대 중반의 프랑스 여자와 합석한다. 중년의 소설가, 평택에서 삼성 반도체 공장을 짓는 현장에서 노가다를 하는 청년, 한국 남자에게 바람맞은 백인 여자가 첫차를 기다리며 술잔을 부딪친다. 출판사를 퇴직하고 전업작가로 글을 쓴다는 말에 귀한 분을 만났다고 흥분하던 청년이 불쑥 "그런데 소설 쓰면 돈 많이 버나요?"하고 묻는 바람에 소설가는 애꿎은 잔을 높이 쳐들고 건배를 외친다. 한국어가 유창할 뿐만 아니라 한국에 관해 아는 것도 많고, 철학자이자 수학자인 파스칼이 태어나 평생 산 곳이 고향인 프랑스 여자가 한국 남자에게 바람을 맞았다는 말에 흥분한 소설가는 대한민국에 널린 게 총각이니 다시 시작하라고 목소리를 높였다. 남자는 화장실에 들어가 오줌을 갈기며 한때 프랑스가 전부였던 자신의 20대를 생각했다. 그가 대학교 1학년 때 만난 여자는 영문과 신입생이었지만 프랑스를 좋아했고, 국문과인 남자 또한 프랑스 문학을 좋아해서 둘이 만나면 프랑스 영화를 보고 샹송을 들었다. 남자가 군대 간 사이 여자가 돌연 디자인 공부를 위해 프랑스로 유학을 떠났고 둘은 갑작스레 헤어졌다. 그후 프랑스 남자와 결혼한 여자가 디자이너로 잘살고 있다는 소식을 들은 남자는 한때 젊음을 포기하고 자학하며 살았다. 첫사랑을 생각할 때마다 프랑스가 야속했다. 결혼하고 아이가 생기면서 여자에 대한 추억은 희석되었지만 "오늘 같은 날이 불쑥 찾아오면 잠시 밀려나 있던 뼈아픈 추억들이 강렬한 빛으로 되살아나"곤 했다. 백인 여자와 한국인 청년이 부쩍 친해진 모습에 남자는 슬그머니 그곳을 빠져나왔다. 새벽 4시 20분이었다. 남자는 전철역을 향해 걸으며 오래전에 미지의 땅으로 날아가 버린 한 마리 야속한 파랑새를 떠올렸다. 그리고 용서했다.

미지의 땅에서 날아온 파랑새 한 마리가 이제 눈물을 거두고 새로운 짝을 찾아 튼실한 나뭇가지에 앉기를 바랐다. 그러면서 남자는 '선녀와 나무꾼'이라는 조금 전의 술집 이름을 떠올렸다. 오늘 밤 한국의 우직한 나무꾼이 미지의 땅에서 날아온 선녀의 화려한 옷자락을 감추어 그녀를 이 땅에 꽁꽁 붙들어 매주기를 바랐다.

이제는 잊혀진 대상, 즉 과거에 자신의 진정을 바쳤던 대상을 상징화한 후 기억의 공간에 편입하여 기억하고 애도하는 작품이다. 작가는 지난 시대에 온몸을 던져 사랑하고 붙잡았던 첫사랑(예술)으로부터 여전히 헤어나오지 못하면서 그 가치와 지향에 매달리며 자신의 책임을 다하고 있는 것이다. 예술가로 충실하지 못할 때 예술가의 욕망은 오히려 그 대상과 자신을 합일화하고, 그 대상 즉 예술이 이루려고 했던 지향점의 실현에 열중하게 된다. 그러면서 자신이 했던 예술에의 맹세를 떠올리며, 그 끈을 한사코 붙잡으려 한다.

몇십 년이 흘러 이미 예순 고개를 넘어선 소설가의 현실은 서울에서 밀려나 경기도 소도시에서 살며 외로워서 왕복 5시간이나 걸리는 서울의 모임에 참석하는 모습이다. 그러면서도 힘이 빠지긴 했지만 여전히 예술에의 맹세를 흥얼거리기도, 그 맹세에 대한 가치를 고수하려고 한다. 왜냐하면 그곳만이 그가 숨을 쉴 수 있는 공간이기 때문이다. 그곳만이 그에게 이상적으로 남아 있는 유일한 세계이다.

여전히 그 세계를 꿈꾸며 동경하는 소설가는 20대의 다급하며 순진하던 거친 맹세와는 달리 이제는 한층 온화하고 인간에 대한 진정성이 짙어진 존재론적으로 심화된 맹세를 흥얼거린다. 그러면서 때로는 예술이 그 자체로 맹세가 되면 얼마나 감동적일 수 있는가를 생각하기도 한다. 여전히 1980년대가 그를 놓아주지 않지만 그가 풀어내는 노래는 강철처럼 단단하지도, 철 지난 유행가 가사처럼 황량하지도 않으면서, 작지만 한층 내밀한 콧노래의 정겨운 울림으로도 감동적이다.

3.

「공원에서」「정임의 설」「눈 속의 아기 부처」「포항함 756」은 단편 소설의 미학을 오롯하게 살려낸 가작들로 특히 인간 성정에 대한 천착이 돋보인다. 사람이 살아가면서 잔인한 경우도 비정한 세태도 없지 않은 법인데, 채종인 작가는 그 속에서도 훼손되지 않은 순박한 태도, 여린 마음, 우직한 정신을 잃지 않은 인물들의 성정을 높이 산다. 그래서 따뜻하게 교감할 수 있는 어른의 이야기를 좋아한다. 여기에서 언급하는 작품은 그런 배경의 언어로 쓰여진 작품들이다.

「공원에서」는 지은 지 이십 년이 넘은 낡은 아파트를 배경으로 하는 3대 이야기이다. 소설에서 3대를 등장시켜 이런저런 이야기와 사건들을 전개시켜 나가는 방식은 우리 문학에서 수많은 문제작을 생산해 온터였고, 채종인 작가의 이 소설 역시 문제작임에 틀림없다. 화자의 동거인 할머니는 치매에 걸리더니 자신은 달순이고, 남편은 사장이라고 주장하는데, 시집 잘 간 덕분에 밍크코트 입고 외제 차 타는 할머니 어릴 적 친구의 이름이었다. 할아버지는 풍을 맞았지만 비교적 자유로운 오른손으로 할머니 변 보는 일과 밥먹이는 일을 도맡아 한다. 이들과 함께 살고 있는 나는 밥상머리에 떨어진 밥알을 줍고, 그들의 속옷을 삶고, 이틀에 한 번씩 시장을 보고, 집 안을 청소하고, 한 달에 두 번씩 번갈아 그들을 목욕시키며 스무살 청춘을 보내고 있다. 어머니는 대학 진학에 실패한 나에게 할아버지와 할머니를 떠넘기고 그날로 이태원에 있는 아버지 옷가게로 줄행랑을 쳤다. 그동안 며느리 눈치 보기 바빴던 할아버가 용돈을 달라고 당당하게 소리치는 바람에 나는 안방 장롱 속에서 만 원짜리 두 장을 꺼내 건넸다. 그날 할아버지는 저녁이 되어 한쪽 다리를 질질 끌며 현관에 들어서며 공원에 다녀왔다고 했다. 우리사 사는 신시가지와 구시가지 사이에 있는 공원은 이른 아침부터 밤중까지 사람들의 발길이 끊이지 않았는데 나는 자전거를 타기 시작한 초등학교 때부터 이곳에서 놀았다. 어머니와 부부싸움을 벌인 아버지는 이곳에서 술을 마시고 이 좁은 땅덩어리가 싫다면서 미국이나 캐나다 같은 큰 나라에 가서 살고 싶다고 했다. 사춘기가 된 나는 공원 숲속을 거닐면서 한 남학생을 기다렸다. 그 남학생은 두 살 아래인 나를 친동생처럼 아껴주었다. 대학생이었던 그는 올봄에 군인이 되었다. 나는 그가 없는 나날을 이따금 공원을 산책하며 보냈다. 공원을 산책하다 보면 할아버지나 할머니 또래의 수많은 노인이 무리 지어 떠들어대는 것을 볼 수 있었다. 나는 그들을 볼 때마다 할아버지를 떠올렸다. 무더위가 기승을 부리는 여름, 할아버지와 할머니가 낮잠에 빠져드는 오후가 되면 나는 공원으로 향했다. 그늘을 차지하고 앉은 노인들은 끊임없이 떠들었다. "일본 관동 대학살에서부터 태평양 전쟁, 팔일오 해방과 육이오 남북전쟁, 그리고 사일구와 광주 항쟁에 이르기까지." 그들의 말머리는 종작없이 역사의 질곡을 헤맸다. 그때마다 나는 공원이 마치 박물관 같았다. 그날도 박물관 체험을 하면서 공원 벤치에 앉아 있는데 불쑥 나타난 할아버지가 내 옆에 궁둥이를 들이밀었다. 한참이나 말 없이 앉아 있던 할아버지가 느닷없이 "이 할애비는 젊어서 수많은 사람을 죽였다"며 이야기를 털어놓았다. 국방군이었던 할아버지는 부대 작전에 따라 인민군복과 따발총으로 무장하고 동구 밖에서 확성기로 해방군인인 척하며 나발을 불어 마을 주민 이백여 명 가운데 몰려든 백사십여 명을 인근 야산으로 끌고 갔다. 소대장은 따발총 사수로 할아버지를 지목했고, 할아버지가 멈칫거리자 관자놀이에 총구를 겨누었다. 소대장의 신호에 맞추어 방아쇠를 당겼고, 소대장은 그 자리에서 "공비 백사십 전원 사살?"이라고 보고했다. 그날 오후 할아버지 부대는 마을에 불을 지르고 남아 있던 육십여 명의 노약자와 갓난아이들도 무참히 사살해버렸다. 할아버지는 제대 후에 아무 일도 할 수 없었다. 눈만 뜨면 피 묻은 옷가지와 살점들이 나뭇가지 위로 튀어 올랐고 부릅뜬 눈동자는 끈덕지게도 할아버지를 따라붙었다. 반미치광이가 되어 저

잣거리를 떠돌다가 우연히 들른 장의사에서 구원의 빛을 만났다. 주검을 떨쳐버릴 수 있는 유일한 길은 주검과 맞서는 것뿐이었다. 그때부터 할아버지는 염장이가 되었다. 오로지 자신을 소모하는 심정으로 의식에 매달리는 할아버지는 평생 수입이 없었다. 그래서 할머니에게 평생 욕을 먹으며 살았다. 그날 공원 벤치에 앉아 떠듬떠듬 할아버지가 풀어놓은 얘기는 그게 전부였다.

 나는 그날 그곳에 붙박혀 소리 없이 울었다. 마음이 아프거나 괴로워서가 아니었다. 이를테면 감사의 눈물이었다. 이 넉넉하지 않은 공원에서나마 저처럼 부러울 것 없이 활개치며 웃어젖히는 남녀노소 모든 형상이 그렇게 정겹고 고마울 수가 없었다. 결국 아버지가 이 땅을 떠나지 못했듯 나 또한 이 공원을 벗어나지 못할 것이다.

 할아버지는 내게 그 얘기를 들려주기 위해 평생을 산 것처럼 갑작스레 삶을 마감했다. 할아버지는 유언대로 공원 여기저기에 뿌려지지 못하고 납골당에 안치됐다. 할아버지가 사라지고 나자 할머니는 감쪽같이 얌전해졌고, 나는 일요일이면 할머니를 휠체어에 태워 공원으로 향하곤 했다.
 이 소설집에 수록된 다른 소설과 문체나 서사의 흐름이 확연하게 다른 이 작품을 읽으면서 사람 사이의 거리를 떠올렸다. 이 작품에서 할아버지 할머니, 아버지 어머니의 1대와 2대는 대립의

거리이지만, 화자인 손자는 양자 모두에게서 떨어진 거리에 있는 듯하면서도 실상은 관심의 거리를 유지한다. 군인으로서 어쩔 수 없이 사람을 죽인 할아버지는 그 트라우마에서 평생 풀려나지 못하고, 젊어서 한국을 떠날 생각만 하던 아버지는 이태원에서 미국이나 유럽 사람을 상대로 옷을 팔아 생계를 유지한다. 이 작품은 3대의 틀 속에서 이야기를 진행하면서 2대(아버지)보다는 1대(할아버지)에 더욱 초점을 맞추면서 날카롭게 현대사의 맥을 짚고, 싸늘한 풍자의 화살을 날리고 있다. 역사의 틈바구니에 치인 1세대는 권위를 상실한 나약한 모습으로, 먹고살기에 바쁜 2대는 자본에 점점 길들여져가는 모습을, 화자인 3세대 손녀는 그런 할아버지와 아버지에 대한 먼 듯하면서도 공감 의지가 엿보이는 소통의 감정을 해학적으로 묘사하고 있다. 그러한 존재들에 힘입어 이 소설은 빛나는 생명을 획득하고 있다. 이 3대의 모습은 우리 사회 전체의 변화 모습을 이해하는데 상당한 도움을 주고 있다. 경험과 소통의 직접성이 줄어든 지금 세대 사이의 벽을 무너뜨리는 공감과, 소통의 기반이 마련된 현장을 보여주는 의의가 큰 작품이다.

「정임의 설」은 산골에서 시부모님을 모시고 살아가는 정임의 삶을 다루는 이야기로 전체적인 디테일의 핵심은 명징하고 간결하지만, 그 핵심을 노골적으로 토로하지는 않는다. 남편의 이야기를 노골적으로 드러내지 않고 주변의 인물이나 분위기 같은 윤

곽 부식의 형태로 드러내면서 인내 속에서 오래 익은 향기를 품은 소설 언어가 더 섬세한 질감으로 나타난다.

  교도소에 들어간 남편의 출소를 몇 달 남기고 설이 다가오고 있었다. 4년 전 남편과 함께 고향을 떠나 동해안의 조그만 도시에 짐을 풀었던 정임은 부두 하역장에서 일하던 남편이 살인 미수범으로 잡혀가는 바람에 산골로 다시 돌아온 것이었다. 설 연휴가 시작되었는데 막내 시동생은 회사에 급한 일이 있어 못 온다는 편지를 보내왔고, 시아버지는 서운한 기색이다. 저녁상을 물리고 나자 안동에 사는 둘째 내외가 도착했다. 둘째 시동생은 정임에게 형님 면회를 다녀오라고 하지만 쉽지 않다. 중풍으로 자리에 누운 시어머니 돌보기에도 정임은 하루가 바빴다. 아들이 잡혀갔다는 소식에 뇌출혈을 일으킨 시어머니는 설을 앞두고 남편만 찾았다. 시아버지는 면회 소리도 꺼내지 못할 정도로 남편에게 화를 냈다. 소문은 빨랐고, 사람들은 정임을 보면 남편 안부를 물으면서 무던하던 사람이 어쩐 일이냐며 혀를 찼다. 정임은 무작정 남편을 살인 미수범으로 몰아가는 사람들에게 화가 났다. 부두 하역장에서 조장으로 일하던 남편은 말로만 노동자의 권익을 보호한다는 지부장이 날강도 같은 놈이라고 칼을 휘둘렀는데 다행히 심장을 비껴갔고, 정상을 참작해 징역 2년을 선고받고 복역중이었다. 정임이 면회를 가지 않은 것은 더러운 꼴 보이기 싫으니 오지 말라는 남편의 당부 때문이기도 하지만, 어떻든 남편의 자존심을 건드리고 싶지 않았다. 정임은 매번 꿈을 꾸었다. 남편과 밭에서 김을 매고 있는데 왼쪽 가슴에 칼이 꽂힌 남자가 다가오자 남편은 기다렸다는 듯이 가슴에서 칼을 빼내 주고 자신의 옷과 남자의 피 묻은 셔츠를 바꿔입고는 밭이랑을 건너 멀어져갔다. 놀란 정임이 남편을 쫓아 달렸지만 보이지 않아 밭고랑에 엎어져 울부짖는 꿈이었다. 오래전부터 시작된 악몽이었다. 그 모습을 본 시아버지가 혀를 차며 정임에게 설 차례 모시고 남편 면회를 다녀오라고 하지만 정임은 좀처럼 잠을 이루지 못한다. 자동차 엔진소리가 들려 나가 보니 설에 집에 오기 어렵다던 막내 시동생이 대구 교도소에서 형 면회를 하고 온다며, 형님은 잘 계시니 걱정하지 말라고 한다.

대문을 들어섰다. 마당으로, 지붕 위로 덮여 있는 눈더미는 희다 못해 푸르게 빛나고 있었다. 하지만 처마에서 토방에 이르는 저 눅진한 수직의 공간은 아직 숨 가쁜 어둠으로만 깊어 보였다. 어쩌면 저것은 남편의 몫인지도 몰랐다. 남편이 나서지 않으면 쉽게 물러서지 않을 해묵은 어둠인지 몰랐다. 정임은 추위를 느끼며 부르르 몸을 떨었다.

이름 없는 개인의 삶에 초점을 맞추되 그 삶의 큰 매듭들뿐만 아니라 지극히 미세하고 사소하게 여겨지는 부분까지도 언어의 그물로 건져 올린 작품이다. 작가의 그런 노력은 소설의 언어를 구체적인 삶의 현장에 최대한 가까이 밀착시키려는 귀중한 태도의 소산이다. 세상의 모순과 부조리로부터 오는 절망을 이겨내려는 작가의 태도는 역사의 아픈 부분을 다룰 때나 예술가의 자잘한 일상사를 다룰 때나 평범한 여인의 일상을 언급할 때나 동일한 면모를 지닌다. 그래서 세상의 모순과 부조리에 거부감을 나타내면서도, 세련된 예술가의 시선을 세상 안팎으로 골고루 던지며 현재를 살피는 촉수를 놓치지 않은 것이 이 작품의 장점이다.

「눈 속의 아기 부처」 화자가 고향을 찾게 된 것은 꿈 때문이었다. 고향 마을 뒷산 골짜기에 할아버지 때부터 부쳐 먹던 밭이 있었는데 그 밭 한쪽에 오동나무가 서 있었다. 할머니는 오동나무 아래 자리를 펴고 어린 나를 내려놓은 후 종일 밭에 엎드려 일했다. 그날 꾼 꿈은 바로 그 자리에서 일어난 일이었다. 흰 눈이 덮인 밭에 모여든 사람들은 일제히 부처님을 찾았는데 내가 못 봤다고 하자 밭에서 내려갔다. 사람들이 사라지고 난 후 나는 밭 가운데에 있는 오동나무를 발견했다. 누군가가 가장자리에 있던 아름드리 오동나무를 토막토막 잘라 밭 가운데에 놓아둔 것이었다. 그중 가장 굵은 토막을 골라 톱으로 가운데를 잘랐더니 그 속에 가부좌를 튼 아기 부처가 앉아 있었다. 나는 오동나무 속에서 부처를 꺼내 밭 한가운데에 앉혀 놓았다. 눈을 지그시 내리감은 아기 부처는 추운 줄도 모른 채 명상에 든 듯 말이 없었다. 잠에서 깬 나는 사람들이 그토록 찾던 부처가 왜 하필 그곳에 있었을까?

생각하며 잠을 이룰 수 없었다. 그런데 신기하게도 아기 부처 얼굴이 서서히 할머니 얼굴로 변해가는 것이었다. 그래서 찾아간 고향 밭의 오동나무는 그루터기만 남기고 사라지고 없었다. 한우를 키우던 아버지가 빚을 감당하지 못해 도망치듯 고향을 떠날 무렵 그 오동나무를 누군가에게 팔았다고 했다. 가족이 떠난 후에도 할머니는 홀로 남아 고향 집을 지켰다.

아버지와 어머니가 십 년 가까운 세월을 지하 단칸방에서 버텨가며 빚을 다 갚을 동안, 할머니는 홀로 고향 집에 남아 조용한 나날을 보냈다. 새벽에 일어나 찬물로 세수하고 밭에 나가면 해가 훤히 떠서야 집으로 돌아와 늦은 아침을 먹었다. 그리고 서늘한 마루에 새우처럼 등을 꼬부리고 낮잠을 잤다.
가끔은 이웃에서 점심은 드셨냐고 찾아보기도 했지만, 할머니는 대부분 점심을 거른 채 찬물 한 바가지만 들이키고 밭으로 향했다. 아버지가 베어낸 오동나무 그루터기에 걸터앉은 할머니는 가쁜 숨을 몇 번 고르고는 이내 밭이랑으로 걸어가 초록 잎사귀들 사이로 꼬부랑 등을 감추곤 했다.

이곳에 부처님이 사는 집을 짓고 싶은 나에게는 할머니가 부처님이었다. 아버지가 빚을 다 갚고 서울 변두리 동네에 번듯한 전셋집을 마련할 때까지 잘 버텨주었던 할머니는 식구들이 있는 서울 집으로 옮겨가기 이틀 전, 바로 이곳에 앉아 김을 매다가 돌아가셨다. "할머니는 꿈속의 아기 부처처럼 조그맣고 귀엽게 생겼다. 몸집도 작았고 얼굴도 작았다. 그런 작은 사람이 여자의 자궁처럼 깊숙한 산골로 시집와 나지막한 목소리로 평생을 살았으니, 누가 그녀를 사람이라 할까. 한 그루 나무나 이름 모를 풀 한 포기라면 모를까." 이웃에서는 다들 할머니를 부처님 가운데 토막이라고 불렀다. 할머니는 그렇게 살았다. 부처님인 할머니가 손수 일구던 이 밭에 조그만 초막이라도 짓고 싶었다. 나는 아내에게 이곳에 집을 짓고 살자고 하면서 쿵쿵 밭이랑을 발로 밟았다. 그러자 "아내의 얼굴에 한 가닥 맑은 빛줄기가 스쳐지나갔다. 빛줄기는 이내 미소로 바뀌었고 희고 고운 아내의 얼굴은 어느새 또 누군가의 얼굴로 바뀌었다." 자궁을 잃은 아내는 아등바등 살지 않았다. 먹을 것 먹고 입을 것 입어가며 자신을 다독이며 절터를 찾아다녔다. 이름 모를 폐사지에 오면 마음이 편하다고 하는 아내와 함께 돌아다니면서 나는 질이니, 자궁이니 하는 개똥철학을 풀어놓았다.

깊숙하고 은밀한 곳에서 새 새명이 탄생하는 법이지. 자궁이 그렇고, 절터가 그렇지. 또한 누구든 홀로 간절히 외로워하면 새로운 물음이 나오는 법이거든. 나는 누구인가? 왜 사는가? 하고 말이야. 내 안에서 나오는 물음은 간절한 법이지. 세상의 어떤 학문이든 바닥까지 파다 보면 단 하나의 물음과 만나게 된데. 나는 누구인가?

나는 누구인가? 묻는 화자의 말에는 역시 예술에의 의지가 번득인다. 주인공이 할머니가 어린 저를 밭의 오동나무 밑에 누이고 종일 일을 하는 순간을 기억하고, 할머니에게서 부처님을 모습을 찾아가는 길은 마치 구도(예술)의 길 같이 경건하다. 작가는 이러한 결합이 독자들의 눈에 자연스럽게 보이도록 실로 세심한 배려를 하고 있다. 꿈의 자취를 찾아서 아내와 함께 고향을 찾아가면서 폐사지를 즐겨 찾는 아내와의 일화를 끄집어내어 할머니가 부처님이라는 등가방식을 자연스럽게 이끌어가는 장면은 실로 놀랍다. 할머니와 부처님이 하나로 녹아들어 혼연일체가 되게 연결하면서 삶이라는 것의 다면성을 독자들의 마음에 잊을 수 없는 인상으로 각인시킨다. 그러면서 할머니로 상징하는 일관된 삶의 진정성과 순수한 자세의 경지로 가는 길 요체가 인간의 '몸'이라는 것을 일깨워주고 있다. 배후에 작가의 '예술혼'이라는 배경적 힘이 단단하게 자리 잡고 있어서 가능한 것이다.

「포항함 756」은 1984년 해군 초계함 포항함에서 암호장으로 복무하던 김하사(나)를 비롯한 주변 인물들의 이야기이다. 하나의 핵심으로 향하는 여러 개의 이야기 덩어리들이 병렬적으로 나열되는데 그런 이야기들이 완급을 조절하고 개별적 인물을 조명한다. 그러면서 군함에 승선한 사람들이 유기적인 운명으로 묶여 있는 현장을 생생하게 보여주고 있다. 나는 차 수병으로부터 포항함의 직속 상관이었던 안충근 소위가 퇴직한 후 포항 동빈내항에서 전시 중인 퇴역함의 안보해설사로 봉사하고 있다는 연락을 받고 함께 포항으로 달려갔다. 지금은 옥외광고 회사를 운영하는 차 수병은 해군에 자원입대 할 무렵 문학청년이었다. 사십 년이 되도록 연락처만 알았지 한번 만나지도 못했다는 차 수병을 채근해 포항 동빈내항에 도착하자 포항함이 기다린 듯이 서있었다. 함수 한쪽에 756이라는 숫자를 보는 순간 우리는 콧날이 시큰해졌다. 육십 대 중반으로 보이는 중늙은이가 서 있는데, 한쪽 가슴에 소위 계급장을 달고 있는 안충근 통신관이었다. 나와 차 수병은 누가 먼저랄 것도 없이 거수경례를 붙였다. 통신관의 안내로 조타실과 전탐실을 거쳐 통신실로 올라가는 순간 나는 눈시울이 뜨거워졌다. 암호자재 보관함. 저 속에 수많은 암호자재와 음어자재, 그리고 통신보안장비가 보관되어 있었다.

    내가 군함을 타면서 가장 가슴 졸인 것은 죽음에 대한 공포였다. 항해 당직이 끝나고 침실로 내려와 침대에 몸을 묶고 잠을 청할 때면 정신은 되레 말똥말똥 되살아났다. 내가 누워 있는 침실은 바닷속이었고, 거대한 파도가 선체를 때리는 소리는 천둥소리처럼 무거웠다. 억지로 감았던 눈을 살며시 떠 주위를 둘러보면 고래뱃속 같은 둥근 침실은 좌우로 흔들거리며 어디론가 마냥 흘러가고 있었다. 어쩌면 나는 지구에서 흔적도 없이 사라져 버릴지도 모른다, 이런 생각이 들 때면 입안이 마르고 손가락 발가락이 이유 없이 꼼지락거려졌다. 거칠고 어두운 밤바다 수천 길 아래로 군함 한 척 가라앉는다고 해도 세상은 아무렇지도 않은 듯 아침을 맞을 것이다. 가라앉은 군함 속의 나는 티끌만도 못한 존재가 되어 사람들 기억 속에서 사라져 가리라. 이런 생각이 들 때마다 나는 꼬박 뜬눈으로 밤을 새우기 일쑤였다. 그 악몽 같은 일도 그런 상황에서 벌어졌다.

겨울 어느 날 울릉도 근해에 정체 모를 선박이 떴다는 보고를 받고 포항함은 무시무시한 속력으로 달리기 시작했고, 함장은 '총원 전투배치!'를 지시했다. 당직 교대 후 막 잠을 청하던 나는 '암호장 함교 보고!'란 함내 방송에도 모포를 뒤집어 쓴 채 막 교대한 차 수병에게 은근히 기대를 걸었다. 다행히 함내 방송은 나를 찾지 않았다. 워낙 다급한 상황이라 함장은 차 수병에게 음어 자재를 가져오라는 명령을 내렸던 것이었다. 암호실에서 자재를 챙겨들고 나오던 차 수병은 갑자기 함정이 한쪽으로 기울어지는 바람에 쓰러져 계단 난간에 매달리는 사이 음어자재가 어디론가 날아가고 없었다. 다행히 바다 위를 떠다니는 음어자재 갈매기 2호를 발견했지만 파도가 거세어 단정을 내리지 못하고 있을 때 누군가 바닷속으로 뛰어들었다. 거친 파도와 싸운 끝에 기어이 갈매기 2호를 움켜잡고 몸이 동태처럼 얼어붙은 채 갑판 위로 끌어 올려진 그는 통신관이었다. 해군사관학교를 갓 졸업한 소위였던 그는 자신이 책임지고 있던 부서에 사고가 나자 자신도 모르게 바다 위로 몸을 던진 것이었다. 서울에서 신학대학을 다니다가 중퇴하고 해군사관학교에 입학한 통신관은 조용하고 과묵한 성품이지만 결정적인 순간에는 결단력과 용기를 발휘할 줄 아는 사람이었다. 그런 그가 퇴역 후에도 여전히 포항함을 지키고 있었다. 갑판으로 내려가니 7밀리 함포 앞 간판에 웬 동상이 하나 서 있었다. 백령도 앞바다에서 천안함 장병들을 구조하다가 운명을 달리한 한주호 준위라고 했다. 안보체험관으로 꾸며진 사관실에는 백령도 앞바다에서 희생된 46명의 젊은 용사들의 영정이 모셔져 있었다. 거기에 우리들의 젊은 날 사진이 걸려있었다. 나와 차 수병은 할 말을 잃고 우리들의 슬픈 젊은 날 앞에 서서 눈물을 손마디로 찍어 눌렀다. 포항함에서 나온 우리는 죽도시장으로 걸었고 그날 폭음을 한 나와 차 수병은 구룡포에 있는 통신관의 집에 가서 하룻밤을 보냈다. 다음날 새벽에 통신관을 따라 호미곶에 가서 일출을 보면서 나는 두동강 난 채 바지선에 실려 남쪽으로 내려가던 천안함을 떠올렸다. 그리고 백령도 앞바다에서 희생된 46명의 젊은 영혼을 생각하면서 그 젊디젊은 영혼들도 천안함과 함께 부활해 저 푸르디푸른 바다를 항해할 수 있기를 빌었다.

　이 이야기는 군대와 군인을 다루고 있지만 결국 생명과 죽음이 겹치고 겹친 끝에 도달하는 '인간'에 대한 깊은 인식과 함께 육체라는 구체적인 실존의 실체성이 표현되고 있다. 몸이 간직한 가장 명료한 감각이란 그 외의 모든 것을 잠재울만큼 순간적으로 강렬했다가도 경험과 시간의 흐름이 실리고 나면 생의 불안이 반드시 생기는데 그런 아이러니까지 포함하고 있다. 그런 면에서 이 작품은 인물들 개별적 육체에 대한 감각을 넘어서 더 깊고 높은 곳으로 나아가려는 인식으로, 그 인식을 추상하는 예술어로 거듭나고 있다. 군함에 승선해 고독과 불안에 떨면서 낮과 밤의 시간을 견뎌야 하는 군인, 특히 수많은 암호자재와 음어자재를 사용해야 하는 암호장의 모습이 예술가의 모습으로 치환되어 보이는 것은 나 혼자만의 시선일까?

4.

채종인 작가의 소설집 『유미의 바다』에는 상당히 인상적인 울림을 담고 있는 인물들의 절규가 반어법으로 들린다. 진정으로 선망하고 있는 예술혼의 자리와 자신의 현실을 바꾸고 싶어하는 작가의 마음 끝자락의 절규를 확인할 수 있다. 절규 속에는 무거운 고뇌의 중량이 얹힌 예술가 내면을 짐작하기 어렵지 않다.

채종인 작가는 예술이야말로 인간을 존재하게 하며, 인간과 세상을 변화시킬 수 있는 도구라고 확신한다. 그래서 예술이라는 끈으로 연결된 인간과 거대한 우주를 총체적으로 그려내고 싶어한다. 작품집의 인물들은 다른 길을 걷고 있는 것처럼 보이지만 모두가 하나의 그물망 속에 놓여 있다. 그렇게 세상은 하나로 연결되어 바다도 되고 섬도 되고 왼손잡이 아내도 되고 공원도 되고 도서관도 되고 감옥에 갇힌 남편도 되고 오동나무도 되고 부처도 되고 전동열차도 되고 군함도 되는 것이다.

독자들은 작품에 실린 화자들의 사연을 따라가다보면 작가가 구체적인 삶의 현장 세목세목들과 세상의 제반 사항에 관해 얼마나 날카롭게 꿰뚫고 있는가를 확인할 수 있다. 하지만 이것만이 전부가 아니다. 그런 확인의 경험을 갖는 동안 소설 인물들의 이면이 슬며시 다가오는 것을 느낄 수 있다. 고통스럽지만 그 면면을 하나하나 짚어가는 일은 독자들에게 있어 진정 소중한 체험이고, 채종인 작가의 소설을 읽는 기쁨일 것이다.

또한 채종인 작가의 작품집 『유미의 바다』에는 '올바름'을 생생하게 포착하고 있으며, 이 올바름의 한계와 미덕을 묘사하고 있다. 예술가를 꿈꾸는 뜨거움은 올바름을 지향하는 정신의 아름다움을 갖고 있다. 진실을 존중하는 올바름, 타인을 환대하는 올바름, 예술을 보존하는 올바름, 이런 것들을 형상화하면서 한편으로는 최소한 무엇이 진실인지, 타인인지, 예술인지 그리고 그런 것을 존중하고 환대하고 보존하는 게 어떤 일인지를 진지하게 묻는다. 그 물음은 인간이 어떻게 살아야 하는가?하고 묻는 문학예술의 윤리에 닿아있다. 통상적으로 윤리倫理 윤倫은 순서를 말하며, 정해진 순서를 잘 지키는 것을 윤리적이라고 말한다. 하지만 윤리 앞에 문학이나 예술이 오는 순간 그 순서는 무용지물이 된다. 정해진 순서를 의심하고 부정하고 뒤집어보는 것이 문학과 예술의 본성이고 윤리이다. 문학예술은 기준을 가지고 순서를 정하고 나누고 구분하는 게 아니라, 올바른 인생 존재 방식을 탐구하는 것이 목적이다.

채종인 작가의 소설 『유미의 바다』에서 인물들은 끊임없이 '우리가 고민해야 할 예술적 윤리'가 무엇인지 질문하면서, 우리는 타인과의 사이에 존재함으로써 '인간'이 된다는 그 명제를 다시 일깨우고 있다. 인간은 서로가 서로에게 간섭자로서의 타자일 수밖에 없다는 것을 감안하고, 함께 살아야 할 운명에 대한 것을 계속해서 말하고 있다.

그의 소설을 읽으면서 마음을 감싸는 안개, 눈을 뜨겁게 하는 습기, 몸을 감고 도는 바람, 오늘 하루를 넘긴 숨소리의 고유한 체험을 느낀 독자라면 어떤 진실한 사유보다 더 공감되는 자연스러운 운명을 느낄 수 있을 것이다. 우리는 채종인 작가의 소설에서 발견하는 이런 가치를 결코 소홀히 하거나 가볍게 여길 수 없을 것이다.

짧은 호흡의 재치 있는 문구나 감각적인 언어로 대체하는 것에 익숙해진 작금의 사회 속에서 이 시대가 망각해가는 예술의 결을 발굴해내는 채종인 작가의 존재는 더없이 귀하다. 오늘 이 세상 누구인가의 마음속에서 벌어지는 작고 사소한 것일지라도 그것이 존재의 종말을 넘어서는 사건이 될 수도 있다는 것을 예술로 증명하기 위해 지금도 인내의 바다를 유영하는 채종인 작가의 다음 행보가 더욱 기다려진다.